Die Toten aber wissen gar nichts

W0389367

ECON Unterhaltung

Im ECON Taschenbuch Verlag sind folgende Titel von James Patterson lieferbar:
Black Market (TB 27073), Der Mitternachtsclub (TB 27090), Morgen, Kinder, wird's was geben (TB 27173)

Zum Buch

Thomas Berryman erhält den Auftrag, den Bewerber um das Amt des Gouverneurs von Tennessee zu ermorden. Er ist kein Neuling in der Branche. Er ist korrekt, zuverlässig und eiskalt. Daß es sich diesmal um ein politisches Attentat handelt, stört ihn nicht. Im Gegenteil: Ihn interessiert vor allem das Honorar, und das ist bei politischen Attentaten höher – in diesem Fall 100 000 Dollar!
Als geborener Perfektionist hat sich Berryman intensiv auf den Auftrag »Jimmie Horn« vorbereitet und sein Opfer genau studiert. Zwei Menschen hat er allerdings vergessen: seinen einzigen Freund, Ben Toy, und seinen Auftraggeber, Exgouverneur Jefferson Terrell.
Toy und Berryman kennen sich seit der Schulzeit und haben bisher alles gemeinsam geplant und ausgeführt – Dates, Überfälle, Morde. Nur mit dem Unterschied, daß Toy seinen Freund immer besser durchschaut. Was Berryman jetzt entgeht: Toy beginnt, seinen Freund zu hassen.

Der Autor

Der Bestsellerautor James Patterson ist Chef einer großen Werbeagentur in New York. Er erhielt für dieses Buch den *Edgar-Award*.

James Patterson

Die Toten aber wissen gar nichts

Thriller

Ausgezeichnet mit dem Edgar

Vom Autor des Weltbestsellers
»Denn zum Küssen sind sie da ...«

Deutsch von Ute Tanner

ECON Taschenbuch Verlag

Lizenzausgabe

Veröffentlicht im ECON Taschenbuch Verlag, Düsseldorf, 1996
© 1979 für die Übersetzung by Rowohlt Taschenbuch Verlag GmbH
Titel des amerikanischen Originals: The Thomas Berryman Number
© 1976 by James Patterson, first published by Ballantine Books, N.Y.
Aus dem Amerikanischen übersetzt von Ute Tanner
Umschlaggestaltung: Sebastian Linnerz, Köln
Ursprünglicher Titel: Der Auftrag
Titelabbildung: ZEFA, Düsseldorf
Druck und Bindearbeiten: Ebner Ulm
Printed in Germany
ISBN 3-612-27135-0

Die Hauptpersonen

Jimmie Lee Horn	will der erste farbige Gouverneur von Tennessee werden.
Jefferson Terrell	sorgt dafür, daß kein Blut auf seine weiße Weste spritzt.
Harley John Wynn	hält sich für clever. Pech für ihn.
Bert Poole	merkt nicht, daß er mit seinen Plänen einem anderen nutzt.
Joe Cubbah	steht plötzlich am Ende einer steilen Karriere.
Ben Toy	muß eines Tages feststellen, daß er seinen besten Freund haßt.
Oona Quinn	liebt Thomas Berryman. Und hat Angst vor ihm.
Thomas Berryman	ist ein professioneller Killer. Und ein Perfektionist.
Ochs Jones	schreibt für seine Zeitung über ein Attentat, das nie restlos geklärt werden wird.

Prolog

Draußen auf der Farm (1962)

Claude, Texas, 1962

1962 – in dem Jahr, als er und Ben Toy ihren Heimatort Claude, Texas, verließen – pflegte Thomas Berryman schwarze Cowboystiefel mit roten Sternen an den Knöcheln zu tragen. Unter jede Stiefelsohle hatte er sich vier Zwanzig-Dollar-Scheine gelegt. Mitte Juli waren die Lappen schon leicht zerkrümelt und rochen nach ungewaschenen Füßen.

An einem Nachmittag, von dem ansonsten keinerlei Höhepunkte zu erwarten waren, erschien auf der Ranch Road Nr. 5 ein blinkendes Coupé de Ville. Es war metallic-blau, und das Sonnenlicht brach sich in Sternen und Spiralen auf seinen Stoßstangen.

Thomas Berryman und Ben Toy verfolgten den Weg des Wagens über die letzten neun oder zehn Wüstenkilometer hinweg. Sie hatten sonst nichts zu tun. «Vor lauter Stumpfsinn sind wir schon kurz vorm Verblöden», hatte Berryman vorher gerade festgestellt. Toy hatte nur gequält gegrinst.

«Hast du das von diesem Stinker Raymond Cone gehört?» fragte er jetzt.

«Das hab ich schon lange kommen sehen.» Berryman zog gedankenvoll an einer Zigarette ohne Filter. «War gar nicht anders möglich nach dem Gerede, wie er mit Nadine in dem Chevy von seinem Alten rumgemacht hat.»

«Glaubst du, er heiratet sie?»

«Ob ich das glaube? Hör mal, ich weiß, daß er sie heiratet. Seit hundert Jahren ist das hier in der Gegend immer dasselbe Lied. Erst läßt der Alte ihn in Amarillo vollaufen und nagelt ihn fest. Dann kriegt sie das Kind. Dann läßt er beide sitzen und haut ab, nach Reno, Nevada oder nach Kalifornien. Ich finde das zum Kotzen, ehrlich.»

Toy angelte eine dünne, verschrumpelte Geldrolle aus der Tasche und begann, Fünf- und Ein-Dollar-Scheine abzuzählen. «Er jagt sich eher 'ne Kugel in den Kopf, als daß er Nadine heiratet, sagt er.»

«Sagt er . . . Die Heldenmasche vergeht ihm schon, wenn er erst mal 'ne Weile Bierkästen geschleppt hat.»

Thomas legte die Hand vor die Sonnenbrille, um den näherkommenden Wagen besser erkennen zu können, der einen dünnen braunen Staubstreifen hinter sich herzog wie eine Papierschlange. Bussarde kreuzten vor ihm die Straße, sie flogen nach Osten, in Richtung Wichita Falls.

Als das Coupé bis auf 25 Meter herangekommen war, spreizte Berryman den Daumen ab. «Was ist jetzt, kommst du nun mit oder nicht?» fragte er Toy.

Inzwischen hatte sich der Temporegler des schweren Wagens ausgeschaltet, langsam rollte er aus.

Wie sich herausstellte saß am Steuer der Bischof von Albuquerque, Padre Luis Gonsalo. Thomas Berryman und Ben Toy verließen mit ihm zusammen Claude in Texas und fuhren weiter, bis sie in New York waren. Ihr Einzug dort war durchaus eindrucksvoll.

Sie kamen in dem metallic-blauen 1962er Coupé. Aber ohne den Bischof.

Vorwort

Der Thomas Berryman des Ochs Jones (1974)

Meine Eltern, Walter und Edna Linda Jones, hatten nicht den Ehrgeiz, aus mir einen Arzt, einen Anwalt oder überhaupt einen Erfolgsmenschen zu machen. Sie wünschten sich nur eines – ich sollte ein feiner Mensch werden . . . Leider bereitete ich ihnen eine herbe Enttäuschung: Ich ging hin und wurde Journalist.

Spruch über dem Schreibtisch von Ochs Jones:
«Steve McQueen ist ein Killer, bei
dem man laut Bravo rufen muß.»
Filmkritik in einer Zeitung

Zebulon, Kentucky, 1974

Im November dieses Jahres kehrte ich in meine Heimatstadt Zebulon in Poland County, Kentucky, zurück. Ich bin hergekommen, um über den Tod von Bertram Poole, Lieutenant Martin Weesner und besonders über den Tod meines Freundes Jimmie Lee Horn aus Nashville, Tennessee, zu schreiben. Der größte Teil der Geschichte aber wird sich mit den Begebenheiten befassen, die ein Redakteur des *Nashville Citizen-Reporter* als die «Thomas Berryman-Nummer» bezeichnet hat.

Hauptsächlich habe ich dieses Buch wohl für meine neunjährige Tochter Cat geschrieben.

Es ist eine Art Sam Peckinpah-Story, in der es alles in allem sechs Morde gibt. Hauptfigur ist ein junger Texaner, der mit achtzehn beschloß, Profikiller zu werden, nachdem er das Töten an mehreren bildschönen Gabelantilopen und einem mexikanischen Priester – einem Bischof, um ganz genau zu sein – schon mal geübt hatte.

Randbemerkung: In dem Artikel einer Houstoner Zeitung heißt es: «Nicht weniger als fünf Männer in den Vereinigten Staaten verdienen pro Jahr über 200000 Dollar als unabhängige (nicht in einer Gang organisierte) Mörder.» Von welcher Warte sehen die in Houston das eigentlich, fragte ich mich, als ich den Beitrag ausschnitt und faltete, um ihn in meine Brieftasche zu legen.

Randbemerkung: Der Charakter von Menschen, die Böses tun, ist bisher noch kaum erforscht und verstanden. Was über sie geschrieben wird, ist für meinen Geschmack meist viel zu sehr Schwarzweißmalerei, oder aber man versucht, die Sache in eine Kinoschnulze à la *Bonny and Clyde* umzusetzen. Ich glaube einfach nicht – und Filmstars sind da für mich kein Gegenbeweis –, daß der landläufige Bösewicht es sich leisten kann, ein Dummkopf zu sein, und er muß auch nicht notwendigerweise als Finsterling herumlaufen. Thomas Berryman jedenfalls war weder das eine noch das andere.

Randbemerkung: Neulich zeigte ich Cat etwas, was Berrymans Freundin mir geschenkt hatte: Eine Crossman-Luftpistole. Um ihr zu demonstrieren, daß man damit tatsächlich jemanden betäuben kann, schoß ich blöderweise auf den Liebling von Mrs. Mullhouse. Aber das war zuviel für die bejahrte Mieze, und sie ist eingegangen.

Randbemerkung: Selbst Doc Fiddlers *Paradise Lounge*, eine richtig konservative Farmerpinte im Staate Tennessee, hat neuerdings ein Bild von Jimmie Horn über den Schnapsflaschen hängen. Der Fall Horn ist zum menschlichen Drama geworden, und so was zieht immer.

Eine letzte Bemerkung: 1962 machte Thomas John Berryman seinen Abschluß an der Plains High School mit einem der besten Ergebnisse, die jemals in Potter County, Texas, erreicht wurden. Einige Lehrer sagten, er habe ein fotografisches Gedächtnis, und der bei ihm gemessene Intelligenzquotient betrug 166.

Als ich nachhakte, erfuhr ich, daß er dort unter dem Namen *Pleasure King* bekannt war, der Amüsierkönig, oder abgekürzt einfach «Pleasure».

Aus seinen Ex-Freundinnen war nur herauszubekommen, daß sie sich ihm gegenüber unterlegen gefühlt hatten. Selbst die Mädchen, die ihn wirklich gern gehabt hatten, sagten, sie hätten sich bei ihm nie so ganz wohl in ihrer Haut gefühlt.

Die meisten Leute in und um Claude, Texas, waren der Meinung, er sei inzwischen ein erfolgreicher Anwalt irgendwo im Osten. Zuerst dachte ich, jemand aus der Familie Berryman hätte das Gerücht in die Welt gesetzt; später erfuhr ich, daß es Berryman selber gewesen war.

Berrymans Vater war ein pensionierter Bezirksrichter. Drei Wochen nachdem ihn die Nachricht von der Tat seines Sohnes in Tennessee erreicht hatte, starb er an einem Gehirnschlag.

Thomas Berryman ist einszweiundachtzig groß, wiegt 175 Pfund, hat schwarzes Haar und braune Augen und eine für einen jungen

Mann erstaunliche Konzentrationsfähigkeit. Außerdem ist er sehr charmant, geradezu ein Musterbeispiel für amerikanischen Charme.

Hintergrund: Vor vier Monaten wurde unter überaus tragischen und bizarren Begleitumständen der siebenunddreißigjährige Bürgermeister unserer Stadt, Jimmie Horn, erschossen.

Dieser Tatsache verdankt der *Nashville Citizen-Reporter* vom 4., 5. und 6. Juli die höchsten Verkaufsziffern seit der Gründung des Blattes.

Vielleicht kommt es daher, daß die Leute zwangsläufig neugierig sind, wenn bekannte Persönlichkeiten erschossen werden. Sie wissen die eine oder andere Anekdote aus ihrem Leben, sie betrachten diese Leute fast als gute Bekannte. Sie wollen wissen, wie, wo, wann und warum es geschah.

«Geistesgestörter Bert Poole erschießt gegen Abend völlig grundlos Bürgermeister Jimmie Horn.»

Das schrieb ich mit Bleistift auf ein Stück Schmierpapier. Im *Citizen* schrieb ich einen langen Füller über den Polizisten, der danach Poole erschoß.

Es war ein schlechter Artikel, nichts als blödes Gefasel und dazu noch unkorrekt.

Drei Tage nach dem Attentat berichtete die *Washington Post*, der Mann, der Bert Poole erschossen habe, sei mitnichten, wie in meinem Artikel – und unseren anderen Sonderberichten – mehrfach behauptet, ein State Trooper aus Tennessee gewesen, sondern ein hochbezahlter Profikiller aus Philadelphia namens Joe Cubbah. Cubbah war auf Fotos von dem Horn-Attentat erkannt und in Philadelphia festgenommen worden. Der echte Polizist, Martin Weesner, wurde schließlich im Kofferraum seines eigenen Streifenwagens gefunden, der seit dem 3. Juli auf dem Parkplatz einer Polizeikaserne stand. «Joe Cubbah – ein Revolvermann mit Phantasie» nannte ihn der *Memphis Times-Scimitar*.

Daß diese Geschichte von einem Profikiller, der einen Attentäter niederschießt, die Leute total durcheinanderbrachte, dürfte wohl klar sein. Viele – unter anderem auch ich – fanden die Sache äußerst deprimierend. Zahlreiche Familien waren so verunsichert, daß sie nachts ihre Türen abschlossen.

Während der Artikel aus der *Washington Post* noch Wellen schlug, rief der Psychiater eines Krankenhauses in Long Island, New York, beim *Citizen-Reporter* an. Das Gespräch dauerte eine Stunde. Der Arzt erzählte einem unserer Redakteure, einer seiner Patienten, ein gewisser Ben Toy, habe schon fast eine Woche vor dem Jimmie Horn-Attentat von dem Anschlag geredet. Er hätte nichts dagegen, wenn wir jemanden hinschicken wollten, um mit dem Mann zu sprechen.

Der Jemand, den wir hinschickten, war ich.

Dieser Entscheidung verdanke ich es, daß ich jetzt in einem alten Farmhaus am Rande von Zebulon, Poland County, sitze. Es ist November, aber das sagte ich wohl schon.

Ich hatte mir eingebildet, es müßte eine wahre Freude sein, den Mörder eines Freundes zur Strecke zu bringen – Rache ist süß, wie man so sagt –, aber das war ein Irrtum.

Jeden Tag von vier Uhr morgens bis gegen elf Uhr vormittags versuche ich, die über zweitausend Seiten Notizen, Zeitungsausschnitte und Interviewprotokolle zusammenzustellen und sinnvoll auszuwerten, die einen Überblick über die in dem Attentat auf Horn gipfelnden Ereignisse und Entwicklungen geben.

Mit Vorschüssen, Zeitschriftenvorabdrucken und Zeitungsfortsetzungen über Thomas Berryman habe ich schon unanständig viel Geld verdient. Hier also kommt das Buch.

1. Teil
Die erste Fahrt in den Norden

West Hampton, 9. Juli

1969 gewann ich den George Polk-Preis für eine Reportagereihe über Jimmie Lee Horn, den schwarzen Bürgermeister von Nashville. Die Serie hieß: «Zu Fuß durch Shantytown», aber im *Citizen-Reporter* lief sie unter dem Titel «Schwarzes Leben».

Es war eine durchaus brauchbare journalistische Arbeit, aber ausschlaggebend für ihren Erfolg war wohl gewesen, daß ich zur rechten Zeit am rechten Ort gewesen war: Ich schrieb positive Berichte über einen Schwarzen in Tennessee, nachdem dort vor genau einem Jahr Martin Luther King ums Leben gekommen war.

Die Leute, die über diese Dinge zu urteilen hatten, waren der gleichen Ansicht. Die Serie sei «von vitaler Bedeutung», sagten sie.

1969 hatte ich also Glück gehabt.

Man kann eben nicht immer Glück haben, dachte ich, als ich über die Einfahrt zum William Pound Institute in West Hampton, Long Island, rollte. Wegen dieser Fahrt würde ich nichts über den Mord an Horn schreiben können. Die guten Horn-Aufträge waren schon anderweitig vergeben. An Kollegen, die weiter oben saßen.

Ich stellte den Leihwagen auf einem gut besetzten Besucherparkplatz ab und betrat, Tonbandgerät in der Hand, Jackett über dem Arm, den rissigen Plattenweg, über dem die Wipfel der knorrigen alten Eichen zusammenstießen, so daß ich wie durch einen Tunnel ging.

Zuerst achtete ich kaum auf meine Umgebung, ich war viel zu sehr von meinem Selbstmitleid in Anspruch genommen.

Randbemerkung: Bestimmt wirkte im William Pound Institute keiner so verloren und verirrt wie ich in meinem zerknitterten weißen Anzug, ausgefransten Panamahut und Rüschenhemd.

Immerhin war ich, Ochs Jones, einunddreißigjähriger Schreiberling aus der Südstaaten-Provinz, bisher noch nie weiter nach Norden vorgedrungen als nach Washington, D.C.

Aber weder die geschniegelten Ärzte noch die Krankenschwestern oder die Patienten, die auf dem Gelände herumliefen, schienen sich an meinem Anblick zu stören.

Und das will was heißen – selbst an einem diesigen, unfreundlichen Vormittag um halb zehn. Ich bin nämlich das, was man – in welchem

Sinne auch immer – eine auffallende Erscheinung nennt.

Ich habe kurzgeschnittenes blondes Haar, das an den Seiten schon etwas dünn wird und oben auf dem Kopf ausgegangen ist, so daß ich aussehe wie ein Franziskanermönch. Ohne Brille – die ich wegen des Regens abgenommen hatte – habe ich einen leichten Silberblick, außerdem bin ich fast zwei Meter groß und dadurch auch dann nicht so leicht zu übersehen, wenn ich eine weniger ausgefallene Garderobe trage.

Aber niemand achtete auf mich. Ein weibliches Wesen, das ich für eine Ärztin hielt, sagte: «Hallo, Michael.» – «Ochs», verbesserte ich. Auch eine Art, sich bekannt zu machen . . .

Ich war so gut wie überzeugt davon, daß Ben Toy mir keine Story würde liefern können, trotzdem folgte ich den Hinweisschildern mit den blauen Pfeilen, auf denen BOWDITCH stand.

Die Anlagen des Pound Institute waren sauber und ordentlich, sie rochen frisch und waren grün wie ein Park. Ich mußte an einen Uni-Campus denken, Namen wie Ithaca, Swarthmore oder Hobart kamen mir in den Sinn.

Gelegentlich kroch ein Cadillac oder Mercedes mit der vorgeschriebenen Höchstgeschwindigkeit von fünfzehn Stundenkilometern an mir vorbei.

Die roten Backsteinhäuser, an denen ich vorüberkam, waren die einzelnen Stationen der Klinik: Eine für bettlägerige Senioren, eine für Senioren, die noch herumhumpeln konnten, hauptsächlich Lobotomien.

In einem vierstöckigen Gebäude waren nur Kinder über zehn untergebracht. Ein junges Mädchen wiegte sich in einem Erdgeschoßfenster hin und her, der Anblick erinnerte mich an Anthony Perkins in der Schlußszene von *Psycho*.

Ich notierte mir ein paar Eindrücke und kam mir albern dabei vor. Gleichzeitig hielt ich Ausschau nach der Station, in der Ben Toy untergebracht war. *Bowditch*, Männerstation, geschlossenes Haus.

Vor der Mädchenstation hatte ich ein sonderbares Erlebnis.

Ein Mädchen mit runden Schultern saß auf dem Rasen nahe am Weg. Sie spielte auf einer Gitarre aus hellem Holz und sang, oder vielmehr sprach dazu: «*There's something going on, but you don't know what it is, do you, Mr. Jones?*»

Ich hieß Ochs Jones, war 31 Jahre alt, Vater zweier Töchter . . . Das einzige, was ich bisher in meinem Leben an Gewalttätigkeit mitbekommen hatte, war die Geschichte von meinem Großonkel Ochs Jones in Moon, Kentucky, den sie dort als Pferdedieb aufgehängt hatten. Das Mädchen hatte recht, ich wußte wirklich nicht, was sich tat.

Genaugenommen wußte ich noch sehr viel weniger, als ich mir damals einbildete.

Das letzte der roten Backsteinhäuser wirkte nicht so korrekt und langweilig wie die anderen, eher ein bißchen verbaut, und war entschieden weniger gepflegt. Dahinter erstreckte sich ein Kiefernwäldchen mit sehr grünem, hüfthoch wucherndem Unterholz. Nach hinten begrenzte ein hoher Lattenzaun das Stationsgelände. BOWDITCH stand auf dem eleganten, goldblitzenden Schild neben der Eingangstür.

Dr. Alan Shulman, der Arzt, der den *Citizen-Reporter* angerufen hatte, empfing mich am Eingang und erklärte mir ohne jede Vorrede, daß dies eine ungewöhnliche und heikle Situation für ihn sei. Die Klinik, sagte er, habe bisher nur in ganz seltenen Fällen und dann stets im Zusammenhang mit gerichtlichen Ermittlungen, Informationen über Patienten herausgegeben. «Aber bei einem Attentat», meinte er, «liegen die Dinge natürlich etwas anders. Wir möchten gern helfen.»

Shulman war ein typischer New Yorker mit drahtigem schwarzem Kraushaar. Er trug eine Brille mit dunkler Fassung und kleinen Silberpfeilen in den Ecken, war schätzungsweise Mitte Dreißig und sprach einen mir ungewohnten Akzent – Brooklyn oder Queens, tippte ich.

Ein paar Männergestalten drückten sich hinter den vergitterten Fenstern herum; offenbar waren wir beide in unserer Gegensätzlichkeit ein lohnender Anblick.

Ein stetig durch die Regenrinne fließender Wasserschwall erzeugte ein blechernes Scheppern, das auch rein akustisch die Verständigung zwischen Shulman und mir erschwerte.

«Ich bin gegen fünf, Viertel sechs von zu Hause weggefahren», sagte ich in schnellem, aufgeregtem Südstaatenakzent, «um mit Southern Airways zum Kennedy-Flughafen zu fliegen . . . grauenhafter Flug . . . Zwischenlandung an jeder Milchkanne . . . Dann mit dem Leihwagen hierher, wo sich Fuchs und Hase gute Nacht sagen . . . Und jetzt wollen Sie mich nicht zu Toy lassen . . . Das kann ja wohl nicht Ihr Ernst sein, Dr. Shulman.»

Shulman bewegte bestätigend den schwarzen Krauskopf. «Ben Toy hat eine schlechte Nacht hinter sich. Seit seiner Einlieferung ging es mal aufwärts, mal war er völlig down. Jetzt habe ich den Eindruck, daß er selbst wieder den Willen hat, gesund zu werden. Ich glaube nicht, daß er im Augenblick suizidgefährdet ist. Möglich, daß Sie morgen mit ihm reden können. Vielleicht sogar heute abend. Aber nicht jetzt.»

«Verdammter Mist.» Ich schüttelte den Kopf, lockerte meinen Schlips, und plötzlich mußte ich lachen. Dieses Lachen hat mir schon manches Geschäft verdorben. Ich kann mich einfach nicht allzu ernst nehmen, und die Leute merken das.

Als Shulman mitlachte, fing er an, mir sympathisch zu werden. Er hat ein nettes Lachen, bei dem man nur schwer wütend bleiben kann. Vermutlich kam er damit auch bei seinen Patienten gut an.

«Wenigstens könnten Sie mir 'ne Tasse Kaffee anbieten», grinste ich.

Dr. Shulman brachte mich durch die Hintertür ins Haus, wir amen an der Schwesternstation vorbei, und ich sah flüchtig ein paar Schwestern und Patienten und eine Menge Plexiglas. In einem holzgetäfelten Sitzungszimmer machte mir Shulman höchstpersönlich eine Tasse Schonkaffee.

Nach ein paar allgemeinen Redensarten erklärte er mir, warum er das Gefühl hatte, Ben Toy habe was mit den Morden an Jimmie Horn, Bert Poole und Lieutenant Mart Weesner zu tun, und ich sagte ihm, warum die Mehrzahl der Mitarbeiter vom *Citizen* daran zweifelte.

Unser stärkstes Argument waren Filmaufnahmen des Horn-Attentats, in denen deutlich zu erkennen war, wie Poole Schüsse auf Brust und Gesicht von Horn abgab.

Dem hatte Alan Shulman nur sein Gespür entgegenzusetzen (und möglicherweise die Überlegung, daß die Polizei Ben Toy wahrscheinlich nie und nimmer aus einem Irrenhaus vor Gericht stellen würde).

Wenn mir der Mann auch inzwischen sympathisch war – seine Ausführungen beeindruckten mich nicht sonderlich.

«Sie werden es nicht bereuen, Zeit und Geld in die Reise investiert zu haben», versicherte er. «Jetzt müssen Sie es nur richtig anpacken.»

Damit sich die Reise wenigstens ein bißchen für mich bezahlt machte, fuhr ich von der Klinik aus acht Kilometer weiter nach Süden, zog mir in meinem Leihwagen ein Paar Shorts an und ging zum erstenmal in meinem Leben im Meer baden.

Hätte ich gewußt, wie wenig Freizeit ich in den nächsten fünf Monaten haben würde, hätte ich den freien Nachmittag noch besser genutzt.

Dem regnerischen Tag folgte ein wunderschöner Abend mit rosablauem Himmel. In Bluejeans und einem weißen Oberhemd ging ich wieder über das Klinikgelände. Es war halb neun; man hatte mich gebeten, noch einmal in der Station vorbeizukommen.

Ein Pfleger, der aussah wie ein Rabbi, hatte den Auftrag, mich zu Ben Toy zu begleiten und sich Notizen über das Gespräch zu machen. Ein Ring mit Schlüsseln und Schildern klimperte am Gürtel seiner Levis. Auf einem Plastikschildchen stand: «Mr. Ronald Asher, Oberpfleger, Psychiatrie.»

Mit Notizblock und Stiften bewaffnet gingen wir über einen langen, mit braunem Teppichboden ausgelegten Gang, von dem rechts und links luftige, durch weiße Vorhänge abgetrennte Zimmer abgingen.

Das Gefühl des Eingesperrtseins machte mich etwas nervös. Ich fuhr mir beim Gehen mit den gespreizten Fingern durchs Haar.

«Unser Isolationsraum hat ungefähr die Größe einer Zelle», sagte Asher. «Er ist für Patienten bestimmt, die dem Personal, anderen Patienten oder sich selbst gegenüber gewalttätig werden.»

«Und was davon trifft auf Ben Toy zu?» fragte ich den Pfleger.

In dem Bartgewucher blitzten weiße Zähne auf. «Alles, Mann. Manchmal bringt einen der Kerl zur Weißglut, und dann wieder kann er richtig nett sein.»

Vor der einzigen geschlossenen Tür des Ganges blieb Asher stehen. Während er sich mit zwei verschiedenen Schlüsseln daran zu schaffen machte, linste ich durch ein buchgroßes Beobachtungsfenster.

Es war tatsächlich ein winziger Raum. Die kleinen, schmutzigen Fenster waren vergittert. Auf dem Fensterbrett stand eine Schale mit Cornflakes und Milch. Jenseits des Fensters sah man den Lattenzaun und einen Freizeithof.

Ben Toy saß auf dem einzigen Einrichtungsgegenstand der Zelle, einer schmalen, blaugestreiften Matratze. Er trug einen schwarzen Stetson, aber als er mein Gesicht im Fenster sah, nahm er ihn ab.

«Hereinspaziert», hörte ich eine freundliche, gedämpfte Stimme. «Die Tür ist bloß dreimal abgeschlossen.»

In diesem Augenblick machte Asher sie auf.

Ben Toy war ein großer, hagerer Mann um die dreißig mit einem schnellen, gewandten Lächeln, wie kleine Gauner es haben. Sein blondes Haar war fettig, ungewaschen.

Er trug eine weiße Schlafanzughose, aber keine Jacke. Man erkannte jede einzelne Rippe an seinem Oberkörper. Auf der Brust hatte er lockiges, rötliches Haar. Eigentlich machte er einen kräftigen Eindruck.

Wie Asher mir sagte, hatte Toy seit seiner Einlieferung kategorisch das Essen verweigert. Damals sei er ein Brocken von Mann gewesen.

Toy hatte eine sanfte Stimme, ich hatte den Eindruck, daß er bewußt redete wie ein Hippiejüngling aus der Drogenszene von New

York oder Los Angeles.

«Mann, Sie sehen ja aus wie 'n verdammter Mönch», sagte er ganz friedlich.

«Mein Pech», lachte ich, und er lachte auch. Er machte einen ziemlich normalen Eindruck, fand ich. Oder aber der schwarzbärtige Pfleger war ein Schlangenbändiger.

Nach einem kurzen Vorgeplänkel kamen wir sofort auf Jimmie Horn, das heißt, ich fing mit dem Thema an, aber das Reden besorgte fast ausschließlich Toy.

Er wußte, wie Horn aussah, wo er gewohnt hatte, wo seine Wahlkampfzentrale gewesen war, wie seine beiden Kinder und seine Eltern mit Vornamen hießen – Dinge, für die sich normalerweise außerhalb von Tennessee sonst kein Mensch interessiert hätte.

Ich merkte, daß ich jetzt selbst schnell redete und sehr konzentriert zuhörte. Der Kassettenrekorder fraß mir die Bänder förmlich aus der Hand.

«Ihrer Meinung nach ist es also klar, wer Horn umgelegt hat», sagte Toy zu mir.

«Allerdings. Ein gewisser Bert Poole hat ihn erschossen, eine unverbesserliche Flasche, ein Typ, der sein ganzes Leben in Nashville verbracht hat. Ein Blindgänger.»

«Und wie kommen Sie auf diesen ‹Blindgänger›?» fragte Toy ernsthaft und ließ langsam den schwarzen Stetson auf seiner Faust kreisen.

«Erstens habe ich die Aufnahmen im Fernsehen gesehen», sagte ich. «Und zweitens habe ich mit einem Haufen von Leuten gesprochen, die dabei waren.»

Toy sah mich mit gerunzelter Stirn an. «Dann haben Sie wohl mit dem falschen Haufen gesprochen», erklärte er sehr bestimmt.

Und dann erzählte Toy von dem Kontaktmann, der im Fall Jimmie Horn eine wichtige Rolle gespielt hatte.

Und ich hörte zum erstenmal den Namen Thomas Berryman.

Provincetown, 6. Juni

Das, was Toy mir an diesem Abend erzählte, hatte sich Anfang Juni in Provincetown, Massachusetts, abgespielt.

Harley John Wynn parkte im Schatten hinter dem Rathaus von Provincetown und machte sich, Träume von Macht und Geld im Kopf, auf den Weg zur Commercial Street. Wynn war ein gutaussehender

Mann mit hellem Haar und Babygesicht, er ähnelte ein bißchen Jugendfotos von F. Scott Fitzgerald. Er fuhr einen Lincoln Mark IV und war in mancher Beziehung Thomas Berryman ähnlich. Beide waren durch und durch modern, kalt, nüchtern und von erschreckender Selbstsicherheit.

Seit über drei Wochen zog Harley Wynn Erkundigungen über Berryman ein. Am Dienstag vor diesem Wochenende hatte er dann den Kontakt herstellen lassen.

Er war nach Provincetown bestellt und gebeten worden, um 21 Uhr 45, einen *Boston Globe* vor der Nase, auf einer Bank vor dem Rathaus zu warten.

Es war fast 21 Uhr 30, eine kühle Nacht, selbst für Cape Cod im Juni. Das Gras war frisch geschnitten und roch gut, fand Wynn. Es erinnerte ihn an einen College-Campus im tiefen Süden.

Mit Rücksicht auf seine sauberen Schuhe hielt er sich im Baumschatten am Rasenrand, erschrocken einer Schlange ausweichend, die sich als verheddertes Isolierband entpuppte.

Als ihm ein paar grüne Weidenfinger übers Gesicht strichen, zuckte er zusammen und merkte, wie sehr ihn die Fahrt angestrengt hatte.

Auf der Commercial Street war von der Nacht nichts zu spüren. Als Wynn in den Bereich der bernsteingelben Lichter kam, stieg ihm statt des Erdgeruchs Parfumduft in die Nase.

Er setzte sich auf eine der frisch gestrichenen Bänke – elfenbeinfarben wie das Rathaus – und stellte fest, daß er unter die Homos geraten war. Da gab es große blonde Wesen mit ausgeschnittenen Oberteilen in Scharlachrot und Himmelblau, kleine Burschen mit buschigem Haar, breitem Gürtel und Matrosenhosen, es gab Army-Overalls und Jesuslatschen zu besichtigen und *Times*-Modelle, die unter Straßenlaternen posierten.

Wynn zündete sich mit seiner großen Hand, der er die Nervosität ansah, eine Marlboro an, nahm einen langen, tiefen Zug und sah nach rechts und nach links. Er suchte Ben Toy.

Immer wieder schob er die Hand in die Brusttasche und berührte den dicken braunen Umschlag.

Auf der anderen Straßenseite saßen Ben Toy, 30, und Thomas Berryman, 29, in der Bar von *A. J. Fogarty*. Sie tranken Bier und Taylor Cream. Drahtig-sportlich, mit teuren Sonnenbrillen, wirkten sie wie Tennisprofis.

Mit zwei irischen Mädchen, die sie in Hyannis aufgegabelt hatten, redeten sie über Texas. Die eine trug einen Schottenrock mit passender Jacke, die andere einen blauen Blazer, Krempeljeans und gestreifte Baseballsocken.

Toy und Berryman gaben abwechselnd Texasschnacks zum besten und hörten sich dafür nicht ganz so gekonnte, aber durchaus vielversprechende Geschichten aus Boston an.

Oona, die Größere und Hübschere, erzählte, wie sie manchmal auf der Massachusetts Avenue in Boston auf körperbehindert machte.

«Vor lauter Verlegenheit hören dann diese geschniegelten Big Business-Typen auf zu glotzen. So schnell macht sich keiner an mich ran, wenn ich nicht will.»

Thomas Berryman sah sie aus verschwiemelten, rotgeränderten Augen an. «Das ist gut, ehrlich», sagte er und lächelte ein bißchen. Aus der Musicbox dröhnte ein Boogie von Bette Midler.

Ein gutaussehender blonder Mann auf einem Barhocker sprach Oona an. «Wissen Sie, an wen Sie mich erinnern?» Er lächelte gewinnend. «An Lauren Hutton.»

Oona lächelte unschuldig zurück. «Und wissen Sie, was Sie mich können? Sie können mich mal . . .»

Diesmal lachte Berryman richtig, sie lachten alle.

Dann sagte Berryman leise zu Ben Toy: «Glaubst du nicht, daß er jetzt lange genug gewartet hat?»

Toy leckte sich Bierschaum von der Oberlippe. «Im Leben nicht.»

«Bestimmt, Ben?»

«Der Typ wird jetzt erst so richtig sauer. Das ist ja gerade der Witz, daß er schon auf hundert ist, wenn ich aufkreuze.»

Berryman griente. «Ich frag ja bloß. Solange du lieferst, soll mir's egal sein, wie du's machst.»

Um 22 Uhr 30, eine Dreiviertelstunde nach der vereinbarten Zeit, stand Ben Toy auf und trat langsam an das Fenster von *A. J. Fogarty's Bar*. Später erinnerte er sich, daß er sich Wynn durch die Schnörkelschrift der Scheibe angesehen hatte: Teurer blauer Anzug mit grauen Nadelstreifen, Modellschuhe mit passendem braunem Gürtel. Macho-Typ aus dem Süden, dachte Toy.

Er seinerseits trug ein blaues Musselinhemd mit rotem Schmetterlingsmuster auf dem Rücken und kleinen Perlenknöpfen. Er war ein großer blauäugiger Mann – Berrymans Kumpel, ein verwegener Texastyp.

«Amerikas Ulknudel Nummer eins» hatten die Jungs in Amarillo ihn genannt.

Als Wynn sich wieder in den *Boston Globe* vertiefte, lächelte Toy. Der Mann mußte das Geld in der linken Jackentasche haben. Ständig rieb er mit dem Ellbogen daran herum.

Für Harley John Wynn war Ben Toy unübersehbar, als er die Pinte verließ. Mit seinem langen blonden Haar und dem harmlos-leeren Gesicht wirkte er auf freundliche Weise angesäuselt.

Langsam ging er hinter einem Collegeboy in mauvefarbenem T-Shirt her, schob sich an den verschiedensten Volkswagentypen vorbei über die Straße und ließ sich dann ganz gemütlich auf Harley Wynns Bank nieder.

Harley Wynn, Rechtsanwalt aus dem Süden, war ein cooler Typ mit ersten beruflichen Erfolgen, der genau wußte, daß er klar und analytisch denken konnte. Er identifizierte sich mit Männern wie Bernie Cornfeld und Robert Yablans, die im Big Business mit allen Tricks arbeiteten wie Profis auf dem Football-Feld. In diesem Augenblick war er dabei, sein erstes großes Spiel auf eigene Rechnung zu starten.

Ben Toy ließ sich von Wynns zur Schau getragener Lässigkeit nicht täuschen. Die Hände hatten den Mann aus dem Süden verraten. Weil sie feucht waren, hatte die Druckerschwärze des *Boston Globe* abgefärbt. Wynn hatte verräterische Flecken auf der Stirn und einen genau auf der Nasenspitze.

«Ich habe mir das alles gerade noch einmal überlegt.» Wynn deutete auf die Straße und die Umgebung. «Die Verspätung von einer Stunde, Kollegen von der anderen Fakultät . . . Sie haben mich ganz schön im eigenen Saft schmoren lassen . . .» Der Mann aus dem Süden lächelte jungenhaft und streckte Ben Toy eine sportlich gestählte Hand hin. «So was imponiert mir.»

Ben Toy übersah die Hand, brummelte etwas Unverständliches und starrte auf seine Stiefelspitzen.

Harley Wynn lachte herzlich.

Toy sagte noch immer nichts.

«Na schön.» Wynns südlicher Akzent wurde stärker. «Horn ist ein recht intelligenter Nigger. Sehr intelligent sogar.»

Toy sah auf, direkt in Wynns Augen.

«Aber Horn hat sich im Süden unbeliebt gemacht. Doch das nur nebenbei. Mein Interesse an der Sache – Ihr Interesse – ist rein finanzieller Art.» Er wartete auf ein Zeichen des Einverständnisses von Toy.

«Dazu kann ich nichts sagen», erklärte dieser endlich, zündete sich eine Zigarette an, streckte die langen Beine aus, lehnte sich zurück und beobachtete den Verkehr.

Das Lächeln des jungen Anwalts wurde etwas gequält. Meist bekam er sehr rasch seinen Willen. In dieser Beziehung war er verwöhnt. Er folgte Toys Blick, schien noch jemanden zu erwarten.

«Wir haben detaillierte Informationen über Horn», sagte er. «Tagesablauf, Zeitpläne, was Sie wollen.» Der Anwalt begann Informationen auszuspucken wie ein Computer.

«Schluß jetzt», knurrte Toy. Er drehte sich um und stieß dem Mann aus dem Süden die Faust in den Bauch. «Ich könnte Sie umbringen, Mann. Hören Sie bloß auf, mich zu verscheißern.»

Der Anwalt war blaß geworden, sein Haaransatz war feucht. Er verstand überhaupt nichts mehr.

Toy räusperte sich und spuckte in eindrucksvollem Bogen auf den Rasen. Scheinwerferlicht streifte ihn, streifte Harley Wynn über die Augen.

«Berryman möchte wissen, warum Sie so viel bieten. Ganz genau möchte er das wissen.»

Ehe Harley Wynn zu einer Antwort ansetzen konnte, hob Toy warnend einen Finger. «Und erzählen Sie mir ja keine Märchen!»

«Ich erzähl Ihnen keine Märchen», sagte Wynn. «Das ist eine ernste Sache, darüber bin ich mir durchaus im klaren. Die Vorsichtsmaßnahmen . . . Ja, also genau damit haben Sie Ihre Erklärung. Es darf keinen Verdacht geben, wenn die Sache vorbei ist. Keine Schwachstelle. Mit dem Mord an Horn ist es nicht getan. Gegen Verdächtigungen sind meine Leute anfällig. Sie möchten nicht, daß hinterher jemand kommt und ihnen dumme Fragen stellt.»

Ben Toy lächelte über die Antwort des Anwalts. Er rückte näher an ihn heran und legte einen Arm um den Nadelstreifenanzug. Ben Toy war sein Geld wert.

«Ich glaube, Sie machen besser für heute Schluß mit dem Klimbim», sagte er im weichen Texas-Singsang. «Die Hälfte von unserem Geld ist sofort fällig. Es steckt in Ihrer Jacke.»

Wynn versuchte, sich loszumachen. «Man hat mir gesagt, daß ich mit Berryman persönlich sprechen könnte.»

«Her mit dem Geld. Oder ich gehe. Und dann sehen Sie mich nicht wieder.»

Der Mann aus dem Süden zögerte. Aber dann zog er den braunen Umschlag hervor. Der Auftrag war perfekt.

Ben Toy entfernte sich mit 50000 Dollar in den Hosentaschen. Er war sehr mit sich zufrieden.

Die Töne der Rathausuhr über seinem Kopf schienen in den Himmel hinaufzuschweben. Bong, bong, bong . . .

Hinter dem Fenster der Bar machte Thomas Berryman wichtige Aufnahmen von Harley John Wynn.

Das war der Beginn des Thomas Berryman-Auftrags.

New York City, 12. Juni

Sechs Tage nach Zahlung der ersten Rate trippelte in New York City eine weiße Taube die Central Park South herunter, machte einen Augenblick halt, um an einem durchweichten Kleenex-Tuch herumzupicken, und flog dann zu dem Granitsims hinauf, der sich um Thomas Berrymans Apartment zog.

Ständig hocken diese armseligen Stadttauben auf seinem Fenstersims herum, ohne auch nur einen Blick in sein Fenster zu tun, sagte Berryman.

Auf dem Sims liegen überall lange Zigarillostummel. Es gibt da einen alten Südstaatentrick, mit Zigarren Vogelfedern abzusengen.

Die Fenster befinden sich zehn Stockwerke über der Central Park South in einem malerisch-grauen Wolkenkratzer, der jetzt ein Apartmenthotel ist. Ein berühmter faschistischer Bankier hat sich dort umgebracht. Er hat einen Strick an einen Heizkörper gebunden, ist aus einem der hohen Fenster gesprungen und hat sich erhängt.

Weil sein Nacken breit und sein Haar so dunkel ist, sieht Berryman furchterregend aus. Aber nur von hinten. Wenn die Leute ihn von vorn sehen, vertrauen sie ihm auf Anhieb. Mit ganz wenigen Ausnahmen. Er sei ein besessener Arbeiter, sagt Thomas Berryman von sich. Mit vierzehn habe er sämtliche Werke von Charles Dickens gelesen, als selbstgestellte Aufgabe gewissermaßen.

Er hat breite Schultern, schönes, dichtes Haar und einen buschigen Bürgerkriegsschnurrbart, der noch dunkler wirkt als sein Haar.

Sein Aussehen erinnerte mich an die Fotos von irischen Football-Spielern, die mir in der Sportredaktion auf den Tisch gekommen waren. Aber auch für Tiparillo-Anzeigen wäre er der richtige Typ.

An diesem Junimorgen schaltete er den Ventilator eines Karussell-Projektors ein und nahm einen Zug aus seiner üblichen Morgenzigarre. Dann zog er die Vorhänge vor die Panoramascheibe, und der Central Park verschwand samt Bäumen, Kutschen und Plaza-Hotel.

Ganz zuletzt verschwand ein träger Gaul mit blauem Strohhut. Berryman mußte lachen. Seit vier Monaten hatte er nicht gearbeitet, sondern sich in Mazatlán und Caneel Bay in der Sonne geaalt. Jetzt war er frisch und ausgeruht.

Thomas Berryman pflegte von seinen Aufträgen gelegentlich als Nummern zu sprechen. Ich bereite mich wieder mal auf 'ne kleine Nummer vor, sagte er, ich habe gerade 'ne Nummer abgezogen. So gesehen kam jetzt die Horn-Nummer.

In den nächsten drei Tagen bereitete er sich sorgfältig auf seine

Begegnung mit Jimmie Lee Horn vor. Er las alles, was je über Horn geschrieben worden war, alles, was Horn selbst geschrieben hatte, las es zweimal, bis ihm die Augen weh taten und ihm der Schädel brummte.

In seiner vollgepackten Bibliothek sitzend arbeitete er gewissenhaft wie der Sekretär eines Erzbischofs. Cowboystiefel waren out, teures Cologne in, zur Entspannung las er Bücher von Larry McMurtry. Büffeln, büffeln und nochmals büffeln, das war Thomas Berrymans fixe Idee.

Daß er sich mit Berryman zusammengetan hatte, zahlte sich für Ben Toy aus. Er wohnte in einem Penthouse, für das er 695 Dollar Monatsmiete zahlte, und besaß auf der East 89th Street in Yorkville den Flower & Toy Shop, in dem er gelegentlich auch selbst arbeitete. Der kleine Blumenladen war sein Hobby, er gab ihm das Gefühl, doch ein bißchen mehr zu sein als ein Cowboy, der ein paar Dollars zum Verpulvern in irgendwelchen Pinten übrig hat.

An einem Nachmittag, als er, in der freien Hand eine lederne Herrentasche, Zigarette verwegen zwischen die Lippen geklemmt, gerade die Ladentür abschloß, kam ihm schlagartig seine bourgeoise Lässigkeit abhanden.

An der Ecke der East End Avenue stand ein Mann, in dem Toy Harley Wynn zu erkennen glaubte.

Toy blinzelte einen Augenblick in die Sonne, dann setzte er sich in Trab. Mit dem Schlaufentäschchen in der Hand wirkte er trotz seiner Größe leicht feminin.

Wynn (oder wer immer es war) wandte sich ab, um sich im Windschatten eine Zigarette anzuzünden – ein hübscher Alfred Hitchcock-Effekt. Dann verschwand er in dem roten Backsteinhaus an der Ecke.

Toy rannte hinterher; auf dem Gehsteig vor dem Haus blieb er stehen. «Wynn!» rief er heiser. Es hallte bis zu den Dächern. «He, Wynn. Wynn, Sie Arschloch. He, Sie!»

In den Fenstern des obersten Stockwerks standen eine Menge blauer und roter Blumentöpfe. Im zweiten Stock war alles dunkel. Kein Wynn.

Eine kleine alte Frau in bordellrotem Kimono trat auf ihren Balkon und sah zu ihm herunter. Im Haus fingen große Hunde an zu bellen. Die Portiers der Nachbarhäuser sahen neugierig zu ihnen hinüber.

Schließlich winkte Ben Toy ein Taxi heran, das sich langsam aus der Nebenstraße näherte, und fuhr zur West Side hinüber. Unterwegs schluckte er eine Stelazin und vergaß daher prompt, Berryman von dem Mann zu erzählen, der wie Harley John Wynn ausgesehen hatte.

Ich beugte mich tiefer über Ben Toy. Die Matratze roch nach Urin, vielleicht war es auch sein Pyjama. «Harley Wynn», sagte ich.

Die Augen öffneten sich mit einem Ruck. Blaue Augen. Er war schon fast eingeschlafen.

«Thorazin.» Er fuhr sich mit der Zunge über die trockenen, aufgesprungenen Lippen. «Hundemüde wird man von dem Zeug.»

«Nur noch ein paar Fragen, die mir wichtig sind», sagte ich.

Toy seufzte, aber dann nickte er.

«War Harley Wynn bestimmt aus dem Süden?»

«Klar.» Toy rollte sich am Ende der Matratze zusammen. Er fröstelte. «Genauso wie Sie . . . Kann ich eine Decke haben?» fragte er Asher mit leiser, bittender Kinderstimme. Es klang ganz seltsam bei diesem Schrank von Mann mit dem zweitägigen Stoppelbart.

«Antworte, was du gefragt wirst», befand der Pfleger. «Du weißt, daß du eine Decke haben kannst, Ben. Also hör auf mit dem Theater.»

«Kann ich die Decke gleich haben?»

Asher deutete auf mich. Er zündete sich seine Pfeife an und starrte aus dem Fenster in die Dunkelheit hinaus.

Toy rappelte sich auf und lehnte sich mit dem nackten Rücken an die Rauhputzwand. Er kriegt schlechte Laune, dachte ich. Hoffentlich weiß der Pfleger, was er tut.

«Wissen Sie, woher Wynn stammt?» fragte ich.

«Tennessee», antwortete Toy kurz angebunden.

«Bestimmt?»

«Hören Sie schwer?»

Ich bekam langsam Gewissensbisse, weil ich ihm so zusetzte. «Schon gut. Jetzt hab ich nur noch eine Frage, Ben.»

«Schieß los – Ochs.»

«Das war nicht herablassend gemeint, ehrlich nicht.»

Toy lächelte, als sei das Gespräch sowieso nur ein Spiel, das wir beide miteinander spielten.

«Sie sagen, daß der Auftrag nicht direkt von Wynn kam.»

«Nein, der hat bloß den Strohmann gemacht. ‹Sie haben gesagt›, hat's bei ihm immer geheißen. ‹Sie haben dies gesagt, sie haben jenes gesagt . . .› Er war ein kleiner Fisch. Genau wie ich.»

«Na schön. Wissen Sie denn nun, *wer* Berryman den Auftrag gegeben hat?»

Ben Toy sah Asher an, sah mich an. «Kann ich nicht sagen.»

Ich hieb heftig mit der Handfläche auf den Boden. «Das ist gut! Erst große Töne spucken und jetzt nicht mit der Sprache herausrücken . . .»

«Ich weiß es wirklich nicht», beteuerte Toy. «Ich hab's nie gewußt.

Berryman wußte es.»

Nach dieser Antwort machte Toy geschlagene zwei, drei Minuten die Augen zu.

Asher und ich saßen da, taten keinen Mucks und sahen zu, wie er atmete. Es war unheimlich. Der junge Pfleger wirkte benommen und erschöpft. Wahrscheinlich hatte ich selber ziemlich glasige Augen.

Toy leckte sich wieder die aufgesprungenen Lippen. Er schauderte zusammen, wie kurz vor dem Einschlafen.

Ganz in der Nähe fing ein Rock'n'Roll an zu fetzen, und er machte die Augen wieder auf. Er schien ungehalten darüber, daß wir noch in seiner Zelle saßen. Fast ein bißchen wütend.

«Kann ich jetzt schlafen?» fragte er, wieder mit seiner sanften Südstaatenstimme. «Würden Sie bitte das Licht ausmachen?» Und zu mir gewandt: «Wenn Sie wollen, rede ich morgen weiter.»

Ich schüttelte Ben Toy die Hand und wünschte ihm eine gute Nacht. Weshalb ich so reagierte, kann ich mir heute nicht mehr recht erklären.

Vielleicht deshalb, weil dieses erste Interview mich total durcheinandergebracht hatte. Nachdem Toy die Geldübergabe in Provincetown geschildert hatte, wußte ich, daß ich auf eine große Sache gestoßen war.

Als ich neben Ronald Asher den Gang hinunterging, erinnerte ich mich an eine schlimme Szene, die ich vor fünf Tagen in der Redaktion des *Citizen-Reporter* erlebt hatte.

An jenem Nachmittag setzte sich ein Redaktionsvolontär, ein arroganter neunzehnjähriger schwarzer Lümmel, auf meinen Schreibtisch, mitten auf meine ausgebreiteten Papiere. Der Junge, John Seawright hieß er, hatte mich schon ein paarmal wegen des Wahrheitsgehalts meiner Horn-Artikel genervt, und ich wollte ihn gerade höflich, aber bestimmt auffordern, sein Hinterteil von meinem Schreibtisch zu lüpfen und mich in Zukunft gefälligst in Ruhe zu lassen, als er meine Schultern packte und anfing zu weinen. «Sie haben ihn erschossen», schluchzte er. «Sie haben Jimmie Horn erschossen, Mann. Er ist tot.» So erfuhr ich es. Gewissermaßen mit dem Holzhammer.

Irgendwo im Radio spielte jemand auf einem verstimmten Klavier *A House is not a Home*.

Ich war noch ziemlich geschockt von dem Interview.

Die gelben Ganglampen brannten um diese Zeit nur mit halber Kraft, und ich konnte es nicht lassen, hier und da einen Blick in die hell erleuchteten Zimmer zu werfen, an denen wir vorübergingen.

In einem saßen zwei Männer mittleren Alters, die sich glichen wie ein Ei dem andern, an einem Schachbrett. In einem anderen hatte ein junger Mann in Unterwäsche ein Mathematikbuch vor der Nase.

Ich sah Asher an. Der Bart war toll. Irgendwie imponierte mir das haarige Gestrüpp.

«Ich habe mir auch schon überlegt, ob ich mir so was stehenlassen soll», brach ich das freundschaftliche Schweigen. «Obgleich mir nicht so ganz klar ist, weshalb man so was tut.»

«Damit die Leute merken, was für ein schlauer Knabe man doch eigentlich ist», grinste der Pfleger. «Aber so ein Bart ist auch ganz schön lästig, wenn ich bloß an die Spaghetti und die Kuchenkrümel denke, die immer drin hängenbleiben.»

«Ich bin gar nicht darauf aus, den Leuten zu demonstrieren, was für ein schlauer Knabe ich bin.» Ich sah zu der gedämpften Beleuchtung hoch. «Deshalb würde ich keinen Bart tragen.»

Noch in der Patientenküche ließ er sich über die Beschwerlichkeiten des Barttragens aus. Bei Leichenbegängnissen im Süden gibt es solche Gespräche – man redet über alles und jedes, nur nicht über den eigentlichen Anlaß und über die Leiche.

Asher servierte mir einen schwarzen Kaffee, in dem der Löffel stand. Eigentlich, dachte ich, hat er einen reizvollen Job. Gleichzeitig beobachtete ich einen pickligen Teenager, der sich eßlöffelweise Zukker in ein großes Glas Milch tat. Er hatte wirres, knisterndes Kraushaar und sah mit seinen sechzehn Jahren schon total kaputt aus.

In der Küche kam mir eine gute Idee. Ich würde Asher um einen Gefallen bitten.

«Was wissen Sie über diesen Fall?» fragte ich als Einleitung.

«Alles.» Asher schluckte seinen schwarzen Kaffee. «Jedenfalls so gut wie alles. Shulman war heute abend mit mir essen und hat mir erklärt, wie das Krankenhaus zu der Sache steht. Er hat mir auch gesagt, daß nur ich bei Ihren Gesprächen mit Ben dabeisein würde.»

Ich tat Sahne und gelben Zucker in meinen Kaffee. Natürlich nur der Form halber. Ich würde mich hüten, diese Brühe, die mich an den Mississippi erinnerte, auch noch zu trinken.

«Sie stehen sich also recht gut mit Shulman?»

«Gott, wir haben gelegentlich auch mal unsere Meinungsverschiedenheiten. Für meinen Geschmack verallgemeinert er ein bißchen zuviel, geht zu sehr nach dem Lehrbuch. Aber alles in allem verläßt er sich auf mein Gespür. Ob Sie's glauben oder nicht, vor diesem Job war ich in Kolumbien.»

«Hat er Ihnen das von Jimmie Horn erzählt?» wollte ich wissen.

«Ja. Aber auf das, was ich da vorhin bei Toy gehört habe, war ich trotzdem nicht gefaßt. So richtig ernst hatte ihn eigentlich hier keiner von uns genommen.»

Ja, ich würde Asher um den Gefallen bitten und trank mir mit einem Schluck Kaffee Mut an.

«Ich will hier nicht auf die Tränendrüse drücken», sagte ich. «Aber – ich kannte Horn seit acht Jahren, man könnte sagen, wir waren befreundet. Ich erwähne das nur, um Ihnen klarzumachen, was im Augenblick in mir vorgeht. Ich bin ganz schön fertig.»

Der Pfleger nickte; ich trank aus lauter Verzweiflung noch einen Schluck Kaffee, seufzte und sprach weiter. «Es geht um folgendes Problem: Ich würde gern lesen, was an Berichten und Befunden über Toy hier vorliegt. Natürlich könnte ich mich an Alan Shulman wenden. Aber dazu fehlt mir ganz einfach der Mut. Wenn er nein sagt, bin ich geplatzt. Es geht mir um Namen, Daten, Hinweise auf Thomas Berryman. Ich würde nichts verwenden, womit ich jemandem hier in Bowditch schaden könnte, darauf gebe ich Ihnen mein Wort.»

Asher nickte wieder. Er sah jetzt ganz erledigt aus, und er tat mir leid. Aus dem Küchenfenster sah er in den dunklen Freizeithof hinaus.

Jenseits der scheinwerferbestückten Mauer lag der Personalparkplatz. Dann kam das Ende des Krankenhausgeländes. Dann das Meer. Nachts konnte man nur die Mauer sehen. Salvador Dali hätte es nicht besser malen können.

«Gleich am Eingang links ist ein kleines Besprechungszimmer», sagte Asher. «Warten Sie dort. Ich will sehen, was sich tun läßt.»

Der Pfleger brachte mir schließlich Ben Toys Einlieferungsbericht, Untersuchungsberichte, Krankenblatteintragungen – alles in allem über zweihundert Seiten, die sämtlich mit dem Vermerk «Vertraulich» oder «Nicht aus dem Raum entfernen» versehen waren. Ein paar Berichte waren mit der Maschine geschrieben, aber hauptsächlich handelte es sich um handschriftliche Notizen, mit einem schwarzen Kugelschreiber festgehalten.

Ich begann, mir Namen, Adressen, Telefonnummern herauszuschreiben. In den täglichen Krankenblatteintragungen kamen Jimmie Horn und Harley Wynn mehrmals, Thomas Berryman weniger oft vor.

Die anderen Namen und Adressen waren mir unbekannt. Unmittelbar erkennbare Verbindungen mit Tennessee gab es nicht.

Toys Einlieferungsbericht las ich mit besonderem Interesse.

«Mr. Toy ist ein sehr gut aussehender, kräftiger junger Mann aus Nordwest-Texas. Keine engen, stabilen menschlichen Beziehungen, abgesehen von einer Freundschaft, die schon seit seiner Kinderzeit besteht.

Toy behauptet, einen Mann und eine Frau getötet zu haben; durch ein traumatisches Erlebnis wurde eine schwere Depression mit gleichzeitiger physischer Aggression beschleunigt. (Er schlägt auf Wände und Menschen ein.)

Gleichzeitig leidet Toy unter auditorischen Halluzinationen. Sofortige psychiatrische Spezialbehandlung wird empfohlen. Suizidtendenzen sind nicht auszuschließen . . .»

Ich unterbrach meine Lektüre, weil mir etwas eingefallen war, was meiner Aufregung und meinen Spekulationen über Toy und Thomas Berryman einen Dämpfer versetzte. Jimmie Horn war von Bert Poole niedergeschossen worden. Ich hatte es mit eigenen Augen mehrmals im Film gesehen. Ich erinnerte mich an die Szene so deutlich wie an die berühmt gewordene Fernsehsequenz, in der Jack Ruby Harvey Lee Oswald erschießt.

In der Station war es still, ich mußte an die Nächte in meinem eigenen Haus denken, wenn ich noch spät auf war. Der einzige Laut war das Rinnen des Wassers, das in den Rohrleitungen des alten Gemäuers vergluckerte. Es war halb drei. Ich kam mir selbst nicht mehr ganz normal vor.

Ich saß am Schreibtisch, die bestrumpften Füße auf die grüne Schreibunterlage gelegt, rauchte, trank Automatenkaffee und machte mir Gedanken über Ben Toy und Ronald Asher.

Ich wußte, daß ich jetzt eine Story hatte, einen Knüller sogar, und überlegte mir einen Einstieg für künftige Interviews.

Aus Erfahrung wußte ich, daß man gut daran tut, schon möglichst früh seinen Namen und den Namen des Blattes zu nennen. Die Leute wissen gern, mit wem sie es zu tun haben. Am besten war es wahrscheinlich, überlegte ich, Kapital aus den Sympathien für Jimmie Horn, aus der negativen Einstellung zu politischen Attentaten zu schlagen.

Ich kritzelte eine schöne Rede, die ich als Einführung halten wollte, aber sie war so verwickelt, daß die Leute am Schluß schon wieder den Anfang vergessen hätten.

Dann kam ich auf einen sehr unkomplizierten, sehr direkten Dreh. «Mein Name ist Ochs Jones, ich schreibe für den *Nashville Citizen-Reporter* (oder das jeweilige Lokalblättchen) und recherchiere den Mord an Jimmie Horn in Nashville. Würden Sie mir helfen?»

Bei meinen viermonatigen Recherchen in sechs Bundesstaaten hat mich diese Vorrede nicht ein einziges Mal im Stich gelassen.

Auf einen wacheschiebenden Pfleger oder Sicherheitsbeamten gefaßt, öffnete ich die einzige unverschlossene Tür der Station zur Außenwelt.

Auf den Eingangsstufen sitzend erwartete mich Alan Shulman. Er hatte einen abgetragenen, unmodernen Straßenanzug an und kratzte mit seinen Boots kleine Kreise und Kreuze in den Kies der Auffahrt.

«Asher hat Sie angerufen», stellte ich fest.

Er nickte. «Ich bedaure es, daß Sie nicht mich um diese Unterlagen gebeten haben», sagte er. «Es macht mir zu schaffen, Mr. Jones.» Dann stand er auf und verschwand im Haus, ich hörte es ein paarmal schließen, dann war alles wieder still.

Auch ich bedauerte es, daß ich mich nicht an ihn gewandt hatte; ich kam mir ziemlich schäbig vor.

West Hampton, 10. Juli

Am nächsten Morgen saß ich allein in einem zerwühlten Doppelbett und versuchte, beim Frühstück meinen ersten Artikel über Thomas Berryman zu schreiben. Es wurde kein überwältigender Erfolg.

Randbemerkung: Wir Journalisten der neuen Schule, dynamisch, clever, enthüllungssüchtig, können uns einfach nicht so gut ausdrükken wie die Jungs von der alten Garde.

Randbemerkung: In meinem Bekanntenkreis gibt es Leute, die Ermittlungen der Presse oder der Polizei mit einem Puzzlespiel zu vergleichen pflegen. Allerdings handelt es sich bei der Ermittlung, an der ich mitgearbeitet habe, dann – um im Bild zu bleiben – um ein Puzzle, bei dem sämtliche Teile an allen möglichen und unmöglichen Orten verlorengegangen sind. Im Haus, auf dem Hof, im Wagen, überall dort, wo der Wagen nach dem Kauf des Puzzles mal gestanden haben könnte.

Ehe ein Reporter sich ans Zusammensetzen machen kann, muß er die einzelnen Teile wiederfinden.

In meinem Motelbett sitzend besah ich mir meine Puzzleteile:

Eine Bar in Provincetown, Mass.: *A. J. Fogarty's.*

Ein Hotel: *Bay Arms* (ebenfalls in Provincetown).

Ein New Yorker Blumenladen: Flower & Toy Shop.

Anschlüsse, mit denen Toy sich nach seiner Einlieferung in die Klinik hatte verbinden lassen:

212-686-4212 (Carole Ann Mahoney)
312-238-1774 (Robert Stringer)
617-753-8581 (Bernard Shaw)

212-838-6643 (Mary Ellen Terry)
212-259-9311 (Berryman, New York City)
516-249-6835 (Berryman, Long Island)
Namen: Dr. Reva Baumwell (100 Park); Michel Romains; Charles Izzie; Ina und Calvin Toy.

An den Schluß der Liste setzte ich noch zwei Notizen als Gedächtnisstütze: Lewis Rosten (das ist mein Chef) anrufen wegen Killer aus Philadelphia.

Alan Shulman anrufen: Lunch oder Boxkampf.

Ich bat die New Yorker Auskunft um Thomas Berrymans Telefonnummer in Manhattan und bekam die Nummer, die ich schon kannte: 259-9311.

«Ist das 60 West 80th Street?» fragte ich.

«Nein, Sir. 80 Central Park South.»

Ich schrieb auf meine Liste Berrymans New Yorker Adresse neben seine Telefonnummer.

Dann begann ich die anderen Nummern anzuwählen. Die Reaktion bei 212-686-4212 war typisch für die Ergebnisse dieses Vormittags. Eine junge Frau mit munter-freundlicher Stimme – Mittelwesten, schätzte ich – meldete sich. «Hallo?»

«Guten Tag, mein Name ist Ochs Jones. Ich bin ein Freund von Ben Toy.»

«Von wem?»

«Ben Toy, Thomas Berryman . . . Sie sagten, daß Sie –»

«Ach so. Augenblick bitte, Sie möchten sicher Maggie sprechen . . . Mags, ein Freund von Ben Toy . . .»

Der Apparat wird auf einem Tisch abgesetzt. Hochhackige Damenschuhe klappern über einen Parkettfußboden. Nach zehn Minuten wird aufgelegt. Ich versuche es noch einmal; niemand hebt ab.

Das Hotel *Bay Arms* in Provincetown konnte für den Juni keine Zimmerreservierung eines Mr. Toy oder Mr. Berryman feststellen.

Bei *A. J. Fogarty's* wurde ich gebeten, nach fünf noch einmal anzurufen, weil dann der Dienst der Spätschicht begann.

In dem Blumenladen meldete sich niemand.

Hertz und Avis beteuerten einstimmig, weder Harley Wynn noch sonst jemand hätte auf dem Logan Airport, Boston, einen Lincoln Mark IV mieten können. «Logistisch unmöglich», sagte der Schlaumeier von Avis.

Gegen Mittag beschloß ich, Lewis Rosten anzurufen. Rosten ist mein Chef beim *Citizen-Reporter*, ein robuster Wörterschmied, der sein Handwerk in Sewanee, der Uni des Südens, erlernt hat. Er gehört zu den Hunden, die nicht zu bellen, sondern zu beißen pflegen, und daß dieses Buch entstehen konnte, ist in erster Linie ihm zu verdanken. Außerdem ist er mein Freund.

Er schien gerade erst in der Redaktion angekommen zu sein. «Wie läuft es, Ochs? Oder läuft gar nichts? Wo steckst du?»

«Noch immer in Long Island. Du machst einen ganz vergnügten Eindruck. Hast wohl für heute einen guten Aufhänger, was?»

«Ausgemachten Käse», nölte Rosten in waschechtem Mississippi-Slang. «Spekulationen über diesen Joe Cubbah aus Philadelphia.»

«Ich habe gestern abend in der Klinik mit Ben Toy gesprochen», sagte ich. «Da könnte durchaus was dran sein, Lewis.»

Ich las ihm etwas von dem vor, was ich mir über Toy notiert hatte, und sagte ihm auch, was ich persönlich für ein Gefühl bei der Sache hatte.

«Mannomann», sagte Rosten, als ich fertig war. «Und ich wollte mich schon entschuldigen, weil ich dich dort hingeschickt habe, während es bei uns so spannend ist. Aber ich hatte gleich so einen Riecher, als dieser Medizinmann mich anrief. Und Toy hat tatsächlich geantwortet: ‹Kann ich nicht sagen›, als du ihn danach gefragt hast, von wem Thomas Berryman den Auftrag hatte?»

«Ja, aber dann hat er sich sofort verbessert und gesagt, er wüßte es nicht. Es ist schwer, Toy richtig einzuschätzen. Er ist mit Medikamenten vollgepumpt. Offenbar hat er einige der Pfleger schon grün und blau geschlagen. Er ist ein ziemlich kräftiger Kerl.»

«Wie haben sie ihn überhaupt dort hinbekommen?»

«Das weiß ich nicht. Ich habe noch nicht alle Einzelheiten. Gestern abend ist er während des Gesprächs eingeschlafen.»

Das hörte Rosten offenbar nicht so gern. «Wann sprichst du wieder mit ihm?» wollte er wissen.

«Heute. Hoffe ich jedenfalls. Ich – äh – habe mir gestern ein kleines Problem eingebrockt. Habe mir Krankenhausunterlagen über Toy angesehen und bin dabei erwischt worden.»

In Nashville paffte Rosten gelassen an seiner Pfeife. «So was kommt in den besten Familien vor. Charles Dickens: *David Copperfield* ... Übrigens, Ochs, tu mir einen Gefallen und sieh dich sehr vor in dieser Sache.»

Ich setzte mich an meinen Motel-Schreibtisch und rauchte noch etliche Zigaretten. Draußen war heller Mittag.

Am Swimmingpool veranstalteten ein paar kleine Mädchen ein Dauerspringen.

Punkt für Punkt ging ich mein Material durch: das, was ich hatte, und das, was mir noch fehlte. Dabei fiel mir – unter anderem – auf, daß ich keine Ahnung hatte, wie oder warum der Killer aus Philadelphia nach Nashville gekommen war. Keinen Schimmer.

Auch in der Frage, was aus Thomas Berryman geworden war, tappte ich total im dunkeln. Ich saß da, rauchte, sah den kleinen Mädchen beim Toben zu und fragte mich, wo Berryman wohl in diesem Augenblick stecken mochte.

West Hampton, 11. Juli

Zwei kräftige Pfleger wickelten Ben Toy ein wie eine altägyptische Mumie – nur mit dem Unterschied, daß sie dazu nasse, eiskalte Tücher nahmen. Er lag flach auf einem der beiden hölzernen Massagetische in dem blitzsauberen Duschraum von Bowditch.

Ein Pfleger zog die triefenden Laken fest, der andere hielt die Ränder zusammen wie Bindfadenenden beim Päckchenpacken.

Die straff gewickelten Tücher stauten Toys Körperwärme, die ihn betäubte, seine Gedanken zerfließen ließ. Er sah aus wie auf einem Drogentrip.

Während wir im Duschraum saßen, kamen immer wieder Patienten herein, die so taten, als wollten sie sich auf sein Gesicht setzen. In Bowditch war das der größte Witz. Die Eindringlinge lachten. Ben Toy lachte. Es herrschte eine eigenartige Kameradschaft unter den Patienten, die draußen den Belastungen des normalen Alltags nie standgehalten hätte. Es war verwirrend, aber ich «sah mich vor», wie Lewis Rosten mir eingeschärft hatte. Dies war Interview Nummer 2, und Toy hatte sich dazu kalte Packungen bestellt.

Ich beugte mich vor und schob ihm eine Winston zwischen die aufgesprungenen Lippen. Seine Poren hatten sich geöffnet und sonderten fettigen Schweiß ab.

Er inhalierte tief und stieß den Rauch in einer feuchten Wolke wieder aus. Die Atmosphäre war seltsam unwirklich. Irrenhaus-Stimmung.

«Mich entspannt das unheimlich.» Toy meinte die kalten Packungen. Seine eingefallenen Wangen und seine Stirn waren rot angelaufen. «Beim erstenmal wehrst du dich wie ein Verrückter, wenn sie es mit dir machen wollen, danach kannst du nicht genug davon kriegen.»

Er versuchte, den Rauch zur grün gekachelten Decke hinaufzublasen.

Mein Blick wanderte über die sauber gebündelten Tücher hinweg zu Asher. Mit vereinten Kräften hatten wir Shulman wieder versöhnt. So einigermaßen jedenfalls. «Wenn man versuchen würde, mich so einzupacken, würde ich mich wahrscheinlich auch wehren», meinte ich.

Toy lächelte. Sein Blick hing an der Winston in meiner Hand. «Noch ein Zug. Dann erzähl ich Ihnen was.»

Er erzählte mir von Thomas Berrymans unkonventionellen Mordmethoden.

Seine letzte «Nummer» war in der Kleinstadt Lake Stevens, Washington, gelaufen. Ihr waren zwei von drei Brüdern, die zusammen eine Flugzeugfirma, die Shepherd Industries of Washington, betrieben hatten, zum Opfer gefallen.

Berryman wurde eingesetzt, weil es aussehen sollte wie ein Unfall mit tödlichem Ausgang. Daß ein Verdacht auf die Familie fiel, mußte unter allen Umständen vermieden werden.

Das Vierzigtausend-Dollar-Honorar bekam Berryman von dem dritten Bruder.

Ich dachte an Harley Wynns Andeutung, daß es nach dem Mord an Jimmie Horn keinen Verdacht, keine Schwachstellen geben durfte. Wenn Berryman tatsächlich hinter dem Attentat in Nashville steckte, hatte er diese Bedingung mit Bravour erfüllt.

Für die Shepherd-Nummer hatte er alles in allem drei Tage gebraucht.

Am 17. Januar, einem Freitag, war er zu dem Gut der Familie nach Lake Stevens gefahren und dort als Michael J. Shear, Vertreter einer Werkzeugmaschinenfirma in Michigan, eingeführt worden. Am Montag sollte er mit den drei Brüdern zu einer Fabrikbesichtigung nach Detroit fliegen.

Der komplizierte Plan – kennzeichnend für Berrymans Arbeitsweise – rollte mit faszinierender Präzision ab. «Sauber» nannte es Ben Toy.

Beim Zuhören dachte ich an die Parallelen zum Fall Jimmie Horn.

Lake Stevens, Washington, 19. und 20. Januar

Am 19. Januar, einem Samstag, saß Thomas Berryman in der Küche, in die das Mondlicht fiel, trank lässig einen Becher Pulverkaffee und träumte von einem Mädchen namens Oona Quinn.

Er horchte auf Geräusche in dem großen Haus der Shepherds, hörte draußen den kalten Wind in den Fichten heulen und in der Küche das beruhigende Knistern des Feuers unter dem Wassertopf.

Die Zeiger der Plastikuhr über dem Herd standen auf fünf vor zwei.

Um zwei rappelte sich Berryman auf. Er unterdrückte ein Gähnen, rieb sich die Augen und trat hinaus in die winterliche Kälte.

Die Nachtluft erleichterte ihm die Konzentration. Trotzdem kam er sich noch eine Weile vor wie ein Schlafwandler. Er hatte eine leinene Umhängetasche bei sich und eine fünfzöllige Crossman-Luftpistole.

Seine Tennisschuhe tappten leise über den Hof, dann schlug er sich im Dunkeln mit Ästen und Gebüsch herum.

Dem gewundenen Lauf des schmalen Baches folgend, auf dem sich der spiegelnde Mond wiegte wie ein Boot, schlug Berryman im Wald einen Bogen und erkannte nach einer Weile die gelben Flutlichter des Shepherdschen Flugplatzes, die die Maschinen festzuhalten schienen wie mit Haltetauen.

Neben der klapprigen Aufenthaltsbaracke für die Wachmannschaften stand unter der Nase eines Flugzeugs ein alter Chevy Bel Air. «Bei Tieren tret ich auf die Bremse», las Berryman auf einem großen orangefarbenen Sticker am Kofferraum. Wahrscheinlich ein Farmer, der oft nachts unterwegs war, überlegte er. Oder einfach Hippie-Typen.

In einem Fenster der Wachbaracke war ein Kopf mit struppigem grauem Haar zu erkennen, ein leise gestelltes Radio spielte Country-Musik.

Etwa dreihundert Meter weiter draußen stand der Jet, mit dem er am Freitag gekommen war. Auf einem Umweg, immer im Waldschatten bleibend, machte er sich an den Vogel heran.

Er sah die mageren Dobermänner, die auf dem spiegelnden Asphalt umhertobten; offenbar fanden sie Gefallen an dem klappernden Geräusch ihrer Pfoten auf der glatten Fläche.

Außerhalb der Flutlichter war es relativ dunkel auf dem Rollfeld, so daß Berryman sich aus dem Unterholz herauswagen konnte. Von weiter draußen näherte sich ein jüngerer Wachmann mit einem angeleinten Dobermann der Baracke. Er band das kräftige Tier an, das ein, zwei Minuten draußen herumsprang und nach einer Hündin schnappte, die ebenfalls angeleint war.

Während Berryman noch den beiden zusah, stürzte sich unvermittelt, ohne warnendes Kläffen, erst spät bedrohlich knurrend, aus dem Waldschatten ein Dobermann auf ihn.

Berryman ließ sich fallen, hob die Crossman – ein leises Zischen, und das schöne Tier drehte sich einmal um sich selbst und brach dann mit gefletschten Zähnen zusammen. So sehen Hunde aus, wenn sie – zu spät – versucht haben, das todbringende Auto zu beißen, das auf sie zurast.

Doch der Dobermann würde nach ein paar Stunden wieder aufwachen, wenn auch jämmerlich jaulend und hinkend. Der jüngere Wachmann sollte nicht so glimpflich davonkommen. Berryman brauchte ihn.

Tom Berryman erhob sich vom kalten Asphaltboden, betastete die Risse in Jackett und Pullover und ging zu dem Jet hinüber; er hatte eine anstrengende Nacht vor sich.

Am nächsten Morgen lief Berryman in der Shepherd-Küche herum wie ein kranker Mann. Ihm war flau im Magen, und er zitterte leicht – unter anderem deshalb, weil er in der Nacht nicht geschlafen hatte. Am anderen Ende der Küche machte sich die kleine schwarze Köchin am Herd zu schaffen. Sie hatte sehr strenge Moralbegriffe, und die Party, die in der Nacht gestiegen war, ging ihr gründlich gegen den Strich. Sie machte Thomas Berryman dafür verantwortlich. Er hatte die Fete organisiert.

«Hmpff. Wenn das so weitergeht, bleib ich hier nich», sagte sie vorwurfsvoll ins Leere hinein. «Hmpff.»

Sie schlug Eier in einer großen Schüssel, wobei sie unablässig und erbittert den Kopf schüttelte. «Damenunterwäsche im Garten, Maraschinokirschen im Swimmingpool. Hmpff, hmpff.» Sie wandte ihr kluges kleines Runzelgesicht dem schnurrbärtigen Berryman zu. «Und ich denk, Sie sind ein Gentleman. Falsch gedacht. Wieder mal falsch gedacht.» Sie zuckte die Schultern. «Is nich das erste Mal. Wird nich das letzte Mal gewesen sein.»

Berryman machte ein zerknirschtes Gesicht. Es schien, als täte es ihm zumindest leid, ihren Zorn erregt zu haben. «Was ist denn das hier?» fragte er nach einer respektvollen Pause.

«Hmpff.» Die kleine Kochmamsell biß sich auf die Zunge. Sie schlug die Enteneier, bis sie dunkelgolden waren. «Raten Sie mal . . . Was wird's wohl sein?»

Thomas Berryman legte den Kopf zurück und schob sich eine keksgroße Frucht in den Mund. «Schmeckt wie 'ne Erdbeere», grinste er. «Ist aber zu groß für 'ne Erdbeere.» Der Saft lief ihm übers Kinn, und er stoppte das Rinnsal mit dem Zeigefinger.

Die Köchin drängelte ihn von ihrem Herd weg. Aber jetzt war es schon fast wieder Spaß. «Wirklich, ich bin sehr böse auf Sie, Mr. Shear.» Mit ihrer knochigen Hüfte schob sie ihn quer durch die Küche. «Sie sind schlecht für Lake Stevens, wenn Sie so was wie gestern abend machen.»

Offenbar war Berryman viel daran gelegen, die kleine Kochmamsell wieder zu versöhnen, denn er begann, die vier Zinnbecher mit Kaffee zu füllen, die auf der Küchentheke aufgereiht waren.

«Wer trinkt den Kaffee gesüßt oder schwarz?»

«Mr. Ben und Sie, ihr seid die Süßen, die auch noch Milch nehmen. Aber lassen Sie man, das mach ich schon selber.»

Während die Köchin das Rührei auf die angewärmten Teller verteilte, ließ Berryman in zwei der Kaffeebecher kleine Tabletten fallen, eine Mixtur aus Eisenvitriol, Magnesiumoxyd und Brechwurz.

«Seien Sie doch nicht so streng, Mrs. Bibbs», bat er, während er zusah, wie die Tabletten sich auflösten, und lächelte sie an. Die alte Frau sah auf, und dann lächelte auch sie, mit blitzenden Goldzähnen. Wie üblich hatte man ihm verziehen.

Der jüngste der Shepherd-Brüder, Benjamin, saß stocksteif und mit glasigen Augen da und mampfte an seinem Frühstücksbrötchen wie an einem Gummireifen. Muß ein Herzanfall sein, dachte er.

Er hörte sein großes Herz schlagen, als wollte es ihm die Brust zersprengen. Das Blut pumpte durch seinen Körper, Finger und Zehen wurden ihm taub, seine Lungen füllten sich mit Flüssigkeit, und er bereute seinen sündigen Lebenswandel.

Pfannkuchen wurden herumgereicht. Sein Bruder machte Witze mit Thomas Berryman wegen des Rückflugs nach Michigan.

Benjamin Shepherd sackte zu Boden und erbrach erkennbare Essensbrocken.

Charles und William Shepherd trugen ihren Bruder in ein Schlafzimmer im ersten Stock und hielten ihn auf dem Bett fest, während er sich krümmte, trocken würgte und den Rücken wölbte wie eine Zugbrücke.

Erst allmählich drang das Geschrei seiner Köchin in Charles Shepherds Bewußtsein. Das Gezeter kam aus dem Eßzimmer. Mrs. Bibbs rief nach Charles Shepherd und dem lieben Gott.

Als sein jüngerer Bruder das Bewußtsein verloren hatte, lief Charles zurück ins Eßzimmer. Dort lag Thomas Berryman auf dem Teppich und hatte die Knie an die Brust gezogen. Der Eßzimmertisch lag auf der Seite, offenbar hatte er ihn umgeworfen. «Großer Gott», stöhnte er. «Gott, diese Schmerzen.» Ihn beschäftigte nicht die Reue über seinen sündigen Lebenswandel, sondern die Tatsache, daß er sich mit eigener Hand vergiftet hatte.

Am späten Nachmittag hockte Mrs. Bibbs, die kleine Kochmamsell, auf einem Sitzkissen in der Diele der Shepherd-Villa. Sie hatte geweint, bis sie nicht mehr auf den Füßen stehen konnte. Die Sonne fiel durch das Glas der Eingangstür. Die Frau rutschte von dem Kissen zu Boden, der mit breiten Sonnenstreifen bedeckt war.

Gerade hatte der Hausarzt die Tür hinter sich zugemacht. Bei der Erkrankung von Berryman und Benjamin Shepherd, hatte er gesagt, habe es sich um eine akute Lebensmittelvergiftung gehandelt. Sie könnten von Glück sagen, hatte er salbungsvoll erklärt, daß sie beide so heftig hatten erbrechen können.

Um sich vor Charles und Willy Shepherd wichtigzumachen, hatte der Arzt die Köchin in ein lächerlich strenges Verhör genommen. Hatte sie die Erdbeeren vor dem Auftragen gewaschen oder nicht? «Vermutlich nicht», hatte er gesagt. Und als kleine Köchin hatte sie natürlich nicht gewagt, einem gelehrten Doktor der Medizin zu widersprechen.

Den Nachmittag verbrachte Benjamin Shepherd in seinem Zimmer, um sich zu erholen. Von Kissen gestützt vor einem Farbfernseher sitzend, löffelte er Eiskrem wie ein frisch an den Mandeln Operierter. Sein großer Kopf befand sich direkt unter einem gerahmten farbigen Großfoto von Maria Schneider in *Der letzte Tango*. Das Mädchen hatte mehr Schamhaare als ein Affe.

Er würde nun doch nicht mit Berryman und seinen Brüdern nach Michigan fliegen, hatte Benjamin erklärt. Die Familie riet Thomas Berryman, es ebenso zu halten. Er sollte sich ein paar Tage ausruhen und – um die Gifte aus seinem Körper zu bekommen – abwechselnd Rhabarber und Natron einnehmen.

Aber als Charles und Willy Shepherd vor der Abfahrt zum Rollfeld noch einmal bei ihrem Bruder vorbeischauten, stand Berryman da, zwar sichtlich mitgenommen, aber reisefertig. Er lächelte ein bißchen und paffte eine seiner geliebten Zigarillos, aber er sah aus wie ein Mann, der gerade aus dem Krankenhaus gekommen ist.

Das alles ist in dem Protokoll über Ben Shepherds Aussage nachzulesen, das bei der Polizei von Lake Stevens, Washington, liegt.

Charles und Willy Shepherd, in denen noch der rechte alte Pioniergeist lebendig war, pflegten ihre Maschinen selbst zu warten und aufzutanken.

Berryman machte sich nützlich, indem er mit einem BP-Tankwagen zwischen Hangar und Maschine hin- und herfuhr. Die drei arbeiteten wortlos.

Erst als alles erledigt war, nahm Berryman Charles Shepherd beiseite. Sie setzten sich auf einen kleinen Gepäckkarren neben der Gangway der Privatmaschine. Berryman atmete schwer. Charles Shepherd hatte schmierige Hände wie ein Mechaniker, er hielt sie abgespreizt, um sein Hemd nicht schmutzig zu machen.

«Ich glaube», keuchte Berryman, «dieses Herumgehetze war nicht besonders gut für mich.»

«Das glaube ich auch», meinte Shepherd. «Du solltest dich wieder ins Bett legen. Richtig erbärmlich siehst du aus.»

«Mein Magen rotiert ganz schön.»

«Was hab ich dir gesagt? Rhabarber und Natron – das einzig richtige in so einem Fall . . . .»

«Rutsch mir den Buckel runter», japste Berryman.

«Ich hab's dir gleich gesagt, aber du wolltest ja nicht hören. Zieh los und leiste Ben Gesellschaft.»

Thomas Berryman fluchte, als sei ihm ein Logenplatz für das Football-Spiel des Jahres entgangen. «Mist», sagte er immer wieder. «Verfluchter Mist.»

Willy Shepherd, der in der Nähe stand, machte ein weises Gesicht. Er zündete sich eine Zigarette an. «Kommt von dem verdammten Herumgehetze», sagte er zu Berryman. «Nach so einer Sache muß man ein bißchen langsamer tun.»

«Puh», sagte Berryman. Er war rot wie eine Tomate. «Rutsch mir den Buckel runter, Willy.» Das waren die letzten Worte, die er mit den beiden Brüdern wechselte. Er schlug ihnen kameradschaftlich auf die Schulter und ging in Richtung auf die Shepherdsche Villa davon.

Die Privatmaschine erhob sich wie ein Eisvogel über die Wipfel der Douglasfichten. Der Jet war leuchtend blau, metallisch blau.

Thomas Berryman beobachtete ihn durch die welken Blätter, die sein Gesicht verbargen. Dann drehte er sich um und machte sich durch die Wälder auf den Weg zur Hauptstraße, das große Haus hinter sich lassend.

Er sah hinunter auf seine Stiefelspitzen. Auf das Unterholz. Auf das verdorrte Gras. Sah grünliche Grashüpfer. Rote Ameisen auf gelben Halmen. Eine tote Feldmaus, die dalag wie ein nasser grauer Lappen.

Über seinem Kopf zog der blaue Jet langsam das Fahrgestell ein, und als die Räder im Bauch der Maschine verschwunden waren, gab es am Himmel einen Krach, als bräche eine hohe Fichte vom Wipfel bis zu den Wurzeln auseinander.

Berryman war klug genug, nicht zurückzublicken. Einmal, irgendwann in Texas, hatte er einen brennenden Rehbock gesehen. Es war kein schöner Anblick gewesen.

Er ging rascher, immer tiefer in den Wald hinein, in ein dunkles Haus mit weichem Nadelboden. Noch immer sah er das brennende Tier vor sich.

Aus Nase und Bauch der Maschine quoll weißlicher Rauch. Dann kamen Flammen, erst orangefarben, dann blau, und dann konnte man sie vor lauter schwarzem Rauch fast gar nicht mehr sehen.

Es regnete Asche. Metall rieb sich knirschend an Metall. Der ganze dunkle Himmel schien in den Wald zu fallen.

Soweit der Bericht des Tankstellenbesitzers auf dem Lake Stevens Highway.

Berryman wanderte drei Kilometer bis zu einem Picknickparkplatz, genauer gesagt war es ein Rastplatz mit zwei rohen Holztischen auf einer kleinen Lichtung, und bestieg den gemieteten beigeweißen Campingwagen, den er Anfang der Woche dort abgestellt hatte. Hinten lagen Schlafsäcke und Angelgerät, auf dem Beifahrersitz lag eine Texaco-Karte von Washington, auf dem Armaturenbrett eine alte Pfeife.

Er schaltete das Radio ein, machte sämtliche Fenster auf, zog sich ein Arbeitshemd und Gummistiefel an, setzte den Stetson auf und fuhr los – ein Mann, der sich ein paar Tage Urlaub gönnt.

Ihm war noch immer schlecht von den Brechwurzrückständen; aber allmählich vertrieb der gute, starke Waldgeruch die Übelkeit.

Stunden später, in einer Raststätte in Cahone, Oregon, las er, daß zu den Opfern beim Absturz einer Privatmaschine nahe der Besitzung von Charles Shepherd in Lake Stevens, Washington, auch der Geschäftsmann Michael J. Shear (die Leiche des jungen Wachmanns vom Flugplatz) gehört hatte. Von Ermittlungen war nicht die Rede, die örtlichen Medien waren offenbar entweder auf ‹tragische Schicksalsfügung› eingestimmt oder behandelten den Vorfall mit beiläufiger Gleichgültigkeit. (Auch später wurde der Fall des vermißten Wachmanns entweder ignoriert oder von der kleinen Polizeitruppe in Lake Stevens als zufälliges Zusammentreffen angesehen.)

Das Foto zu dem Artikel zeigte einen Polizisten, der mit dümmlich-betrübter Miene einen großen Männerschuh hochhielt.

Weil er ihn nah an die Kamera gehalten hatte, sah er aus wie der Schuh eines Riesen. Es war der gleiche Trick wie bei den Fotos vom «großen Anglerglück», und Berryman fragte sich, ob der Mann das wohl mit Absicht gemacht hatte.

Ben Toy lag totenstill in seinen kalten Wickeln. Das blonde Haar war naß und wirkte dadurch dunkler. Ich hatte es ihm aus der Stirn gestrichen, was ihn jünger machte.

«Das ist so ganz sein Stil», sagte er zu mir, zu Asher und dem Tonbandgerät. «Und deshalb wollten sie ihn für Jimmie Horn haben.»

New York City, 12. Juli

Am nächsten Morgen um halb zehn balancierte ich auf der brusthohen steinernen Mauer, die den Central Park umgibt, und betrachtete Thomas Berrymans Apartment, als hätte ich die Westminster-Abtei vor mir. Oder den Louvre.

Um sechs war ich mit feuchten Händen aufgewacht. Sie waren noch immer nicht trocken. Ich hatte überlegt, ob ich die Polizei anrufen sollte. Erst allmählich begann mir die blutige Schrecklichkeit der Geschichte in ihrer ganzen Tragweite klarzuwerden. So etwas kann einen schon fertigmachen.

Ich hatte eine ziemlich genaue Vorstellung davon, was ich bei Berryman wollte. Aber weil ich New York nicht kannte, stellte ich mir die Sache komplizierter vor, als sie in Wirklichkeit war.

Zwischen halb neun und zehn pfiffen zwei Türsteher in Galauniform vor dem Haus ein Taxi nach dem andern heran. Vor dem Eingang ist ein grauer Baldachin mit einer großen weißen Achtzig, die dem Ganzen den Anstrich einer besseren Bushaltestelle gibt.

Ich schwitzte nach wie vor an den Händen. Selbst meine Beine waren naß. Als Kontrast gab es gegenüber im *Park Lane Hotel* Schneiderkostüme und Juwelen beim Frühstück zu besichtigen.

Ben Toy hatte vom zehnten Stock gesprochen . . . von schmutzigen Simsen . . . Tauben. Ich zählte bis zum zehnten Stock. Aber heute waren keine Tauben da, und die Fenster waren schwarz und leer.

Als das Taxigeschäft etwas abgeebbt war, kam einer der Türsteher mit vier großen Hunden an der Leine aus dem Haus, ein flotter Schwarzer in den Vierzigern, mit dunkelgrünem Sakko über der blauen Uniform, einen weichen Filzhut mit einer kleinen gelben Feder schief auf dem Kopf.

Die Hunde mit kurzen, schnellen Bewegungen aus dem Handgelenk heraus lenkend, stürzte er sich mit ihnen in den dichten Vormittagsverkehr der Central Park South.

Auf einem abgelegenen Stück Wiese im Park holte ich ihn ein und stellte mich vor. Er schien durchaus zugänglich. Im übrigen stammte er aus Kentucky und kannte den Fall Horn. Leroy Bones Cooper hieß der Typ.

«Klar, da helf ich Ihnen gern, bei der Sache mit Mr. Horn», erklärte er ohne eine Spur von Südstaatenakzent. «Obwohl ich ihn ja nicht persönlich gekannt hab, nur im Fernsehen hab ich ihn ein paarmal gesehen.»

Ich gab mir einen Ruck und fragte den Portier, ob er mich wohl in Berrymans Apartment lassen würde.

Schlagartig rührte sich das Großstadt-Mißtrauen. «Mr. Berr'-man?» Er legte den Kopf schief. «Was hat denn der damit zu tun? Außerdem ist er verreist. Schon seit 'ner ganzen Weile.»

«Vielleicht hat er überhaupt nichts damit zu tun», sagte ich. «Allerdings sind wir anderer Ansicht.»

Der Portier führte seine Meute wieder in Richtung Straße. «Das kaufe ich Ihnen nicht ab.» Er mußte die Stimme heben, um sich über das plötzlich ausbrechende Gekläff hinweg verständlich zu machen.

Ich trabte mit einer Schrittlänge Abstand hinter ihm her. «Und warum nicht, wenn ich fragen darf?»

Der kleine Schwarze schien ein bißchen vergrätzt. «Sie fragen ja schon.» Er nahm den Hut ab und wischte sich mit einem großen weißen Taschentuch den Kopf. «Aber das läßt sich nicht so mit einem Wort sagen.» Er sah mich an. «Mr. Berryman ist 'n netter junger Mann. Bei der Börse oder im Management, soviel ich weiß.»

Er ging weiter; die Hunde ereiferten sich über die Eichhörnchen in den Ahornbäumen.

Als wir zur Parkmauer kamen, wandte er sich zu mir um. «Also, wenn Sie's genau wissen wollen – das macht fünfundzwanzig Mäuse für mich. Und fünfundzwanzig für den Hausmeister.»

Einen Augenblick glaubte ich, mich verhört zu haben. Die Sache mit Horn sei ihm doch offenbar auch nahegegangen, meinte ich.

Er wischte meine Bemerkung mit einer Handbewegung vom Tisch. «Das hat damit überhaupt nichts zu tun. Sie wollen sich da oben mal umsehen, stimmt's? Geld ist Geld. Wenn's Mr. Horn was nützt, soll's mich freuen. Mir nützt es bestimmt.»

Da war nichts zu wollen. Ich blätterte Cooper fünf Zehn-Dollar-Scheine hin. Er bedankte sich höflich, jeder Zoll ein New Yorker Apartmenthaus-Portier. Und das sollte ein Mann aus Kentucky sein?

«Sie werden mich persönlich in die Wohnung bringen», sagte ich zu ihm.

Hüstelnd und schnüffelnd mühte Leroy Cooper sich mit der schweren grünen Tür, auf der ein goldenes «10 D» prangte.

Endlich hatte er es geschafft. Durch einen langgestreckten Raum ging mein Blick über den Central Park bis hinauf zur 110th Street. Es war eine atemberaubende Aussicht: Helle Wälder, schmale Wege, dunkle Teiche.

Das Apartment selbst, mit dunklen Möbeln und Hängepflanzen ausgestattet, wirkte auffällig sauber und aufgeräumt.

«Zwei-, dreimal die Woche kommt die Putzfrau.» Cooper hob warnend einen Zeigefinger. «Wenn sonst jemand kommt, sind *Sie* 'n ganz gewöhnlicher Einbrecher.»

«Besten Dank – ich sehe schon, auf Sie kann man sich verlassen!»

«Hoffentlich finden Sie, was Sie suchen», rang er sich immerhin noch ab. Seine knochigen schwarzen Hände zitterten sichtlich, obgleich er sich bemühte, den Arroganten zu spielen. Ich hatte den Eindruck, daß er total verunsichert war.

Behutsam machte er die Tür hinter sich zu, und ich war allein in Thomas Berrymans Wohnung.

Mit einem etwas komischen Gefühl in der Magengrube machte ich mich an die Arbeit. Ich begann mit einer kurzen Besichtigungstour.

Außer dem geräumigen Wohnzimmer gab es in dem Apartment noch zwei Schlafzimmer, eine Küche mit Eßplatz und ein großes Arbeitszimmer. Ich öffnete Schränke, zog Schubladen heraus und richtete ein ziemlich willkürliches Durcheinander an.

Bis auf eine Walther Automatic in dem größeren Schlafzimmer fand ich keinerlei Waffen in der Wohnung.

Ebenfalls im Schlafzimmer, auf dem Kaminsims, standen Fotos eines bildschönen dunkelhaarigen Mädchens, offenbar irischer Herkunft, die Wände waren mit Schwarzweißfotos und gemalten Ansichten von Städten aus dem Westen bepflastert. Von Thomas Berryman gab es keine Fotos.

Immerhin hatte er in der Wohnung seine Spuren hinterlassen: Anzüge von Cardin und Yves Saint Laurent, Jagdkleidung von Abercrombie, Stiefel von Neiman-Marcus, Duftwässer von Givenchy. Eine sportliche Reitjacke aus hochwertigem, weichem Leder.

Der zweite Schlafraum mit dazugehörigem Bad schien eine Art Gästezimmer zu sein. Man kam sich vor wie im *Plaza*: Saubere Frotteetücher, frisch bezogenes Bett, Seife in Originalverpackung. Ein unangebrochenes Röhrchen mit Tabletten für frischen Atem, das ich mir als Bonbonersatz schnappte.

Im Arbeitszimmer fanden sich jede Menge Bücher und Zigaretten und einiges von dem, worauf ich scharf war.

In einem Regal stand, von der Putzfrau oder sonst jemandem verkehrt herum hereingestellt, ein dicker roter Wälzer aus dem Verlag Random House – *Jiminy*, Jimmie Horns Autobiographie.

In unmittelbarer Nachbarschaft von Jiminy waren vier weitere Bücher, die Artikel über Horn enthielten: *Sambo*, *The Young Bloods*, *Black Consciousness* und *Re-Nig*.

Mein nächster interessanter Fund waren drei Fotos, in Seidenpapier eingeschlagen und in der untersten Schreibtischschublade verborgen.

Auf dem ersten war – gestochen scharf – ein gut gekleideter blonder Mann zu sehen, der auf einer belebten, hell beleuchteten Straße einem Taxi zu winken schien.

Auf dem zweiten Bild wandte sich der Blonde gerade nach einem Gammler um, einem Typ mit Jeans und nacktem Oberkörper. Der Blonde hatte die Augen halb geschlossen, sein Mund formte ein großes, rundes O.

Die dritte Aufnahme zeigte wieder den Blonden, diesmal neben einem Ben Toy, der zwanzig bis dreißig Pfund schwerer war als neulich in der Klinik. Hinter den beiden erhob sich ein helles Bauwerk, eine Bibliothek oder ein Gerichtsgebäude. Der Blonde schien direkt auf die Kamera zu deuten.

Ich war mir sicher: Das konnte nur Harley John Wynn sein.

Ich hatte gerade die Bilder aus der Hand gelegt, da hörte ich ein lautes Knarren. Ich sah auf. Langsam öffnete sich die Wohnungstür. Ich stand wie vom Donner gerührt.

Erst erschien ein Hut, dann schob sich durch einen schmalen Spalt Leroy Coopers Gesicht. «Wie lange brauchen Sie denn noch?» nörgelte er. «Verdammt, Mann, Sie lassen sich aber mächtig viel Zeit.»

Ich sagte nichts. So muß einem zumute sein, wenn einem jemand mit einer schweren Eisenstange über den Schädel schlägt. Mir war regelrecht schlecht geworden.

Nachdem er eine Weile vergeblich auf eine Antwort gewartet hatte, schüttelte Cooper langsam den Kopf und machte die Tür wieder zu. Ich hörte ihn draußen fluchen. So ganz allmählich begann ich zu begreifen und nachzuempfinden, worum es hier ging: Um die sehr reale Furcht vor dem Verletztwerden, um die Fähigkeit zu töten, um raschen, unvermuteten Tod.

Mühsam kam ich wieder zu mir und verließ das Haus. Die drei Fotos schickte ich an Lewis Rosten nach Nashville. Der Rest des Tages verging mit Besuchen bei Psychiatern und Psychologen, die Ben Toy behandelt hatten.

In einer griechischen Imbißstube bestellte ich ein Schweinekotelett-Sandwich. Das Kotelett war so groß wie ein Silberdollar; der Knochen war noch drin, deswegen hatte der Grieche das Sandwich nicht durchschneiden können. Ich aß um den Knochen herum und fragte mich, was die Leute eigentlich an New York City finden.

Abends aß ich mit Alan Shulman, und danach rief ich zu Hause an und ließ mir von meiner Frau Nan sagen, daß ich ihr fehlte. Sie fehlte mir auch. Nan ist das ausgleichende Element in meinem Leben, und hier in New York hatte ich doch so ein bißchen die Übersicht verloren.

Wir sprachen über die Berryman-Story, und dabei wurde mir klar, daß ich immerhin schon einiges erreicht hatte. Als wir fertig waren, gab mir Nan jeweils für zwei Minuten meine Töchter an die Strippe.

Janie Bug sagte fast nichts, und dann begann sie zu weinen, weil ihre Zeit um war.

Little Cat sagte, sie würde in unserer Kirche für mich beten, wenn ich versprach, ihr eines von diesen Empire State Buildings in Miniatur mitzubringen.

So was regt mich immer auf, aber ich weiß nicht, was ich dagegen tun soll.

Ich versuchte zu schlafen, aber es wurde nicht viel daraus.

Amagansett, 13. Juli

Randbemerkung: Ich saß in einem Expresszug, der gerade so richtig in Fahrt gekommen war, und an Abspringen war jetzt nicht mehr zu denken. Oder? Traurig-verrückte Geschichten von sogenannten «Attentatsspinnern» fielen mir ein. Ich mußte daran denken, wie die Leute über einen Ex-Journalisten aus Memphis lachten, der noch immer mit neuen Fakten über den Mord an Martin Luther King ankam.

Mein Körper versuchte, sich mit einem weiteren Morgen im kühlen Norden abzufinden. Dabei war es draußen angenehm warm – warm wie an einem Frühlingstag bei uns.

Es war acht Uhr morgens; ich hätte dringend eine Koffeinzufuhr gebraucht, mußte mich aber mit Nikotin begnügen. Die Zigarette in der Hand haltend, betrachtete ich die große graue viktorianische Villa, die an den Hof der William Seward Junior High School in Amagansett angrenzte, und betastete einen Pickel unter meinem sprießenden Bartwuchs. Wenn ich es mir jetzt überlege, rächte sich wahrscheinlich an diesem Morgen der fehlende Schlaf.

Das große Haus hatte vier weiße Giebel, aus der Garage sah ein schwarzer Fleetwood hervor. Wenn die Hausnummer stimmte, mußte hier Miss Ettie Hatfield wohnen. Nicht schlecht für eine Krankenschwester in einer Nervenklinik.

Miss Hatfield war seit über 35 Jahren Nachtschwester in Bowditch. Wenn sich Ben Toy in der Klinik überhaupt mit jemandem ausgesprochen hatte, darüber waren sich Shulman und Ronald Asher einig gewesen, kam nur sie in Frage. Miss Hatfield, sagten sie, sei eine erstaunliche alte Dame. Sie war es gewesen, die Shulman von den Hinweisen auf Jimmie Horn in Toys wirren Reden erzählt hatte.

Im dämmerigen Wohnzimmer konnte ich einen kahlen Kopf hinter einer Zeitung erkennen. Von einer Kaffeetasse auf dem Fensterbrett stieg Dampf auf.

Ich patschte über den triefnassen Vorgartenrasen, rettete mich auf einen feuchten, kratzigen Türvorleger und versuchte, einem Löwenkopf-Türklopfer aus Messing Töne zu entlocken. Aber auf halbem Wege blieb der Klopfer immer hängen, und es blieb bei einem matten Wumm-Bumm.

«Das Ding funktioniert nicht richtig», ließ sich endlich im Haus eine Männerstimme vernehmen. «Bin gleich da . . . .»

Der Kahlkopf, ein sehr alter Mann mit kariertem Hemd und schwarzem Schnürsenkelschlips, machte die Tür auf.

Er war Miss Hatfields Vater und mußte weit über neunzig sein. Das Zittern, sagte er, sei vom Parkinson, ansonsten sei er aber noch völlig fit.

«Sie schläft», sagte er, nachdem wir uns bekannt gemacht hatten. «Sie hat die Nachtschicht oben in der Klinik. Um Viertel nach sieben hab ich sie erst abgeholt.»

Der Alte sah auf die Uhr, dann musterte er mich noch einmal. «Ich schätze Sie auf einsfünfundneunzig, stimmt's?»

«Einssiebenundneunzig.» Ich wurde verlegen und ließ unwillkürlich ein bißchen die Schultern hängen. Alte Gewohnheit. Ich habe schon zu oft Leuten erzählen müssen, daß ich kein Basketballspieler bin.

Mr. Hatfield schüttelte den Kopf und zog geräuschvoll die Luft ein. «Und ich bin einsdreiundfünfzig. Früher waren's mal einssechzig. Ettie ist ja schon fast einsachtundfünfzig . . .»

Das klang so komisch-verzweifelt, daß ich lachen mußte, und der Alte stimmte glucksend ein. Ich fragte, wann ich seine Tochter sprechen könne.

«Ich weck sie gleich.»

Er winkte mir, ihm zu folgen. «Sie wartet schon seit gestern auf Sie, seit Ben Toy ihr erzählt hat, daß Sie da sind. Wenn ich Sie jetzt weglasse, setzt sie mich auf halbe Ration.»

Leise vor sich hinlachend, ging er die Treppe hinauf.

Das Wohnzimmer, in dem ich die kleine Krankenschwester kennenlernte, roch stark nach Moschus. Miss Hatfield war eine freundliche, weißhaarige Dame.

«Wie geht's, wie steht's? Herrlicher Morgen, nicht wahr?» In ihrem festen Händedruck war etwas von der Herzlichkeit, die ich hier im Norden bisher vermißt hatte. «Ich bin Ettie und will Ihnen gern helfen, soweit ich kann. Alan Shulman hat mir gesagt, daß das in

Ordnung geht.» Sie zeigte prachtvolle dritte Zähne. «Er hat mir auch erzählt, wie Sie sich hinter den jungen Asher gesteckt haben. Wie kann man nur . . .»

Ettie Hatfield beherrschte das ganze Zimmer. Ihr Lächeln war überall.

«Setzen Sie sich, setzen Sie sich. Wie wär's, Daddy, willst du nicht einen kleinen Spaziergang machen?»

Der Alte hatte es sich gerade auf einem weich gepolsterten Kanapee bequem gemacht. Er brauchte eine Weile, um wieder hochzukommen. «Die kann mir mal den Buckel runterrutschen», flüsterte er hörbar, als er an mir vorbeikam.

«Nicht, solange dieser nette junge Mann hier ist», erklärte Ettie Hatfield, ohne mit der Wimper zu zucken.

Sie nahm sich viel Zeit für mich und war, als sie erst einmal in Schwung gekommen war, sehr gründlich und gewissenhaft und bemühte sich, auch die letzte Einzelheit aus ihrem Gedächtnis hervorzukramen. Wenn ihr etwas nicht einfallen wollte, fluchte sie ungeniert.

Ettie Hatfield kannte viele Geschichten aus Ben Toys und Berrymans Kindheit und Jugend in Texas, aber sie wußte auch etwas über einige der Morde. Das sind so ein paar Kuriosa, die ich in meinem Notizbuch festgehalten habe:

Mit fünfzehn heiratete Berryman in Mexiko. Als er elf war, starb seine Mutter an Lungenkrebs.

Beide, Toy und Berryman, waren offenbar in Claude, Texas, recht beliebt gewesen. Berryman hatten sie den Pleasure King, Ben Toy die «größte Ulknudel Amerikas» genannt.

In Ben Toys Leben hatte es eine Periode gegeben, in der er sich die Unterwäsche seiner Mutter angezogen hatte, sobald sie aus dem Haus war.

Berrymans erstes Mordopfer war ein Priester aus New Mexico gewesen.

1968 war Berryman bei einer Schießerei in New York verwundet worden.

Für den Mord an Jimmie Horn hatte Berryman 100000 Dollar in zwei Ratenzahlungen bekommen. Vermutlich hatte das Geld ein gewisser Michael Kittredge in Verwahrung.

Ben Toy hatte Berryman geraten, sich nicht auf die Sache mit Horn einzulassen. Er wollte mit dem Attentat nichts zu tun haben. Berryman hatte ihm gesagt, daß man Horn umlegen würde, ob er den Auftrag nun übernahm oder nicht.

«Die meisten Patienten haben so ihre kleinen Geschichten», meinte Miss Hatfield. «Sie erzählen einem, daß sie es mit dreihundert Frauen getrieben haben – und dann jammern sie, sie hätten Angst, impotent zu sein.» Die alte Dame lachte. «Manchmal ist es gar nicht komisch. Aber manchmal eben doch. Was Ben Toy erzählte, klang ziemlich echt, fand ich. Kein Versuch, Eindruck zu schinden, keine wesentlichen Widersprüche . . . Deshalb habe ich ja dann auch Dr. Shulman Bescheid gesagt.»

Sie stand auf. «Ich möchte Ihnen etwas zeigen. Das ist mein Beitrag zum Fall Berryman.»

Sie holte eine braune Schülertasche aus Leinen, die neben dem Kanapee gestanden hatte. «Darin trage ich meinen ganzen Krimskrams zum Dienst», lachte sie. Sie öffnete den Reißverschluß und kramte eine Weile in der Tasche herum.

Dann holte sie ein zerknittertes Foto heraus und reichte es mir. Harley Wynn, dachte ich nach dem ersten flüchtigen Blick. Aber es war Berryman. Das Bild schien zwei, drei Jahre alt zu sein, aber er war es. Unverkennbar. Das lockige schwarze Haar, der flotte Schnauzer.

«Das kam mit Ben Toys Sachen aus seiner Wohnung», sagte sie. «Sieht ganz patent aus, nicht? Ein Mann, wie er Ihnen jeden Tag in Manhattan über den Weg laufen kann. Ich finde das einigermaßen beängstigend.» Die alte Dame verzog das Gesicht zu einer komischen Grimasse, indem sie ein Auge zukniff. «Mir ist es sympathischer, wenn man den Leuten gleich ihren Charakter ansehen kann. Wie bei Lee Harvey Oswald. Und wie bei dem Burschen in Alabama.»

«Ja.» Ich glaube zu wissen, was sie meinte. «Und wie bei Bert Poole in Tennessee», fügte ich hinzu.

Nashville, 14. Juli

Mein schwarzer Drehsessel beim *Nashville Citizen-Reporter* ist ein uraltes Möbel. Nur der mit weißer Kreide auf die Rückenlehne gemalte Spruch ist neu: «Was hat er in letzter Zeit für uns getan?» Wenn ich den Sessel ansehe, muß ich immer an schwarze Lederjacken denken.

Mein Platz ist direkt unter der Uhr in der Mitte der 60×45 Meter großen Lokalredaktion, in der seit den dreißiger Jahren alles unverändert geblieben sein dürfte – bis auf die Mitarbeiter natürlich.

Es war zwölf Uhr mittags, und außer mir bearbeitete nur noch ein Kollege die Schreibmaschine. Die meisten Reporter und Redakteure kamen erst zwischen eins und halb zwei.

Punkt eins rief ich meinen Chef Lewis Rosten an und meldete mich zurück. Gleich darauf stand der Zwerg aus Mississippi mit seinem Pokergesicht vor meinem Schreibtisch.

Lewis sieht aus wie ein Truman Capote, der sich entweder wieder berappelt hat oder nie ausgeflippt ist. Er trug gestreifte Hosenträger, eine gepunktete Fliege und eine Harry Truman-Brille.

«Ein Bart», knurrte er. «Mußte das sein?» er machte kehrt und marschierte auf sein Büro zu. «Komm», rief er über die Schulter.

Als ich eintrat, hatte er schon unseren Chefredakteur, Moses Reed, an der Strippe.

In Rostens Zimmer liegen überall alte Zeitungen und Souvenirs aus der Vorbürgerkriegszeit herum, es sieht aus wie der Salon eines Margaret Mitchell-Fans. Ich setzte mich und entdeckte einen neuen – oder zumindest neu enthüllten – Spruch über seinem Schreibtisch: «Was der liebe Gott geschehen läßt, das traue ich mich auch in meinem Blatt zu bringen. Charles A. Davis.»

Davis hin, Davis her – das war ein echter Lewis Rosten.

«Ochs ist wieder da», sagte er in den Hörer. Ich hatte mir inzwischen einen *Citizen* von 1921 vorgenommen. «Moses möchte wissen, was du ausgegraben hast.»

«Eine ganze Menge», grinste ich.

«Eine ganze Menge», meldete er an Reed weiter. «Sehr richtig, wem sagst du das . . .» Ich zuckte zusammen.

Lewis legte auf und tippte eine Zeile auf seiner alten, klapprigen Royal. «Du, ich und Reed, der sehr ehrenwerte Francis Marion Parker, Arnold und Michael Cooder, wir treffen uns in zwanzig Minuten oben. Große Strategiekommission. Was gibt's Neues?»

Ich holte das Foto von Thomas Berryman hervor. «Das da zum Beispiel.»

Lewis hielt das Bild dicht vor seine Brillengläser. «Hm. Mr. Thomas Berryman, wenn ich nicht irre?»

Ich nickte, ohne mich in der Lektüre des Tagesgeschehens von 1921 stören zu lassen.

«Davon würde ich gern ein paar Abzüge machen lassen. Man könnte später die Hotels damit abklappern. Hier, schau dir das mal an.»

Er reichte mir eine Aufstellung von Ferngesprächen und einen Kontoauszug von American Express.

Nach dem Kontoauszug hatte Thomas J. Berryman seit dem 1. Januar auf die Kreditkarte 041-220-160-1-1000AX sieben Flüge buchen lassen.

Er war nach Port Antonio, Jamaica, nach Port-au-Prince, nach

Amarillo, Texas, nach Caneel Bay und nach London geflogen. Aber nicht nach Nashville oder Umgebung.

«Scheiße», knurrte ich.

Die Liste der Ferngespräche verzeichnete unter dem 9. Juni einen Anruf im *Walter Scott Hotel*, Nashville.

«Interessant. Wenigstens angerufen hat er hier.»

Rosten äußerte sich nicht; er suchte seine Unterlagen für das große Meeting zusammen.

«Wenn ich mir den Kontoauszug so ansehe, scheint der Mann nicht gerade schlecht zu leben», meinte er schließlich. «Was glauben denn die Leute aus seiner Heimat, womit er seine Brötchen verdient?»

«Manche denken, daß er als Anwalt arbeitet, vielen ist er überhaupt kein Begriff.»

Rosten hob das Foto noch einmal vor die Augen. «Den Anwalt könnte man ihm durchaus abnehmen, was?»

«Nein, Lewis . . . Er ist ein Killer.»

Rosten schaukelte sich in seinem Drehsessel hin und her und zog an seiner Pfeife. «Weißt du, wie man so was nennt? Einen Knüller.»

Er stand auf, und wir pilgerten hoch zum Chef. Gelassen an seiner Pfeife nuckelnd, Krümel und Fussel von seinem weißen Hemd lesend, schärfte mir Lewis ein, mich möglichst diplomatisch zu verhalten.

Moses Reed ist hochgewachsen und immer wie aus dem Ei gepellt. Er hat welliges schwarzes Haar, das gerade den ersten grauen Schimmer bekommt. Er sieht aus, als hätte er für seine Uni Football gespielt – Princeton, so sagt man –, und hat, obgleich er noch nicht mal einsachtzig ist, bedeutend breitere Schultern als ich. Alles deutet auf ein begütertes Elternhaus hin.

Sein Büro sieht aus wie das Speisezimmer in einem reichen Haus. Nur ein paar Fotos von Prominenten (Ernest Hemingway, eine Dose über eine einsame Straße kickend . . . Churchill, in einer hochwandigen Badewanne eine Zigarre rauchend . . . Bobby Kennedy beim Footballspielen) passen dann nicht in die Wohnlandschaft.

In seinem Zimmer stehen weder Schreibtisch noch Schreibmaschine, sondern antike Sessel mit Gobelinpolster und ein ovaler Mahagonitisch mit einem silbernen Teeservice.

Es ist schwer, sich Reed als Straßenjungen aus Birmingham, Alabama, vorzustellen – aber genau das ist er gewesen.

Sieben Leute saßen um die spiegelnde Tischplatte herum, alle in frisch gestärkten weißen Oberhemden, mit einer Ausnahme – meine Wenigkeit. Anwesend waren Francis Parker, der konservative Verleger des *Citizen*, der, wie ich gehört hatte, bärbeißig, aber fair, sein sollte; Reed, der Chefredakteur, aus Georgetown zugewandert;

Arnold Beckton, kaufmännischer Verlagsdirektor; Rosten, Lokales; noch zwei Redakteure, von denen man sich einiges versprach; und Ochs Jones, Held der Stunde.

Viele Köche verderben auch bei der Presse den Brei. Journalismus als Gemeinschaftsarbeit ist regelmäßig ein Reinfall.

Ich war unheimlich nervös, mußte mich dauernd räuspern, versuchte tief Luft zu holen, und mußte statt dessen gähnen.

Ein schwarzes Mädchen goß Kaffee ein und stellte jedem einen frischen gezuckerten Krapfen hin. Der Redakteur der Sonntagsbeilage gab ein Witzchen nach dem anderen zum besten. Das Stimmungsbarometer stand auf jovial – bis das Mädchen den Raum verlassen hatte.

Dann verstummten abrupt die Witze. Die Kollegen schüttelten mir feierlich die Hand und gratulierten mir. Reed sagte ein paar einleitende Worte über die Bedeutung der Story, an der ich arbeitete. Dann eröffnete er die Diskussion. Ich wurde mit Fragen bombardiert.

War Ben Toys Aussage zuverlässig? Konnte ich mich dafür verbürgen?

Warum war es uns bis jetzt noch nicht gelungen, Harley John Wynn aufzuspüren?

Von wem hatte Berryman seinen Auftrag?

Wo befand sich Berryman zur Zeit?

War schon etwas unternommen worden, die Geschichte von dem Mord an den Shepherd-Brüdern in Washington zu überprüfen?

Wie paßte der Attentäter aus Philadelphia in das Bild? Kannte Ben Toy ihn?

Was genau war meiner Meinung nach an dem Tag des Attentats geschehen? Was hatte Bert Poole mit der Geschichte zu tun?

Ich beantwortete etwa 85 Prozent ihrer Fragen, aber bei so einer Besprechung ist das nicht unbedingt genug für einen Sieg. Mindestens zwei meiner lieben Kollegen versuchten Punkte zu machen, indem sie mir Fangfragen stellten.

Ich wurde in die Defensive gedrängt. Dann stand plötzlich Reed neben mir. Er grinste wie ein Fernsehmoderator und bog die durchaus ernst zu nehmende Frage eines seiner Redakteure zu einem lässigen Flachs um. Ich kam mir vor wie ein Vaudeville-Schauspieler kurz vor den faulen Tomaten. Reed hatte mich mitten im Satz unterbrochen.

«Danke, Ochs», sagte der breitschultrige Mann. Er hatte mir leicht die Hand auf den Arm gelegt. «Besten Dank.» Er gab Lewis Rosten einen Wink. «Wir haben euch ein paar Unterlagen mitgebracht.»

Und mit einem Schlag begriff ich: Die Konferenz war nur Augenwischerei, eine Schau, die für den Verleger abgezogen wurde.

Pflichtschuldigst ließ Lewis den Kontoauszug und die Liste der Ferngespräche herumgehen, dann die Fotos von Harley Wynn, schließlich das Foto von Thomas Berryman und einen maschinegeschriebenen Bericht über den Stand der Ermittlungen, der zufällig gerade so lang geraten war, daß er hier nicht laut vorgelesen werden konnte.

Francis Parker nickte nachdenklich. Er stellte Rosten ein paar zwanglose Fragen, und dann wandte Reed sich an mich.

«Sie können mich jederzeit anrufen, auch privat», sagte er unter anderem. «Sie werden wahrscheinlich wieder in den Norden fahren müssen, nicht wahr?»

Ja, sagte ich, das hätte ich vor, und Reed legte mir wieder den Arm um die Schulter, und ich spürte überrascht, wie nah ihm die Geschichte ging.

Beide bekamen wir gerade noch die Schlußsätze des Verlegers mit. Sie klangen – es lag wohl an der ganzen Atmosphäre – gewichtig und feierlich.

«Seit 1963 versuchen sämtliche Zeitungen unseres Landes immer wieder, mit so einer Story herauszukommen. Bisher immer erfolglos. Aber ich habe den Eindruck, daß Moses, Lewis Rosten und Mr. Ochs jetzt auf dem besten Wege dazu sind.»

Auch wenn ich vom Mr. Jones zum Mr. Ochs geworden war – ich war für den Rest des Tages hoffnungslos überdreht.

Gegen sieben fuhr ich endlich heim. Meine Augen tränten, und ich sah Nashvilles Straßen nur verschwommen. Tex Ritters Chuckwagon, Ernest Tubb's Records, Luby's Cadillacs – die Ladenschilder zogen an mir vorbei. Willkommen daheim, sagten sie. Ich gähnte, bis ich beinah eine Kiefersperre bekam.

Nan behauptet, ich hätte noch während des Essens den Kopf auf den Tisch gelegt und wäre neben dem Roastbeef eingeschlafen. Ich erinnere mich genau, daß ich noch den Nachtisch gegessen habe, die Geschichte ist also maßlos übertrieben.

Andererseits habe ich nur noch unklare Erinnerungen daran, was nach dem Abendessen geschah.

An einen Satz von Nan erinnere ich mich noch: «Es ist, als wenn einer versucht, etwas zu werden, wovon andere Leute immer geträumt haben.»

Sie hat nicht behauptet, ich mache Klimmzüge, um mich zum Reporter-Superstar hochzustilisieren; sie hat nur etwas festgestellt.

Nashville, 15. Juli

Ich hatte in meinem weißen Anzug auf der Couch im Wohnzimmer geschlafen.

Als ich morgens die Augen aufmachte, sah ich als erstes eine weiße Porzellanplatte mit prallen Bartwürstchen und Rühreiern vor mir. Unter den Würstchen flogen Wildgänse über einen See.

Meine kleine Cat setzte sich auf die Steppdecke, mit der mich in der vergangenen Nacht jemand zugedeckt hatte.

Außer Würstchen und Eiern hatte sie mir Waffeln und Erdbeeren mitgebracht und ein hohes Glas schäumender Milch.

«He, Schätzchen.»

«Hey», sagte sie mit diesem lieben Gesicht, das Kinder haben, wenn sie mit der einen Hälfte ihrer Gedanken ganz woanders sind.

Ich hielt mich an die Waffeln und Erdbeeren. «Mmm», mampfte ich genüßlich. «Soll ich dir mal sagen, wie das schmeckt? Schmeckt ganz genau wie Waffeln und Erdbeeren.»

Cat gab mir einen liebevollen Knuff. Dann legte sie sich in meinen Schoß und sah sich durch ihre mit Heftpflaster reparierte Brille mit den runden Eulengläsern meinen neuen Bart von unten an.

«Mom ist sauer», mümmelte sie.

«Wo steckt denn Janie Bug?»

Kaum hatte ich ausgesprochen, erschien unsere Fünfjährige auf der Bildfläche, den Mund mit einem Stück Roggentoast verkleistert. «Hier», brachte sie immerhin heraus. «Schön ist es draußen», fuhr sie fort, als sie heruntergeschluckt hatte.

«Woher weißt du das?»

«Woher ich das weiß, Daddy? Weil ich grade mit Mister Jack draußen gewesen bin, und er hat wieder sein Geschäft in Mrs. Mills Abfalleimer gemacht. Du, stell dir vor», sie drangelte sich ebenfalls auf die Couch, «der Zeitungsjunge hat am Dienstag mit dem *Tennessean* nach mir geschmissen.»

So geht es zu bei mir zu Hause. Meistens jedenfalls. Und mir gefällt es so. Manchmal kann ich es immer noch nicht fassen, daß ich Kinder habe.

Und mit aus diesem Grunde habe ich mich jetzt in Poland County, Kentucky, vergraben, um das alles einmal aufzuschreiben.

Kurz vor neun kam Nan herunter. Sie war gar nicht sauer. Jedenfalls nicht auf mich.

Sie hatte ihr langes, glattes Haar gebürstet, eine winzige Spur Make-up aufgelegt und eine indische Bluse angezogen, die ich besonders gern mag.

Nan ist ein großes, resolutes Mädchen mit einer Riesenportion gesundem Menschenverstand. In unserem zweiten Jahr an der University of Kentucky haben wir geheiratet, und ich habe es bis jetzt noch nicht bereut.

«Ich hab ganz komisch geträumt, Ochs», sagte sie und setzte sich zu Cat und Janie auf die Couch. «Du warst mit James Horn auf einem Floß, mitten auf einem Fluß. Irgendwo im Süden muß es gewesen sein. Ich war auch dabei, ich hab euch beide vom Ufer aus beobachtet. Ihr habt euch ganz ruhig über irgendwas unterhalten. Es muß ein trauriges Thema gewesen sein, etwas Wichtiges. Einzelne Wörter trugen bis ans Ufer, aber ich habe keine ganzen Sätze verstehen können. Dann trieb das Floß ab, bis ich euch nicht mehr gesehen habe.»

Nachdem die Kinder gefrühstückt hatten, gestand mir Nan, sie sei froh darüber, daß ich die Story machte. Sie hatte einmal als Wahlhelferin für Horn gearbeitet und ihn sehr sympathisch gefunden. Außerdem war Horns Tochter Keesha eine Schulfreundin von Cat.

Am Samstag fuhr ich mit der ganzen Familie zum Picknicken nach Cumberland, Tennessee.

Lewis Rosten und seine Freundin waren auch da, und Mr. Jack Daniels sorgte für gehobene Stimmung.

Lange saßen Lewis und ich im Schatten eines großen Baumes und machten uns Gedanken über den geschicktesten Einstieg in die Geschichte. Aber selbst das konnte uns nicht ernüchtern.

Ehe die Sonne unterging, kam Moses Reed in seinem blinkenden Country Squire angerollt. Zum erstenmal, seit ich 1966 zum *Citizen-Reporter* gekommen war, hatte ich das Gefühl, daß wir eine große Familie waren.

Am Sonntagvormittag machte ich einen langen, einsamen Spaziergang zum Centennial Park, Nashville, und versuchte, einen Artikel zu konzipieren, mit allen Informationen, die ich von Ben Toy erfahren hatte.

Alles, was wir wußten, kannten wir nur vom Hörensagen. Es war zwar sehr aufregend, aber beweisen konnten wir nichts.

Als Einleitung hatte ich mir ausgedacht: *Ein New Yorker, angeblicher Freund eines hochqualifizierten Killers, behauptet, Bürgermeister Jimmie Horn sei am Donnerstag letzter Woche nicht von Bert Poole erschossen worden.*

Etwas in der Art, dachte ich, konnte der *Citizen* schon riskieren. Aber besser wäre es natürlich, als Aufmacher etwas zu bringen, was wir später nicht zu dementieren brauchten.

Lewis Rosten kam vorbei, während ich meinen Koffer packte; abends sollte es wieder losgehen. Die Story – unser Krimi, wie er sagte – ließ ihn offenbar ebensowenig los wie mich.

Der Chefredakteur des *Nashville Tennessean* habe nachmittags bei Reed angerufen, erzählte er. Er hatte wissen wollen, warum unsere Reporter sämtliche Hotels und Motels von Mittel-Tennessee unsicher machten.

«Das hat uns gerade noch gefehlt, daß uns da jemand zuvorkommt.»

Rosten mochte über die Möglichkeit gar nicht erst reden. Er machte eine angewiderte Handbewegung. «Wir haben alle Hotels geprüft, alle Motels», sagte er. «In einem Vierzig-Kilometer-Radius haben wir in allen nur denkbaren Herbergen sein Foto vorgezeigt.»

«Und?»

«Fehlanzeige.»

2. Teil

Das Ende der größten Ulknudel Amerikas

West Hampton, 17. Juli

An diesem Montag in West Hampton roch ich nördlichen Winter. Das rostige weiße Thermometer an der Eingangstür von Bowditch zeigte 18 Grad.

Es war der 17. Juli, und es sollte mein letzter Besuch bei Toy sein. Wir wollten darüber sprechen, was aus Harley John Wynn, dem Kontaktmann aus dem Süden, geworden war.

Wir stellten den Kassettenrecorder auf einen Rotholztisch draußen im Freizeithof. Mit der ledernen Tragetasche wirkt der Recorder irgendwie offiziell und bedeutend.

Wir saßen in Liegestühlen, hatten unsere Sporthemden ausgezogen und die Gesichter einer lauwarmen fahlgelben Sonnenscheibe zugewandt, die gerade erst anfing, sich gegen die Morgenkühle durchzusetzen.

Ronald Asher lehnte mit dem Rücken an einer Zwergeiche in der Mitte des Hofes, es war ihm deutlich anzumerken, daß die Pressearbeit allmählich ihren Reiz für ihn verlor. Eine leichte Brise bewegte das Eichenlaub, strich durch das blonde Haar über Toys Stirn und wehte sanft in meinem Bart.

Ben Toy, König der Klinik, lehnte sich zurück und schloß die Augen. Ich beobachtete ein paar Patienten, die mit zufriedenem Gesicht im Hof ihr Sonnenbad nahmen, und schloß ebenfalls die Augen.

So gut hat's nicht jeder, dachte ich. Wie ein Interview von Elizabeth Taylor beim Frühstück – in einem blühenden Patio von Puerto Vallarta.

«Tom Berryman hat das nie erfahren.» Toy atmete die Morgenluft ein, zog die Nase hoch. «Aber seit einem halben Jahr war ich bei dieser Jüdin in Behandlung, bei so 'ner Nerventante in New York.»

Ich machte die Augen auf und stellte fest, daß Toy mich ansah. «Warum hat Berryman davon nichts gewußt?» fragte ich.

«Weil der total ausgeflippt wäre. Er brauchte mich doch. Auf mich konnte er sich verlassen, ich hab doch die ganze Kleinarbeit für ihn erledigt. Und deshalb mußte ich mich sehr vorsehen mit dieser Tante. Ich hab das alles hinter seinem Rücken gemacht, die ganzen Besuche bei ihr, das hab ich geheimgehalten. Es ging darum, daß ich Depressionen gekriegt hatte. Kein Spaß, sage ich Ihnen.

An dem Mittwoch, nachdem wir uns mit Harley Wynn in Massachusetts getroffen hatten, bin ich wieder hin zu ihr. Mir war unheimlich mies, ehrlich, hundeelend. Meist gab sie mir irgendwelche Pillen, Valium oder Stelazin.

Das war der Tag, als der große Hammer kam. Ich weiß noch, es war schönes Wetter, richtig sonnig. Daß es ein so beschissener Tag werden würde, das hätte ich mir da noch nicht träumen lassen.»

New York City, 14. Juni

Toys «Nerventante» war eine siebzigjährige Fachärztin für Psychiatrie, die sich lieber Reva als Dr. Baumwell nennen ließ. Sie empfing ihre Patienten in der Park Avenue-Praxis Ecke East 74th Street stets in dunklen Kleidern und roten hochhackigen Schuhen.

Während der sechsmonatigen Behandlung bei Reva Baumwell hatte Ben Toy nicht ein einziges Mal über Thomas Berryman gesprochen. Reva ihrerseits kannte kaum ein anderes Thema als den «Wiederaufbau» von Toys Persönlichkeit. So etwas sei, sagte sie in einem unbedachten Augenblick, heute schon so alltäglich wie ein *facelifting*. Wahrscheinlich, bedeutete sie ihm vorsorglich, würde es bei diesem Prozeß nicht ohne eine Krise für ihn abgehen. Ständig wollte sie wissen, ob er reif sei für eine kleine Krise, eine positive Wendung.

Manchmal hatte Toy den Eindruck, daß seine Ärztin schon selber einen kleinen Sprung in der Schüssel hatte. Aber sie verschrieb ihm Tranquilizer wie Vitaminpillen, und Ben Toy glaubte an Valium, Stelazin und Thorazin. Sie hatten sich nachweislich bewährt. Ihm halfen sie.

Als er an diesem Tag das Haus verließ, in dem sich Reva Baumwells Praxis befand, hatte er ein Rezept über 20 mg Stelazin in der Tasche seines pfirsichfarbenen Nicki. Alles in allem war er mit sich und dem Leben soweit ganz zufrieden.

Dann sah er Harley Wynn wieder. Diesmal lief der Mann aus dem Süden nicht weg, sondern wartete auf ihn, an einen silberfarbenen Mercedes gelehnt, der vor dem Baldachin des Eckhauses stand. Sein selbstgefälliger Gesichtsausdruck ließ an einen FBI-Agenten denken, der Hippiedealern auf der Spur ist.

In dem langen Häuserschatten trafen sich die beiden.

«In der East End Avenue habe ich Sie auch gesehen», erklärte Wynn, dessen Südstaatenakzent scheinbar noch stärker geworden war. «Ich habe nämlich über letzte Woche nachgedacht, und ich finde,

Sie haben mich ein bißchen zu kurz abgefertigt. Da bin ich Ihnen einfach nachgegangen. Berryman habe ich auch gesehen.»

Ben Toys erste Regung war, Wynn auf der Stelle fertigzumachen, ihm den Kopf auf die Kühlerhaube zu schmettern.

«Ich möchte mit ihm reden», fuhr der Mann aus dem Süden fort. «Und zwar persönlich. Es gibt da einiges zu besprechen . . . Wegen Jimmie Horn.»

Toy zündete sich eine Zigarette an. «Wo haben Sie Berryman gesehen?»

«Vor der Eighty Central Park South. Mit einer großen Dunklen. Sie sind in ein Taxi gestiegen.»

«Na schön», sagte Toy.

Sie gingen zur 72nd Street hinunter. An der Ecke rief Toy von einer Telefonzelle aus Berryman an.

Der ließ ihn ruhig ausreden. Dann sagte er – soweit Toy sich erinnerte –: «Da hat der Typ aber schwer Mist gebaut. Und du auch, würde ich sagen. Die Alternative kennst du. Das hoffe ich jedenfalls.»

Berryman legte auf, aber Toy hielt den Hörer noch ein, zwei Minuten am Ohr. In seinem Kopf drehte sich alles. Dann machte er die Tür der Telefonzelle auf und lächelte den jungen Mann aus dem Süden zum erstenmal an. «Alles okay», sagte er. «Berryman meint, ich hätte Mist gebaut. Er will heute nachmittag selber mit Ihnen reden.»

An diesem Nachmittag kurz nach drei saß Ben Toy neben dem etwas jüngeren Wynn auf dem knarrenden Ledersitz eines Olds '98.

Gleich drehe ich durch, dachte Toy. Und zwar so, daß man es merkt . . .

Die glänzende schwarze Limousine stand in strahlender Sonne auf der Müllkippe von Flushing, in der Nähe des La Guardia Airport. Eine weite Fläche von gelbdürrem Unkraut erstreckte sich bis zu den zwei Kilometer entfernten tristen Hochhäusern.

Berryman ist spät dran, sagte Wynn immer wieder. Fünf Minuten Verspätung. Eine Viertelstunde Verspätung.

Ein weißer Chevy kam mit 70, 80 Meilen den unbefestigten Weg heruntergedonnert, der zur Müllkippe führte, bremste scharf und drehte. Teenager, die sich die Karre wohl für eine Vergnügungsfahrt geschnappt hatten.

«Tom Berryman ist sehr sicherheitsbewußt», sagte Ben Toy. «Er hat nämlich Köpfchen. Riskiert nichts. Ist direkt schon 'ne fixe Idee bei ihm. Aber keine Bange, der kommt schon noch. Nee, ehrlich, keine Bange.»

Wynn hatte den Arm über die lederne Sitzlehne gelegt und sah zu den Hochhäusern hinüber, den Kopf gefällig ins Halbprofil gedreht wie für ein Porträt.

«Daß Berryman kein Risiko eingeht, davon bin ich überzeugt», sagte er.

Da saßen sie also und redeten so hin und her, und urplötzlich zog Ben Toy die Hand aus der Jacke und schoß Harley Wynn in die Schläfe.

Der Rest der Handlung vollzog sich völlig instinktiv. Jetzt, hatte Toy sich in einem fort vorgesagt. Jetzt, jetzt, jetzt. Und als er soweit war, als er spürte, daß der richtige Augenblick gekommen war, fuhr eine kleine schwarze 38er Patrone aus dem Lauf, und der Abzug schnappte zurück. Der Lärm war ohrenbetäubend, Toy würde das Geräusch sein Leben lang nicht vergessen. Rosafarbenes Fleisch und Blut spritzten zum Autohimmel hoch und an die Windschutzscheibe. Wynn kippte mit dem Kopf aus dem offenen Fenster.

Toy ließ den Mann aus dem Süden auf einer rosageblümten Sprungfedermatratze auf der Müllkippe zurück. Das blonde Haar war nicht mal zerzaust.

Gerade noch rechtzeitig fiel Toy ein, Wynn eine zweite Kugel – in den Hinterkopf – zu verpassen, die das hübsche Gesicht erheblich entstellte.

Wegen dieser zweiten, sinnlosen Kugel war in den New Yorker Abendblättern von einem Mord im Bandenstil die Rede. Sie hatten keine Ausweispapiere bei Wynn gefunden. Erst im November wurde die Leiche angefordert. Inzwischen war sie auf dem Verbrecherfriedhof hoffnungslos verlorengegangen, und New York schickte kurzerhand ein langes Skelett nach Tennessee.

Unmittelbar nach der Tat rief Toy bei Berryman an und erstattete Vollzugsmeldung. Danach verbrachte er vier Tage im Mill House Sanitarium, einer Privatklinik im Staate New York. Dort sprach er kaum ein Wort mit jemandem – am allerwenigsten mit den Ärzten. Er saß in einem sonnigen Aufenthaltsraum mit Blick auf den Hudson und fühlte sich immer elender.

Toy meinte, er sei der einzige Patient gewesen, der nicht auf Entziehung war und keine B12-Spritzen bekam. Er war auch der einzige, der Halluzinationen hatte. Eines Nachmittags hörte er die Stimme einer Negerin, die ihm mitteilte, sie sei Jimmie Horns Mutter. Nachts in seinem Zimmer hörte er die Stimme seines Vaters und sah Blitze draußen an seinem Fenster vorbeizucken.

An einem Nachmittag machte er sich, ziemlich verstört, auf den Weg, um etwas zu trinken. Er schlenderte über eine Landstraße, an der

Farmhäuser und Privatschulen lagen. In einer Pinte am Hudson kehrte er ein und rief Reva Baumwell an.

«Ich hab Tom gesagt, daß ich es nicht fertigbringen würde, jemanden umzulegen», sagte er. «Und ich hab recht gehabt, diesmal hab ich recht gehabt. Dieses Arschloch denkt, das bringt jeder fertig. Aber wir sind eben nicht alle so gebaut. Herrgott, Reva, ich hör Stimmen . . .» Er fing beinah an zu weinen am Telefon, er ging regelrecht auseinander, es war ganz scheußlich.

«Nun mal eins nach dem andern», sagte Dr. Baumwell. «Was heißt hier ‹umlegen›. Du meinst wohl, daß du es nicht fertigbringen würdest, jemandem weh zu tun, nicht wahr? Wem wolltest du nicht weh tun, Benjamin? Dir? Mir?»

Thomas Berryman beobachtete die Teenager, die sich auf den Stufen der Carnegie Hall drängten. Ein silbriges Plakat und großformatige Hochglanzfotos warben für den Auftritt der Gruppe Blue Oyster Cult an diesem Abend.

Berryman stand in einer Telefonzelle direkt gegenüber dem Konzertsaal auf der 57th Street und hatte eine Telefonnummer im Bezirk Bell Meade in Nashville, Tennessee, angewählt. Nach einer Weile meldete sich eine barsche Männerstimme mit Südstaatenakzent.

Berryman sprach langsam, bedächtig, ausdruckslos; er nannte seinen Namen und sagte, er rufe wegen eines gewissen Harley Wynn an.

«Und weiter?» Der Mann aus dem Süden schien ein autoritärer Typ zu sein.

«Er ist tot, ich habe ihn erschießen lassen», erklärte Berryman in unverändert ausdruckslosem Tonfall.

«Sie haben ihn –» Die Stimme des Mannes aus dem Süden bekam einen hörbaren Sprung.

Einen knappen Meter vor der verglasten Telefonzellenwand bremste geräuschvoll ein Bus. An seiner Seitenfront machte auf einem Plakat ein nackter blonder Mann für die Zeitschrift *Viva* Reklame. Berryman betrachtete ihn versonnen.

«Hallo! Hallo!» krächzte es aus dem Hörer.

Mit einem mißtönend-mühsamen Rumpler fuhr der Bus wieder an. «Meine Regeln waren Ihnen bekannt», sagte Berryman. «Ich weiß nicht, was Wynn hier mitgekriegt hat. Er sollte nur das Geld auszahlen und dann nach Tennessee zurückfahren.»

«Also darüber weiß ich nichts», beteuerte der Mann aus dem Süden. «Mir hat er gesagt, er hätte in New York noch ein paar andere Sachen zu erledigen. Es war nicht meine Absicht, mich in Ihre Angelegenheiten einzumischen.»

«Das glaube ich Ihnen nicht», erklärte Berryman klipp und klar. Er war entschlossen, notfalls auf Kollisionskurs zu gehen.

«Also wirklich nicht», blubberte der andere los. «Jetzt hören Sie mal, Sie –»

Berryman fiel ihm ins Wort. «Ich habe mit Ihrer Sache schon angefangen. Ihr Geld habe ich – die erste Rate jedenfalls. Etwas habe ich schon investieren müssen. Soll ich weitermachen?»

«Natürlich sollen Sie weitermachen», kam es wie aus der Pistole geschossen. «Wynn ist in diesem Zusammenhang nur ein sehr kleiner Fisch.»

«Ich habe vorgesehen, in der letzten Juniwoche in Nashville zu sein», sagte Berryman. «Halten Sie das restliche Geld bereit. Bis dahin hören Sie nichts mehr von mir.»

Der Mann aus dem Süden stellte von sich aus noch ein paar Bedingungen, dann war das Gespräch zu Ende.

Berryman holte tief Luft. Einen Augenblick war ihm die Situation entglitten, aber jetzt hatte er sie wieder fest im Griff.

Während er die Zelle verließ, fuhr er sich mit einem weißen Kamm durch das lockige schwarze Haar.

Innerhalb von fünf Minuten begann Ben Toy plötzlich auf Teufel komm raus über alles zu reden, was ihm gerade in den Sinn kam.

Er redete über Mathematik, über Gott, wenn ich mich recht erinnere, über seine Eltern in Texas, meine zwanzig Jahre alten braunen Halbschuhe, Lobotomien, Martin Luther King – alle möglichen lächerlichen, verrückten Sachen, die nicht das geringste miteinander zu tun hatten.

Es war beängstigend, weil ich allmählich geglaubt hatte, daß Toy im Grunde genommen gar nicht verrückt war.

«Meine Mutter hat früher in Reno, Nevada, getanzt», erklärte er ernsthaft. «Deshalb hat sie bei uns niemand mehr ausgeführt, nicht mal zu 'nem beschissenen Milchshake ist sie eingeladen worden.»

Ich stand langsam auf und rief Asher.

Er kam sofort zu uns herüber, gleich darauf kamen drei Pfleger angerannt, sie brachten Toy zurück ins Haus, und er ging lammfromm mit. Schließlich schaltete ich den Recorder ab, der weiter stumm seinen Dienst getan hatte.

Als ich über den Gang kam, schloß Ronald Asher gerade die schwere Tür zu der Einzelzelle. Die anderen drei Pfleger und eine sehr junge Krankenschwester standen um ihn herum.

«Er hat sich 'ne Nadel im Hintern abgebrochen», sagte Asher.

Ich sah ihn verständnislos an und warf einen Blick durch das Beobachtungsfenster.

«Annie wollte ihm eine Spritze geben, da hat er sich blitzschnell auf den Rücken gedreht, und schon war's passiert.»

«Ich hab sie aber rausgekriegt», sagte die junge Krankenschwester.

«Donnerwetter», meinte ich. «Alos wie er auf einmal ausgeflippt ist – nicht zu glauben.»

«Das können Sie schon glauben», lächelte die Schwester.

«Also ich möchte ja wissen, was in Bens Birne vorgeht», sagte Asher. «Shulman behauptet, daß er es weiß.»

«Zu viel Psilocybin», sagte ein langer Pfleger in einem Levi-T-Shirt. «Viele Patienten lassen sich einfach hängen, wenn sie mal hier drin sind», meinte Asher. «Manche flippen aus, weil sie sich wohler dabei fühlen, das ist meine Theorie. Ach was, Scheißtheorie . . .»

Während ich durch das Beobachtungsfenster schaute, sah ich, wie Toy plötzlich hochsprang, sich in der Luft zurückwarf und mit bloßen Füßen gegen das vergitterte Fenster donnerte. Dieses Kunststück wiederholte er ein paarmal, jedesmal gab es einen dumpfen Laut, wenn er wieder auf der schmalen Matratze landete.

«Es passiert ihm nichts dabei», meinte Asher, ohne hinzusehen. «Ich habe den Eindruck, daß ihn das beruhigt. Wie bei kleinen Kindern, die sich im Bett hin und her schaukeln.»

Die junge Krankenschwester sah mich an und zuckte die Schultern.

«Meine Tochter macht das auch», sagte ich. «Das Hin-und-her-Schaukeln im Bett, meine ich.»

Wie alt meine Tochter sei, wollte die Schwester wissen. Während wir zur Schwesternstation gingen, redeten wir uns mit allerlei Witzchen wieder in einen einigermaßen normalen Zustand hinein. Ihr sei noch nie eine Nadel abgebrochen, sagte sie.

Ich war zu Fuß in die Klinik gekommen und ging zu Fuß auch wieder zurück, schräg über das Gelände und durch den Wald, kletterte über den hohen, bedrohlich wirkenden Zaun und wagte mein Leben bei der Überquerung des Long Island Expressway, vor den heranrasenden Scheinwerfern Haken schlagend wie ein Hase.

Ich erinnerte mich an eine andere verrückte Sache, die ich einmal in einer Billardkneipe in Frankfurt, Kentucky, erlebt hatte. (Damals, das muß 1962 gewesen sein, trug ich selber eine kleine Pistole bei mir, und wer im Glashaus sitzt, soll bekanntlich nicht mit Steinen werfen.)

Folgendes war passiert: Ein junger Farmer, dürr und häßlich wie eine Vogelscheuche, hatte einem anderen für einen Tanz sein Mädchen ausgespannt. Sie begannen nach diesem langsamen Elvis Presley-Hit *One Night* zu tanzen, der damals gerade in war, und als der andere Typ merkte, was los war, trat er an das tanzende Paar heran, spuckte der Vogelscheuche ins Gesicht und stieß dem Kerl blitzschnell ein Messer in den Leib.

Sofort standen alle um das Häufchen Elend auf der Tanzfläche herum. Manche weinten, viele hatten verdächtig blanke Augen. Old Bean hat's erwischt, flüsterte es um mich her.

Aber so, wie sie es sagten, hörte es sich eher an, als sei Bean den Freuden von Tanz und Whisky erlegen.

Es fehlte nicht viel, und ich hätte mich auf der Stelle erbrochen.

Ich bekam die Nachricht von dem Harley Wynn-Foto, als ich gerade bis zum Hals im heißen Badewasser und Seifenschaum steckte. Ich las einzelne Seiten von Jeb Magruders Bericht über Watergate und legte ihn zwischendurch immer wieder auf den Wannenrand. Mich ärgerte die clevere Berechnung, mit der er das Buch in Rekordzeit heruntergeschrieben hatte.

Meine Stimmung war melancholisch-sentimental wie Country Music, und ich sehnte mich nach Nan und Cat und Janie Bug.

Ich hätte es nicht besser treffen können, wenn ich mir das Drehbuch selbst geschrieben hätte.

Im Zimmer läutete das Telefon. Ich ließ es läuten. Wahrscheinlich war es Asher oder die Krankenschwester, die wissen wollten, wie es mir ging.

Aber es hörte nicht auf zu läuten, jetzt leuchtete an dem Apparat auch noch ein rotes Lämpchen auf.

«Terrell!» hörte ich, als ich mich schließlich meldete. «Terrell, dieses Arschloch, dieser Scheißkerl.»

Die ferne Stimme gehörte Lewis Rosten, aber ich hätte sie beinah nicht erkannt. Rosten wurde eigentlich so gut wie nie ordinär.

Ich versuchte, eine Zigarette aus der Packung zu klopfen, und vier oder fünf kamen herausgekollert.

«Was ist mit Terrell?»

«Ochs, Harley Wynn ist Terrells Mann, sein Anwalt. Er ist aus Houston, deshalb kannte ihn niemand.»

Rosten hatte angefangen zu brüllen. Er war sehr glücklich. Ich zündete mir nervös eine der herumliegenden Zigaretten an.

«Diesmal hast du es geschafft, du ausgebuffter Hund du», hörte ich. «Reed sagt, er könnte dir vor versammelter Fernsehnation den Hintern küssen, und er tut's auch noch.»

Ich hielt den Hörer ein Stück vom Ohr weg und fing an zu lachen wie ein Dorftrottel. Im Hintergrund hörte man Triumphgeschrei, Kollegen kamen an den Apparat, um mir zu gratulieren.

«Wie habt ihr's rausgekriegt?» fragte ich jedesmal. «Wie habt ihr das bloß rausgekriegt?»

«Komplizierte Geschichte.» Endlich war wieder Lewis dran. «Ein Freund von Reed ist aus Houston. Aber das ist ja auch egal.»

Ich begann, mir die Folgen auszumalen, und konnte es kaum fassen. Es schien so richtig, so logisch. Johnboy Terrell.

«Verdammt noch mal, nun freu dich doch ein bißchen», schrie der stille kleine Rosten.

Ich tat ihm den Gefallen. Ich rannte vor Freude Amok. Ich stieß ein Indianergeheul aus, daß die Leute von allen Seiten protestierend an die Motelwände klopften. Ich hüpfte auf meinen großen, nackten Füßen durchs Zimmer. Ich bearbeitete die Wände wie ein Buschneger seine Trommel.

Aber ehe ich weiter berichte, muß ich wohl hier einfügen, daß Terrell von 1958 bis 1962 Gouverneur von Tennessee war, daß er ab 1958 bei uns praktisch unumschränkt das Sagen hatte und daß in dieser Zeit nach Meinung einiger Leute, zu denen auch ich gehöre, schlimme Dinge vorgekommen sind.

Überdies steht fest, daß Terrell auf Jimmie Horn ganz, ganz schlecht zu sprechen war.

An diesem Abend machte ich mich mit neuem Schwung daran, eine lange Liste der Besuche und Anrufe zusammenzustellen, die ich noch im Norden zu erledigen hatte. Zum erstenmal war mir bei dieser Story wirklich wohl im Bauch.

Mein nächstes Ziel war Berrymans Sommerhaus in einem Nest namens Hampton Bays. Und dort sollte es zu meiner einzigen größeren Fehleinschätzung in diesem Fall kommen.

3. Teil

Das Mädchen, das Thomas Berryman liebte

Hampton Bays, 20. Juli

Thomas Berrymans Besitz in Hampton Bays bestand aus einem verwitterten grauen Haus mit langer, überdachter Veranda und 300 Meter Privatstrand. Überall auf dem Grundstück, buchstäblich verstreut, gab es Garagen.

In dem Zehn-Zimmer-Haus erwartete mich eine Überraschung: Berrymans Freundin, ein seltsames und sehr schönes Mädchen namens Oona Quinn.

Oona Quinn war das, was man wohl heutzutage eine moderne Frau nennt: Genau wie junge Männer auch, versuchte sie boxend und drängelnd und kratzend sich den Platz in der Gesellschaft zu erobern, der ihr nach ihrer Meinung zustand. Und deshalb, nehme ich an, hat Thomas Berryman sie gern gehabt.

Oona ist groß und schmal (1,70, kräftiger Knochenbau, 58 kg). Sie hat dichtes schwarzes Haar, das ihr bis zur Hüfte reicht. Meist trägt sie es allerdings zu einem dicken Knoten aufgesteckt. In ihr zeigt sich das alte Neuengland von seiner besten Seite. Allerdings kann sie es nicht lassen, schwarze Zigaretten zu rauchen, die sie lässig aus dem Mundwinkel hängen läßt.

Im Gegensatz zu Ben Toy war Oona ein Typ, der mir auch aus meiner eigenen Sphäre vertraut war. In dem Frühjahr und Winter, ehe sie Berryman kennengelernt hatte, war sie Verkäuferin in einer Boutique gewesen. Was mir an ihr besonders auffiel, war ihr gesunder Menschenverstand. Sie war es zum Beispiel, die mir eine vernünftige Erklärung dafür lieferte, warum sich in der sogenannten guten Gesellschaft die Leute ständig umarmen. Auf diese Art, meinte sie, würden sexuelle Spannungen abgebaut. Einleuchtend, fand ich.

Sie sei zwanzig Jahre alt, sagte Oona Quinn, und das war erstaunlich, aber durchaus denkbar.

Das erste Mal sah ich sie durch eine schwarze, schmutzige Küchentür, die mit Maschendraht bespannt war. Ich hatte Augen und Nase an den Draht gepreßt. Der schattenhafte Umriß ihres Haares wirkte wild und ungebärdig. Eine schöne Hexe, dachte ich. Ich machte mich bemerkbar.

Während ich ihr – noch an der Tür – erzählte, wie ich auf Grund von Ben Toys Hinweisen nach Hampton Bays gekommen war, kratzte ich mich an der Nase, holte tief Luft, kratzte mich am Kinn, am Ohr, blinzelte ein paarmal, bürstete die Schulter meiner Jacke ab und zündete mir eine Zigarette an.

«Haben Sie noch nie eine Frau gesehen?» fragte sie. Ich lachte (was mir hinterher noch peinlich ist) und sagte: «Äh – na klar doch.»

Zuerst hatte Oona Hemmungen, überhaupt etwas zu sagen, nicht einmal über das Wetter, das heutige, das gestrige, das morgige, mochte sie sprechen, was mich natürlich nicht überraschte.

Auf einem liegenden grauen Lattenzaun gingen wir zum Wasser hinunter. Sie hatte ein kleines Kofferradio in der Hand, das Kabarettsongs dudelte, und es war fast, als sei ich überhaupt nicht da.

Nachdem wir ein gutes Stück vom Haus weg waren, stellte sie mir ein paar Fragen. «Was – was genau hat Ben Toy Ihnen erzählt?»

Es hatte wenig Sinn, ihr etwas zu verheimlichen, fand ich. Also erzählte ich ihr das meiste von dem, was ich wußte. Als ich fertig war, fing sie an zu lachen. «Der Typ ist doch verrückt. Unzurechnungsfähig.»

«Sie wüßten, was in Nashville passiert ist, sagt er.»

«Sagt er?» Sie blieb stehen und wandte sich zu mir um. «Oder kombinieren Sie das von sich aus, Mr. Jones?» Sie ging langsam weiter, ohne eine Antwort abzuwarten, bis ihr kleine Wellen über die Füße schwappten. Sie hatte lange, knochige Zehen mit roten Lacktupfern auf den Nägeln. Und sie war wirklich unverschämt attraktiv.

Als das Haus außer Sicht war, ließ sie sich in den Sand fallen. Das Radio spielte *Lili Marleen*, und sie stellte es auf volle Lautstärke.

«Ich komme mir vor, wie – als wenn der Wind und alles durch mich hindurchwehen kann. Es ist ein ganz komisches Gefühl, jetzt mit Ihnen zu reden. Unwirklich», sagte sie mit einem tiefen Seufzer.

Ich fragte sie, ob Berryman in der Nähe sei, aber sie gab keine Antwort.

Und dann begann Oona unvermittelt (weshalb, das begriff ich erst, als ich besser Bescheid wußte), mir das eine oder andere von sich zu erzählen. Zuerst war sie zurückhaltend, ihr Ton war distanziert, zynisch. Aber nach einer Weile meinte ich eine Art Beichte zu hören. Und ich hatte das Gefühl, daß Oona Quinn Angst hatte.

Wir verbrachten fast drei Tage zusammen in Thomas Berrymans Haus, und sie äußerte sich immer offener (glaubte ich) über das, was sich zwischen ihr und Berryman abgespielt hatte.

Einmal nannte sie ihn «den Meister der guten Schwingungen». Sein Pint sei 25 Zentimeter lang, sagte sie – es könnte ja sein, daß ich mir darüber schon Gedanken gemacht hatte –, und sie hätte den Eindruck, daß ich zum Trübsinn neigte.

Alles in allem war es eine völlig neue Situation für mich. Erstens waren meine Erfahrungen mit schönen Frauen äußerst begrenzt. Und zweitens war ich bisher nur einmal an der See gewesen, in Biloxi, Mississippi. Ich schlief schlecht. Nachts wurde es so kalt wie in Tennessee im Winter.

Am zweiten Tag sagte sie mir, Bert Poole habe Jimmie Horn nicht erschossen.

«Das meint Ben Toy auch», sagte ich.

«Ach, was weiß denn der . . . Der denkt doch, Tom taucht jeden Augenblick bei ihm auf und bringt ihn im Mercedes nach Texas zurück.»

Die Veranda erstreckte sich über die ganze Längsseite des Hauses, sie wurde unser Stammplatz. Wir saßen in Korbsesseln mit Blick aufs Meer, und ich sehe noch ihre knochigen Füße in den Wollsocken, die sich immer wieder aus den Clogs herauswanden und nicht zur Ruhe kommen wollten. Ein nervöser Tick, sagte sie.

Während der Bandaufnahmen machte sich meist ein Gärtner in khakifarbener Uniform auf den Rasenflächen zu schaffen, ein hagerer, mißtrauischer Jamaikaner, der offensichtlich glaubte, ich wollte hinter Berrymans Rücken Oona aufs Kreuz legen. Er war Thomas Berryman treu ergeben und sagte, ich hätte mich da überhaupt nicht reinzumischen.

Eines Nachmittags beobachtete ich, wie Oona dem Mann mehrere Zwanzig-Dollar-Scheine gab, und ich hatte plötzlich das unheimliche Gefühl, daß Berryman irgendwo ganz in der Nähe war und alles mitbekam, daß er uns vielleicht von den hohen Dünen aus beobachtete, die sein Haus umstanden.

Oona Quinn wurde verletzlich, mimosenhaft empfindlich, sobald der Recorder lief. Sie zog die langen Beine unter sich und wiegte sich hin und her, während der Korbsessel und der Bretterboden der Veranda im Duett knarrten.

Ihre Haltung war sehr beherrscht, ja fast arrogant, bis ich den Kassettenrecorder aus dem Lederfutteral nahm. Aber der Anblick machte sie irgendwie fertig. Der Gedanke, daß ihre Worte festgehalten wurden, schnürte ihr die Kehle zu. Aber sie konnte anschaulich erzählen, hatte ein gutes Gefühl für ironische Details. Ich hatte den Eindruck, daß sie auch sich selbst mit dieser ironischen Distanz betrachtete, und hoffte, dadurch näher an Thomas Berryman heranzukommen.

Hampton Bays, 18. Juni

Unter einer dicken roten Sonne saß Thomas Berryman rittlings auf dem Dach seines Hauses und sah hinunter auf den Atlantik, wo schaumige Brecher an den steinigen Strand schlugen. Die Luft war klar und salzig, der Himmel blau.

Nur mit halber Aufmerksamkeit bei seiner Arbeit, ließ er seine Gedanken zu friedlich-kitschigen Sonntagsschulszenen in Texas zurückwandern und fragte sich, was wohl noch aus ihm werden würde.

Nach einer Weile konzentrierte er sich auf ein kleines Stück schwarzen Teerflickwerks, das er beendet hatte. Es ist eine gute Sache, das eigene Dach zu teeren, dachte er. Sein Gärtner hatte es abgelehnt, sich in diese Höhe hinaufzuwagen, und jetzt war Berryman froh darüber.

Er sah zu den fünfzehn bis zwanzig Meter hohen Dünen jenseits der Straße hinüber und verfolgte mit dem Blick einen weißen Ford Mustang, der über das taubengraue Asphaltband rollte und wie in einem Trickfilm plötzlich zwischen den Sanddünen verschwand.

Früher einmal, fiel Berryman ein, war es zwischen seinem Vater und ihm wegen eines Ford Mustang fast zu Tätlichkeiten gekommen.

Er zündete sich eine seiner seltenen Zigaretten an und genoß das Behagen dieses warmen Nachmittags. Oona war in einem weißen Minikini am Strand, sehr schick. Gelegentlich streiften seine Gedanken das Thema Jimmie Horn.

Er rutschte zu dem dunklen, gemauerten Schornstein hinüber, um ein neues Gitter über der großen Öffnung anzubringen.

Weil die alten, billigen Turnschuhe, die er trug, auf den Schieferplatten rutschten, mußte er auf dem Dachfirst reiten wie auf einem Pferd. Die Gefahr, von dem drei Stockwerke hohen Dach zu fallen und an der Veranda vorbei auf die spielzeugkleinen Terrassenmöbel im Patio zu stürzen, gehörte mit zu dem Job und machte ihn besonders reizvoll.

Er steckte den Kopf in die muffige Höhlung und riß ein Streichholz an. Das Gitter war mit Ruß, rußigem Sand, rußigen Möwenfedern und einem kaputten Kinderballon verstopft.

Der weiße Ford kam wieder unten auf der Straße vorbei. Berryman schnippte seinen Zigarettenstummel zu ihm hinunter, dann harkte er mit beiden Händen den Dreck auf dem schwarzen Gitter zusammen.

Zum Abendessen gab es weiße Spaghetti und roten Wein auf dem Rasen vor dem Haus. Berryman reichte Oona den üppigen Joint hinüber. Sie hatten sich beide in Schale geworfen – ganz in Weiß – und sahen aus wie aus einer Modezeitschrift.

Wenn man näher hinsah, stellte man allerdings fest, daß Tom Berryman zu seinem weißen Anzug weiß-rot-blaue Turnschuhe trug und Oona kein Make-up aufgelegt hatte. Sie würde ihm heute abend die Grillen vertreiben, hatte sie versprochen.

«Übrigens», sagte sie, ehe sie sich an ihren Grillen-Exorzismus machte, «Ben Toy war hier.» Sie hatte Bläschen auf den Lippen von der Sonne und nahm ganz *ladylike* einen Zug aus dem dicken Joint.

Tom Berryman hielt den Rauch zurück. «Als ich auf dem Dach war?»

«Er wollte es mir nicht glauben. Daß du auf dem Dach bist, meine ich. Er kam mir ganz komisch vor.»

Berryman hielt noch immer den Rauch zurück.

«Er hätte was von den Horns gelesen, hat er gesagt. Was für anständige Leute die Horns sind. Wer sind die Horns?»

Berryman stieß den Rauch aus und sagte, mehr zu sich selbst: «Der flippt mir doch tatsächlich aus, der Ben.»

«Ach ja?»

«Ach ja.»

Oona streckte ihm den Joint hin und legte den Kopf schief wie ein schöner Vogel. «Wer sind die Horns?»

«Niemand», sagte Berryman und nahm ihr den Joint ab. Er zwinkerte in den Rauch. «Nein, mal im Ernst: Es sind Zwillinge, mit denen wir in Amarillo gegangen sind. Als wir noch in der Schule waren, Patsy und Darlene.» Er fing an zu lachen. «Darlene hatte einen süßen roten Schnurrbart. Und nett war sie auch.» Er lachte wieder. «Reden konnte sie, die Kleine – einfach toll.»

Oona fing an zu kichern, und dann vergaßen sie Ben Toy, und er vergaß seine Grillen und erzählte die Geschichte von der Großmutter, die stirbt, während die ganze Familie auf einer langen Autofahrt ist, und der Vater packt sie in den Kofferraum, damit die Kinder nichts merken, und der Wagen – samt Oma – wird in Hojo geklaut. Es sei eine wahre Geschichte, behauptete er.

Stunden später war Oona Quinn high, und Berryman wog durch die Bluse hindurch ihre Brüste in der Hand.

Im Kamin brannte ein Eichenklotz, es roch nach Wald. Die Vorhänge vor den offenen Fenstern blähten sich im Abendwind.

Sie sah kühle, eisfarben-blaue Augen.

Einen struppig-ungebärdigten Schnurrbart.

Ein perlweiß aufblitzendes Lächeln, dem sie nicht widerstehen konnte.

Sie konnte sich Thomas Berryman gut als einen Sohn von Clark Gable vorstellen. Ja, und sie konnte sich auch diesen Sonderling richtig vorstellen, von dem sie mal gehört hatte, der angeblich Heimchen in Käfigen hielt, um Wald- und Wiesen-Stimmung in seinem Schlafzimmer zu simulieren. Sie hatte schon Heimchen gegessen, hatte sie gelutscht wie diese französischen Bonbons mit knackiger Kruste und weicher Füllung. Man mußte alles mal versuchen, fand sie.

«Warst du schon mal verheiratet?» fragte er sie daraufhin.

«Nein. Du?»

«Ich glaube schon.» Berryman lächelte mit geschlossenen Augen. «Siebzehn Tage lang, aber weder mit kirchlichem noch staatlichem Segen. Ich ging damals noch zur Schule. Wir haben in einem Baumhaus gewohnt, wenn ich mich recht erinnere. Du, hast du mir nicht vorhin erzählt, daß Benboy hier war, oder habe ich das nur geträumt?»

Das Schlafzimmer, in dem sie lagen, war der schlichteste Raum des alten Hauses, ein geräumiges Zimmer mit niedriger Holzbalkendekke, einem kleinen, aus Feldsteinen gemauerten Kamin und weißen Bücherregalen, in denen gebundene Jahrgänge der *National Geographics* und *American Scholars* (von einem früheren Besitzer) standen.

Ein kleines, salzverkrustetes Fenster bot den Blick aufs Meer, von dem großen Erkerfenster sah man weit auf die schmale Straße hinaus. Entweder hatte ein Hurrikan das Haus mal um die eigene Achse gedreht, pflegte Berryman zu sagen, und/oder die Architekten waren Idioten.

Oona streifte sich eine teure Bauernbluse über den Kopf, verblüffend weiß erschienen ihre kleinen Brüste unter dem Stoff.

«Hast du meine Titten lieber braun oder weiß?» erkundigte sie sich halb befangen, halb ernsthaft.

Thomas Berryman griff nach einer ihrer Brustwarzen und betrachtete sie wie ein Obsthändler, der einen Apfel am Stiel hält. «Ja», sagte er. «Sehr sogar.»

Er zog sein Hemd aus, von der Arbeit auf dem Dach war er krebsrot gebrannt. «Und wie gefallen dir meine kleinen Reizwellen?»

Sie rümpfte die Nase. «In einer Woche siehst du aus wie ein Neger. Nur deine Nase ist so empfindlich.»

«Ich muß einen Neger umlegen.»

Sie lachte. «Den Gärtner? Gott, der arme Trottel . . .»

Berryman kniete sich im Bett hin und küßte sie, ohne sie mit seiner verbrannten Brust zu berühren.

Er erzählte ihr, daß texanische Frauen nie fluchen, immer duftende Taschentücher im Busen tragen und sich Talkum auf den Hintern stäuben.

In den Dünen jenseits der Straße saß Ben Toy in der Dunkelheit auf der Haube des weißen Mustang und sah zu dem hellen Fenster im zweiten Stock hinüber. Er redete sich ein, daß er hier saß, um Tom-Tom und sein irisches Mädchen zu beschützen. Dafür würden auch sie ihn beschützen müssen.

Ein paarmal hörte er die Stimme einer Negerin, die verkündete, sie sei die Mutter von James Horn, einmal hörte er seinen Vater. Ich steh kurz vor einem Nervenzusammenbruch, dachte Ben, und damit hatte er recht.

Oona und Thomas Berryman rauchten weiter, und als sie beide nur noch mit den bekifften Köpfen wackeln konnten, begann er von einem Neger aus dem Süden zu schwafeln, für dessen Tod er einen schönen Batzen Geld bekommen würde.

Während er noch erzählte, was er sich für den Unglücklichen ausgedacht hatte, erbrach sich Oona auf dem Bett und entschlummerte sanft.

Hampton Bays, 19. Juni

Am Morgen trug er ein T-Shirt mit dem Aufdruck *Property of New York Knicks* und verströmte den aseptischen Charme eines frischgebackenen Assistenzarztes.

Dazu paßte, daß er im Dienst der Nächstenliebe wirkte, Federkissen aufschüttelte, alte, verwitterte Läden aufstieß, um das helle Tageslicht einzulassen.

Er brachte Oona einen Becher Kaffee und Honigkuchen ans Bett. Sie war nicht mehr in dem Zimmer, in dem sie sich übergeben hatte. Sie waren beide ziemlich schweigsam, und erst langsam wurde ihr klar, daß er sie irgendwann zwischen Nacht und Morgen hierhergebracht und umgezogen hatte. Sie hatte jetzt schwarze Strumpfhosen an.

«Wenn du nicht bleiben willst», sagte er, «mußt du dich bald entscheiden. Weißt du, ich mußte es einfach wissen. Aber du kannst ruhig gehen, ehrlich.» Er riß Zuckertütchen auf und leerte sie in ihren Kaffee. «Jemanden, mit dem ich befreundet bin, den ich gern hab, dem tu ich nichts. Du brauchst keine Angst zu haben.»

Sie trank den dampfenden Kaffee in kleinen, vorsichtigen Schlukken und sah Berryman über den Becherrand hinweg nachdenklich und traurig an. Hätte sie wirklich gehen wollen, das hatte Berryman sich inzwischen auch schon überlegt, hätte sie wahrscheinlich längst versucht, sich heimlich wegzuschleichen.

«Ist der Kaffee in Ordnung?» Blöde Frage . . . Er runzelte die Stirn.

Aber Oona nahm nicht übel. «Doch, sehr gut.» Und nach dem nächsten Schluck: «Scheißkerl.»

Berryman hatte das Gefühl, daß er ihr nun doch so etwas wie eine Erklärung schuldig war. Er machte einen ersten Anlauf. «Es ist die Freiheit, die mich daran so reizt. Die könnte ich nie mehr aufgeben. Und ich glaube, ich möchte es jetzt auch gar nicht mehr. Wir waren noch Teenager, als wir uns diese Philosophie zurechtgebastelt haben, siebzehn oder achtzehn. Höchstens neunzehn. Ben und ich . . . Na ja, eigentlich wohl hauptsächlich ich . . . Weißt du, wie sie mich damals genannt haben? Den *Pleasure King* . . . Schön, zumindest war es eine klare Entscheidung . . . Ich will's mal anders sagen. Denk dir einen Durchschnittstyp. Mach ihm den Vorschlag, das zu tun, was ich tue. Stell dir vor, dem Mann werden 50 Riesen geboten dafür, daß er einen völlig Fremden umlegt. Natürlich immer unter der Voraussetzung, daß er es auch bringen könnte, das Know-how dazu hätte, sonst ist es keine faire Frage. Was glaubst du, was passiert? In den meisten Fällen?»

Oona hielt den Kopf gesenkt. «Weiß nicht.»

«Das ist keine Antwort, Baby. Okay, er sagt also nein. Er ruft die Polizei, stimmt's?»

Berryman merkte, daß sie nur nach dem großen Hammer suchte, um ihn so richtig fertigzumachen, aber er ließ sie nicht zu Worte kommen. «Angenommen, ich leg dir 50000 Dollar hier aufs Bett», fing er noch einmal an. «Oder besser noch, ich hinterlege sie in dem kleinen Laden, in dem du gearbeitet hast. Richtiges, reelles Geld, Zehner, Zwanziger, Fünfziger. Und ich sag dir – nur mal als Beispiel: ‹Putz den Manager vom A & P-Supermarkt in Hyannis weg.› Was glaubst du, was passiert?»

«Scheiße», sagte sie.

«Was hast du gesagt?»

«Nichts.»

«Sicher hast du was gesagt. Sag's noch mal.»

«Nichts. Nichts Wichtiges jedenfalls.»

Oona Quinn sagte nichts mehr, aber sie ging auch nicht weg.

Revere, Massachusetts, 22. Juli

Oona Quinn war in einem der tausend gleich aussehenden schäbigen Einfamilienhäuser in der Rummelplatzstadt Revere, Massachusetts, aufgewachsen. Das Haus von Oonas Eltern war zuerst schneeweiß gewesen, dann langweilig grün, jetzt war es bläßlich gelb – und diese Abstufung entsprach der stetig sinkenden Wertschätzung der Quinns für ihren 1955 erworbenen Besitz.

In mancher Beziehung ähnelte das Haus ihrem Vater. Das Gras war kurzgeschnitten, aber nicht gepflegt, die Farbe, die von der Straße her noch ganz leidlich wirkte, war aus der Nähe betrachtet verschossen und blasig. Die Gartentür war am Einsinken, und die Haustür hatte Risse.

Als ich in der dritten Juliwoche von Provincetown zurück in Richtung Heimat fuhr, machte ich einen Abstecher zu den Quinns. Ich wollte wissen, was für ein Typ von Mädchen das war, das sich mit einem Burschen wie Thomas Berryman einließ.

Bei unserer ersten Begegnung war Oonas Vater genau so mißtrauisch und redeunwillig wie seine Tochter gewesen. Er ließ sich meine Brieftasche geben, und wir blieben draußen im Vorgarten stehen, während er sich meine Presseausweise ansah und Unterschriften verglich.

«Meine Zeitung ist bereit, Ihnen das Interview zu honorieren», sagte ich.

Er nickte, sagte aber weder ja noch nein. «Was wissen Sie über Oona?» fragte er.

«Wir haben persönlich miteinander gesprochen. Sie hat mir von Ihnen und von ihrer Mutter erzählt. Es gibt da so einige Probleme für sie . . .»

«Hab ich mir gedacht.» Er deutete zum Haus, und ich ging hinter ihm her die Stufen hinauf.

An diesem Nachmittag saß ich fast zwei Stunden lang mit Frankie Quinn auf der morschen Veranda. Er war dreiundvierzig, hatte ergrauende Koteletten, eine Boxernase und einen beachtlichen Bierbauch.

Daß er Oonas Vater war, hätte ich ihm nicht angesehen. Er arbeitete, wie er mir erzählte, von vier bis eins in der *Mayflower* in Südboston als Barkeeper, aber mit dem, was da sonst noch so lief, hatte er nichts zu tun – keine Glücksspiele, keine Drogen, keine Nutten. Die 161 Dollar, die er pro Woche heimbrachte, waren ehrlich verdientes Geld.

Bis 1960, sagte er, sei er gläubiger Katholik gewesen, bis sie die englische Messe eingeführt hatten. Da hatte er sich persönlich hintergangen gefühlt.

Das Kreuz, das er – und seine Familie – zu tragen hatte, war sein phänomenaler Bierdurst. Er schaffte bequem einen Kasten pro Tag.

Mit seiner Frau Margaret und mit Oona hatte er, das gab er

unumwunden zu, einen unheimlichen Dusel gehabt. Ich sollte ihm alles erzählen, was ich von Oona wußte, und er wollte auch gern über sie sprechen.

Soweit, so gut, dachte ich und schaltete den Recorder ein.

«Ich hätte strenger mit Oona sein können», räumte Frankie Quinn ein, schluckte sein Guinness und griff zwischendurch in die Schachtel mit den Ritz-Crackers. «Möglich, daß wir ihr ein bißchen zu sehr den Willen gelassen haben. Aber sie ist so ein hübsches Ding . . . Kann sein, daß wir sie zu sehr verwöhnt haben. So was läßt sich hinterher schwer sagen . . .»

«Sie ist ein liebes Mädchen, ehrlich. Nur wenn ihr mal keiner sagt, wie hübsch sie ist, dann bricht für sie die Welt zusammen, dann kriegt sie Depressionen. Sie hat nie gelernt, mit dem Leben fertig zu werden, wissen Sie. Vielleicht braucht sie das aber auch nicht. Es gibt so Leute, die sind darauf nicht angewiesen.»

«Ich kann mich nicht erinnern, daß sie als Kind viele Freundinnen hatte. Jungsfreundschaften, das ja – zu viele, wenn Sie mich fragen. Manchmal, wenn ich samstags nach Hause kam, war das hier wie 'ne Junggesellenparty. Sämtliche Jungs von der Cathedral High School lungerten hier rum und warteten bloß auf die Ehre, ihr unten im Drugstore ein Pistazieneis holen zu dürfen . . .»

«Sie spricht viel von Ihnen», sagte ich zu Frankie Quinn.

Quinn lachte. «Wir können gut miteinander. Früher haben wir lange Strandwanderungen gemacht. Die Leute haben mich angestarrt wie 'n irischen Mafioso mit seiner Puppe.

Probleme hat sie heute eigentlich mehr mit Margaret. Margaret ist nie drüber weggekommen, daß sie nicht mehr zur Kirche geht. Dabei geht sie jetzt selber nicht mehr hin.»

Quinn hielt inne und sah mich einen Augenblick scharf an. Er hatte wäßrige Augen, die immer ein bißchen tränten.

«Sie sind Thomas Berryman, nicht?» fragte er ganz ernsthaft.

Einen Augenblick verschlug es mir die Sprache. Hatte er schon einen sitzen? Nein, ich sei nicht Berryman, beteuerte ich und griff wieder nach meiner Brieftasche.

«Nein, nein.» Er hielt meinen Arm fest. «Ich wußte ja, daß Sie's nicht sind. Ich wollte bloß ganz sichergehen. Irgendwie bin ich wohl ein bißchen mit den Nerven runter.»

Und dann erzählte er mir, daß Oona in den letzten Monaten, wenn

sie angerufen hatte, mehrmals Berryman erwähnt hatte.
Dann kam er auf Jimmie Horn.

Diesen Namen habe Oona bei einem Anruf am 3. Juli genannt, sagte er. Und am 4. Juli habe er gelesen, daß unten im Süden Jimmie Horn ermordet worden war.

Am 2., 3. und 4. Juli habe Oona ihn von Tennessee aus angerufen, erläuterte Quinn. Am vierten, sagte er, sei sie fast hysterisch gewesen. Er fragte mich nach dem Grund, und ich erklärte es ihm, soweit ich konnte.

Kurz nach fünf kam Margaret Quinn heim. Frankie und ich saßen noch immer draußen auf der Veranda.

Margaret war eine schlanke, dunkelhaarige Frau, die mich an ihre Tochter erinnerte. Ich fand auch, daß Frank Quinn Dusel gehabt hatte.

Beide ahnten ganz offenbar nicht, in welche Richtung sich ihre Tochter entwickelt hatte. In ihren Augen war sie noch immer ein Schulmädchen mit kindlich-unbeschwerten Gedanken, das Schottenröcke und blaue Blazer trug.

Die Quinns waren mir sympathisch, aber sie taten mir auch leid. Der Gedanke, was aus ihnen werden würde, wenn meine Story in die überregionalen Blätter kam, erschreckte mich. Die Katastrophe würde Frank und Margaret Quinn völlig unvorbereitet treffen.

Die Schurken, die man ja doch in einem Krimi mit Fug und Recht erwarten darf, machten sich in meinem Stück bisher rar.

Inzwischen stand ich vor dem Problem, daß Oona Quinn mir nicht alles erzählt hatte, was ich wissen mußte. So vermutete ich jedenfalls. Und vielleicht log sie mir ja auch überhaupt etwas vor.

Das schmeckte mir ganz und gar nicht – aber es war eben alles in allem überhaupt keine schmackhafte Story.

In graublauen Regenschleiern fuhr ich von Massachusetts nach New York zurück. Als ich am Samstagabend losfuhr, war es fast halb sieben.

Das Gewitter brach los, als ich mich aus dem Rummelplatzgebiet von Revere herauswand. Aus der Gegenrichtung rollten gerade die Familien mit Kindern an.

Die ersten Tropfen waren von Halbdollar-Größe, und ich mußte trotz der Hitze sämtliche Fenster schließen.

Erst als ich auf der New London-Fähre nach Long Island übersetzte, ließ der Guß nach. Ich kam mir vor wie jenes Cartoon-Männchen, das überallhin von seiner privaten Regenwolke verfolgt wird.

In Berrymans Haus brannte Licht in allen Fenstern. Scheinwerfer auf den Garagendächern schnitten breite Streifen Dünengras aus der Dunkelheit.

Ich ließ den Wagen langsam auf der kiesknirschenden Einfahrt ausrollen und machte mich auf eine Party oder einen Selbstmord gefaßt.

Oona war ganz allein im Vorderzimmer. Sie lag auf der Couch, in eine rote Decke gewickelt, aus der nur der Kopf und nackte Füße hervorschauten, und sah fern.

«Ochs?» rief sie. «Sind Sie das, Ochs?»

Ich stand auf der Veranda. Wer sollte es wohl sonst sein? Dann klopfte ich an den Holzrahmen. «Jemand zu Hause?» Ich tat, als käme ich gerade von der Entenjagd. Ich brannte darauf, mit ihr über Tennessee zu reden.

Aber dazu war sie nicht in der Stimmung.

«Reden können wir morgen», sagte sie. «Das ist noch früh genug. Du hast genug für heute, kleiner Mann.»

Ich ließ mich in einen muffigen Sessel fallen. «Kleiner Mann?» lachte ich.

Sie hatte sich aufgesetzt, noch immer in die rote Steppdecke gewikkelt, und musterte mich mit einem schrägen Blick.

Sie sah aus, als sei ihr kalt, als wollte sie gewärmt werden.

Wir saßen beide da und sagten nichts. Im Fernsehen lief *Easy Rider*, aber der Teil mit Jack Nicholson war schon vorbei. Oona erinnerte mich an jene hochbezahlten, ätherisch schönen Fotomodelle – so wie ich sie mir vorstellte, wenn das Scheinwerferlicht erloschen war. Überdreht, fix und fertig.

Sie betrachtete mich grübelnd, dann lächelte sie. «Ich geh rauf», sagte sie.

In der Küche machte sie Kakao, dann ging sie die knarrende Treppe hinauf, ein Zinnbecher sah aus der Decke hervor wie eine Kerze. «Ochs!» rief sie von oben. «Tom Berryman kommt nicht hierher.»

Ich blieb unten sitzen und überlegte mir, wie sie das wohl gemeint haben könnte. Nach zehn Minuten ging ich auch hinauf in mein Zimmer.

Ich legte mich flach auf das einen Meter achtzig kurze Bett und ließ die Füße zwischen den Gitterstäben hervorsehen.

Ich lag in Unterhemd und Unterhose da, rauchte, starrte den Mann im Mond an und drehte so ganz still für mich hin ein bißchen durch. Als Entspannung nach einem langen Tag war das vielleicht nicht gerade ideal, aber der Mensch gewöhnt sich an manches.

Ich versuchte, mir die wichtigsten Fragen für den nächsten Tag zurechtzulegen. Aber es wurde nicht viel daraus.

Ich griff hinter mich, machte das Licht über meinem Bett aus, zog das Unterhemd aus und kroch unter das zerknautschte Laken. Mein neuer Bart juckte, ich hatte Sandkörner im Bett, und der Mann im Mond sah verschwollen aus wie nach einer Prügelei.

Auf dem Gang tappten nackte Füße. Die Tür zum Badezimmer ging auf, innen wurde Licht gemacht, Flaschen mit Parfum und Badeessenzen klimperten.

Sie ließ sich ein Bad ein und kam erst heraus, als ich schon eingeschlafen war.

Am Morgen ging alles seinen normalen Gang. Der Gärtner werkelte draußen herum. Oona ließ ihre Zehen in den Wollsocken zappeln. Ihre Befangenheit dem Mikrofon gegenüber war wieder da, meine Befangenheit ihr gegegenüber – es hatte sich nichts geändert.

Sie würde mir alles erzählen, was ich wissen wollte, sagte Oona. Und: Meine altmodischen Moralvorstellungen hätten sie sehr amüsiert. Das war nicht böse gemeint – nur ehrlich.

New York City, 21. Juni

Vor Berrymans größter Garage stehen – dem Möwenschiß und anderen Unbilden der Natur ausgesetzt – ein schwarzer Porsche Targa, ein Cadillac und – erstklassig in Schuß – ein brauner Mercedes 450 SE.

An einem frühen Morgen in der letzten Juniwoche fuhr Berryman in dem 450 SE mit Oona nach Manhattan. Der schwüle Dunst, der in der Luft lag, milderte den Eindruck der Wohngebirge und Reklametafeln an der Straße.

Während der zweistündigen Fahrt schwatzten und alberten sie unaufhörlich miteinander. Sie habe sich dabei ertappt, daß sie sich bis zu fünfundzwanzigmal am Tag das Haar vor dem Spiegel zurechtstrich, sagte sie mit erhobener Stimme, um das Radiogedudel zu übertönen. Aber sie erzählte es wie einen guten Witz.

Berryman setzte sie zum Shopping an der Fifth Avenue ab und sah ihrem breitrandigen Strohhut nach, der sich wie ein Sonnenschirm durch die träge Masse der verschlafenen Büroangestellten schob und bei Lord & Taylor verschwand.

Dann kroch er hinter einem schwerfälligen Bus her bis zur Central Park South, wo er Ben Toy zu finden hoffte.

In der Wohnung am Central Park war er nicht. Berryman hängte sich ans Telefon. Auch in seiner eigenen Wohnung, in seinem Laden, in der Wohnung diverser Freundinnen war Ben Toy nicht zu erreichen.

Berryman zündete sich ein Zigarillo an und setzte sich an seinen Schreibtisch. Was war nur mit dem Burschen los? Einen geschlagenen Monat hatte er die größte Ulknudel Amerikas nicht mehr zu Gesicht bekommen. Das war noch nie dagewesen.

Eine Weile machte er sich noch Gedanken über Toy, die ihn nicht gerade fröhlicher stimmten. Dann ging er an sein Wandsafe, nahm fünfzehn Fünfzig-Dollar-Scheine heraus und schrieb sich aus einem kleinen roten Notizblock, der bei dem Bargeld lag, eine Adresse ab: 88 East End Avenue. Geschäft war Geschäft. Und das Geschäft hieß Jimmie Horn.

Er hatte auf der East 87th Street in zweiter Spur geparkt; jetzt saß er auf dem Kofferraum des Mercedes und dachte nach.

Er versuchte vergeblich, sich von dem Riesenrummelplatz New York nicht ablenken zu lassen. Ein Geschäftsmann mit Gasmaske kam auf einem teuren Fahrrad vorbeigestrampelt, an dem ein Schild hing: Umweltfreundliches Fahrzeug.

Immerhin – die Gasmaske brachte Berryman auf eine Idee. Er ging an den Hausnummern 92, 94, 100 vorbei auf die 86th Street zu. An einem Abfallkorb, auf dem eine Reklame für eine mittelwestliche Biersorte prangte, machte er halt, fand aber nichts Brauchbares darin.

In einer modischen Boutique auf der 84th Street bekam er dann eine schicke Plastiktasche für seine Einkäufe. Das war ideal. Er würde sie zu einer Maske umfunktionieren.

Thomas Berryman, ein langes Zigarillo im Mund, öffnete die sicherheitsverglaste Eingangstür. Er bemühte sich, einen wohlhabenden, bedeutenden Eindruck zu erwecken, womit er auch Erfolg hatte.

Ein muskelbepackter puertorikanischer Sicherheitsbeamter meldete ihn von der Halle aus an. Er und seine Kollegen saßen vor Monitoren, mit denen sie unter anderem auch die Mülltonnen im Hinterhof überwachen konnten. Der Mann rauchte eine dicke Zigarre und sah aus wie der General einer Bananenrepublik. «Ein Mister Ben Toy, Sir», sagte er in ein kleines Mikrofon.

«Bitte kommen Sie herauf, Mr. Toy», ließ sich eine schneidige Stimme mit britischem Akzent vernehmen.

«Sie können jetzt raufgehen», sagte der Sicherheitsbeamte gönnerhaft.

Während der Lift geräuschlos in den 30. Stock entschwebte, bohrte Berryman umsichtig Löcher in die Plastiktüte.

Im 30. Stock entließ ihn der Lift in einen teppichbelegten, menschenleeren Gang von luxuriöser Stille. Während er sich nach dem Apartment von Mr. Romains umsah, setzte er die Plastiktüte auf und zog die Verschlußschnur. Die Tüte schloß sich über seinem Kopf wie eine Ku-Klux-Klan-Kappe.

Als er in einen der goldgerahmten Spiegel sah, mußte er lächeln. In einem dünnen Schlitz erschienen seine Augen, sein Mund war ein kleiner schwarzer Kreis.

Er klingelte an Romains Apartment. Innen hörte man ein melodisches Glockenspiel anschlagen.

Ein Mann mit struppigem blondem Haar und blatternarbigem Gesicht öffnete die Tür einen Spaltbreit hinter der vorgelegten Sicherheitskette.

«Offensichtlich sind Sie nicht Mr. Toy», stellte er fest. «Wer sind Sie, o maskierter Fremder?»

Berryman lachte hinter seiner Tüte. «Mein Gesicht tut nichts zur Sache», sagte er mit etwas dumpfer Stimme. «Ich bin Berryman. Toy ist anderweitig für mich beschäftigt.»

«Verstehe.» Der Fälscher Romains hakte die goldene Türkette aus. «Es war mir auch schon zu Ohren gekommen, daß der nicht mehr alle Tassen im Schrank hat.»

«Wo haben Sie denn das gehört?»

«Weiß nicht mehr. Irgend jemand hat's mir erzählt», sagte der Fälscher.

In dem großen, vertieft angelegten Wohnraum lagen – teilweise an den Wänden gestapelt wie in einem Discount-Kunstladen – Hunderte von Lithographien herum. Berryman konnte mit seinem eingegrenzten Gesichtskreis gar nicht alles auf einmal aufnehmen.

Romains führte ihn zu einem runden weißen Kaffeehaustischchen mit Blick auf den East River und die gigantische Leuchtreklame einer Getränkefirma.

«Was ist jetzt, sind Sie gekommen, um Artigkeiten auszutauschen?» fragte der Fälscher aggressiv. Aber sein aufgedunsenes Gesicht blieb völlig ausdruckslos. Er hatte traurige, rotgeränderte Augen wie ein Huhn.

Berryman schüttelte den Kopf und fixierte die Hellgate Bridge, dann erklärte er ihm, was er brauchte:

«Erstens: Drei Südstaaten-Führerscheine. Georgia, South Carolina. Nicht Tennessee.»

Der Fälscher machte sich eine Notiz, die nur aus einem Wort bestand.

«Zweitens. Kreditkarten, die auf die Inhaber der Führerscheine lauten. Wenigstens Diner's Club und BankAmericard.» Es war ihm bekannt, daß diese beiden am leichtesten zu fälschen waren.

«Letztens: Mein Foto auf zumindest einer der Kreditkarten, BankAmericard dürfte sich am besten dafür eignen.»

Mr. Romains baute aus seinen Fingern und seinem Filzschreiber ein Dach mit Schornstein und lächelte. «Foto, Mr. Berryman?»

Berryman holte einen dicken Umschlag aus der Jackentasche. Romains angelte das Bild behutsam heraus. Es zeigte einen Mann in mittleren Jahren mit Whiskynase und blondem Bürstenschnitt. Mit Sicherheit war das kein Thomas Berryman, den er wiedererkennen würde. «Selbstverständlich.» Er machte sich wieder eine Notiz. «Eine Kreditkarte mit Foto. Sehr vernünftig für den Fall eines Diebstahls.»

«Probleme sehen Sie dabei nicht?» fragte Berryman.

Der Fälscher sah in die Augenschlitze. «Probleme? Nein. Nennen Sie mir Ort und Zeit der Ablieferung, ich nenne Ihnen den Preis.»

Thomas Berryman holte einen zweiten Umschlag heraus und übergab ihm die fünfzehn Fünfzig-Dollar-Scheine.

Romains zählte das Geld und nickte, lächelte. «In Ordnung. Die Hälfte pflege ich als Anzahlung zu verlangen.»

Jetzt lächelte auch Berryman. «Nein, mein Freund. Ich vertraue Ihnen gleich die ganze Summe an. Dafür erwarte ich Lieferung in spätestens vier Tagen.» Er nannte dem Fälscher eine Adresse.

Berryman lief die East End Avenue hinauf, bog in die 89th Street ein und ging sehr langsam zum Flower & Toy Shop. Unterwegs standen sechs, acht junge Leute um einen Toten in schwarzem Regenmantel herum, der auf dem Gehsteig lag. Fliegen summten dem Mann übers Gesicht, ein Mädchen mit leicht irrem Gesichtsausdruck scheuchte sie mit einer *New York Times* weg.

Vögel und alte Männer, dachte Berryman, sterben in New York einen schlimmen Tod. Schlimmer, als ich es je zulassen würde.

Die Farbe der Blumen war noch völlig in Ordnung. Trotzdem waren sie alle miteinander tot. Berryman sah sofort, daß seit Wochen niemand im Laden gewesen war.

Die langstieligen Blumen hingen schlaff über den Rand von Plastikvasen oder hatten sich in ihren hölzernen Blumenkästen zum Sterben hingelegt, die kürzeren lagen wie gemäht in Haufen übereinander.

Die Stengel, ein paar Rosensorten und das faulige Wasser verströmten einen intensiven Geruch, aber die meisten toten Blumen rochen nach gar nichts.

Berryman ging langsam den Gang entlang, brach hier und da eine Blüte ab und hielt sie sich an die Nase. Über dem Ladentisch brannte

Licht. Die Glocke über der Ladentür bimmelte noch. «Hey, Ben!» rief er. «Benboy. Verdammt noch mal, Ben!»

Nur das dumpfe Knarren seiner Stiefel auf den Holzbohlen antwortete ihm.

Auch in dem kleinen Hinterzimmer war niemand. Wasser tropfte auf verwelkte Blumen in einer Edelstahlspüle. Tote Blumen lagen im Abfalleimer, waren in Geschenkpapier gewickelt, mit Bändchen verschnürt, von Liebesgrüßen begleitet.

Berryman setzte sich hin und schrieb:

Ben,

Du wirst langsam immer bescheuerter. Ruf mich an, oder ich muß Dir in den Hintern treten.

Er klebte den Zettel mit Tesaband an die Innenseite der Ladentür. Auf Zetteln dieser Art stand sonst meist: «Wegen Todesfalls geschlossen.»

Draußen spürte Berryman ganz kurz ein nervöses Zucken in einem Auge. Erinnerungen bedrängten ihn, die – wenn man an so etwas glaubte – nichts Gutes für zwei irre Typen aus Texas verhießen.

Hampton Bays, 23. Juni

Ende Juni regnete es mehrere Tage ununterbrochen. Der Boden um Berrymans Haus war aufgeweicht, das Meer roch noch salziger als sonst, und die Polstermöbel waren klamm.

Berryman nützte das Regenwetter, um total zu entspannen. Er brauchte das vor der Reise nach Tennessee.

Ab und zu holte er einen Fisch aus dem Meer, aß ihn oder warf ihn wieder hinein. Jeden Augenblick rechnete er damit, Ben Toy auftauchen zu sehen, verdreckt und zottig wie ein stromernder Hund.

Eines Morgens – es war schon neun, aber noch dunkel, und im Haus brannte Licht – saß er auf der Veranda, trank Kaffee, kaute Honigbrot und las Jimmie Horns dickleibige Autobiographie *Jiminy*.

Er las jedes Wort und freute sich an dem anschaulichen Stil. Wenn er mit einer Seite fertig war, überdachte er das Gelesene, zögerte einen Augenblick, als könne er sich nicht davon trennen, und blätterte erst dann langsam weiter.

Der Regen trommelte dumpf auf das Verandadach. Der Himmel war diesig und sah aus wie graue Pappe. Das nasse Klatschen der Brandung vermischte sich mit dem Geräusch von Wind und Regen.

Es war seine letzte erfreuliche Erinnerung an das Kapitänshaus am Meer.

Während er sich lesend und summend in der Hollywoodschaukel hin und her wiegte, kam Oona in einem gelben Kinderregenmantel und passendem Hut heraus.

«Was soll ich dir denn Schönes aus dem Dorf mitbringen?»

Außer einer Zeitung fiel Berryman nichts ein.

Sie würde Wein kaufen, sagte Oona, Steaks, Maiskolben (Magst du Maiskolben? Sicher – für mich kannst du ein halbes Dutzend vorsehen), Pilze, Muscheln (Magst du Muscheln? Sicher, gleich ein Dutzend, bitte).

In hochhackigen Sandalen stakste sie durch den Schlamm, setzte sich in den Cadillac, der am geländegängigsten war, winkte ihm aus dem von den Wischern klargeputzten Kreisbogen heraus noch einmal zu und verschwand im Nebel.

Berryman vertiefte sich wieder in sein Buch. Es versprach ein gemütlicher Tag zu werden. Er fühlte sich wohl in seiner Haut, und Oona war ein fabelhaftes Mädchen.

Er las, atmete friedlich die leicht schimmelige Luft ein und wieder aus, bis ihn ein unvermittelter lauter Knall im Haus aufschreckte. Ein scharfes Knallbumm. Pause. Bumm. Pause.

Langsam ging Berryman ins Haus. Hier wirkte das Geräusch noch lauter. Im Wohnzimmer blieb er stehen, knipste eine Lampe aus, holte einen Revolver aus dem Schreibtisch, legte ihn wieder aus der Hand – mach dich doch nicht verrückt! –, griff wieder danach und schob ihn unter sein T-Shirt. Er ging hinaus in die noch frühstückswarme Küche, in der Nachschub an Kaffee und Honigkuchen wartete.

Die Hintertür flog auf, schlug an die Außenwand und klappte mit einem scharfen Bums wieder zu.

Als Berryman sie zumachen wollte, fand er den Zettel, der am Türhaken spießte:

Tomtom, alles Scheiße, Du bist noch bescheuerter. Jimmie Horn umlegen ist nicht drin für mich. Bigben.

Schlager trällernd kam Oona zurück. Was sie an Lebensmitteln eingekauft hatte, war bei weitem zuviel für zwei Leute; die Zeitungen, die sie anschleppte, hätten für fünf Berrymans gereicht.

Auf der Veranda lag der durchweichte *Jiminy*. Aus dem Haus kam keine Antwort auf ihr Rufen.

Berryman war offenbar wieder mal in Geschäften unterwegs. Diesmal glaubte sie zu wissen, um was für ein Geschäft es ging.

Den ganzen Tag lief Oona ruhelos in dem Kapitänshaus hin und her.

In einem Anfall von Jähzorn warf sie Mais, Muscheln, Steaks in den Garten und schlug ein Wohnzimmerfenster ein, das auf die leere Küstenstraße hinausging. Es regnete auf den Teppich, der Sturm wehte im Zimmer alles durcheinander.

Sie rief eine Freundin in Cape Cod an, dann eine zweite Freundin in Kalifornien. Immer, wenn sie aufhängte, meldete sich prompt Ben Toy und wollte Berryman sprechen. Er sollte endlich aufhören, ihr den Nerv zu töten, sagte sie schließlich.

Das Meer war kalt für die Jahreszeit, es hatte allenfalls 16 oder 17 Grad. Bis zu zwei Meter hohe Brecher warfen Treibgut aller Art an den Strand. Sie setzte sich auf ein Stück Holz, den Rest von einem großen Haus, es konnte auch ein Boot oder sonst etwas Großes gewesen sein. Kaltes, schaumiges Wasser strudelte um ihre Beine, machte ihr den Po naß.

Sie ging ins Meer hinaus; schon die erste Welle, die sie traf, warf sie um. Sie schluckte Salzwasser, Sand knirschte ihr zwischen den Zähnen.

Als sie zum Haus hinaufging, hatte sie das Gefühl, als hätte sie sich die Nase gebrochen. In ihren Fingern kribbelte es. Aber vielleicht war das immer so gewesen, und es fiel ihr heute nur besonders auf. Alles mögliche fiel ihr heute auf – Sand zwischen ihren Zehen, die Form ihrer Beine.

Am späten Nachmittag kämpfte sich eine seltsam orangefarbene Sonne zwischen den schwarzen Wolkenbänken hervor. Eine Möwe saß auf einem Pfahl und wartete auf den Postkartenfotografen. Oona war übel, aber gleichzeitig hatte sie auch Hunger.

Sie holte eines der Steaks aus dem Garten und briet es sich. Noch vor acht schlief sie ein, träumte irre Zeitrafferträume, und dann sah sie sich und Berryman in diversen Szenen von Katastrophenfilmen.

Am nächsten Morgen war ihre Stimmung umgeschlagen.

Sie brachte in Ordnung, was sie durcheinandergemacht hatte, und ließ den jamaikanischen Gärtner reparieren, was zu reparieren war. Sie ging durch alle Zimmer und sah alles mit ganz neuen Augen.

Sie wählte Berrymans New Yorker Nummer; ein Anrufbeantworter meldete sich. «Hier – äh – Oona», sagte sie. «Du fehlst mir in H. Ben Toy hat angerufen. Und – nein, das ist alles.»

Oona hatte überlegt, daß Berryman dadurch, daß er sie allein im Haus gelassen hatte, eine Verpflichtung ihr gegenüber eingegangen war. Sie war zu dem Schluß gekommen, daß sie ihn mochte, ihn und seine Art zu leben. Und daß sie das alles gern noch eine Weile behalten wollte.

Aber mit ihren Überlegungen lag Oona Quinn fast hundertprozentig falsch.

Paul Lasini war ein so konservativer Knabe, daß er mit seinen 23 Jahren Frank Sinatra für den größten Sänger der Welt hielt. Der Jurastudent von der St. John's University, der einen Sommerjob bei der Dorfpolizei von Quogue bekommen hatte, war der letzte, der die größte Ulknudel Amerikas sah.

Am 24. Juni wollte Lasini sich gerade über seinen Lunch hermachen, das er sich vom Chinesen geholt hatte, als Ben Toy, leise vor sich hinbrabbelnd, das Polizeirevier von Quogue betrat. Lasini lachte.

Der höfliche blonde Mann war seiner Ansicht nach high. Unheimlich high – oder stinkbesoffen. Mit einem Tennisschuh und einer Strandsandale an den Füßen, mit zerzaustem, ungepflegtem Haar hopste er im Polizeirevier herum. Obendrein hatte er sich noch in die Hose gemacht. An einem Bein seiner Khakishorts war ein großer dunkler Fleck.

«Oona Quinn ist meine linke Hand», beim Sprechen lief Ben Toy Speichel übers Kinn, «und Harley John ist meine rechte Hand.»

«Setzen Sie sich lieber hin, ehe Sie umfallen», rief Lasini ihm zu.

Der diensttuende Sergeant, ein schweinchenrosa, schweinchendikker Veteran namens Fall, hob langsam die Nase aus den *Daily News*, hielt mit dem Finger die Stelle fest, bis zu der er in den Baseballergebnissen gekommen war, und schielte zu Toy hinüber.

«He, Sie da», sagte er, ohne aufzustehen.

«Wer ist was?» wandte sich Ben Toy daraufhin an ihn. Es war eine durchaus ernst gemeinte Frage.

Fall rülpste ärgerlich. «Wer ist was?» Er sah Lasini an. «Verdammt, wovon redet der Kerl da? Was hat der Scheißer ausgerechnet zur Mittagszeit hier zu suchen?»

Lasini schüttelte den Kopf und pfiff in seine Colaflasche. «Schauen Sie sich an, was er an den Füßen hat», grinste er.

Mürrisch kam Fall hinter seinem Schreibtisch hervor. «Wer hat dich denn heute morgen angezogen?» fragte er streng.

«Oona Quinn ist meine linke Hand», setzte Ben Toy, deutlich nervös werdend, erneut zu einer Erklärung an. «Harley John ist meine rechte Hand. Peng, peng, peng.» Er ruderte mit den Armen. «So, die sind hin.» Er zwinkerte listig, und das wirkte unerwartet normal.

Dann begann er im Zimmer die Runde zu machen. Bei dem Versuch, eine Zigarette herauszuholen, verstreute er die ganze Packung auf dem Boden, die weißen Stäbchen rollten auf dem Linoleum herum und fanden sich zu Buchstabenformationen zusammen. «Wer ist was?» Nur Zentimeter von Paul Lasinis hervorquellenden Augen entfernt knirschte er mit den Zähnen. «Nicht, daß ihr denkt, ich mach bloß Quatsch . . .»

Der Jurastudent schwieg.

Der fette Sergeant zog sich schleunigst hinter seinen Schreibtisch zurück. Sein Mittagessen wurde kalt.

«Wer ist was?» brüllte Ben Toy. «Wer ist was? Wer ist was? Wer ist was?»

Diesmal bekam er von Lasini seine Antwort. Oona Quinn und Harley John. Links und rechts.

Toy lächelte Lasini an. Er holte eine langläufige Mauser unter dem Hemd hervor und reichte das schwere Ding dem Jurastudenten, der es zwischen spitzen Fingern hielt wie eine nasse Windel.

«So macht man das, Mann.» Ben Toy demonstrierte den richtigen Griff, die Waffe beidhändig gefaßt, beide Arme vorgestreckt, Knie leicht gebeugt. Dann schlenderte er gelassen zu einer Bank hinüber und amüsierte sich damit, sich den Anorak um die Taille zu knoten.

Ein zweiter Jurastudent machte zwei Aufnahmen von Ben Toy und nahm ihm auf einem gewöhnlichen Stempelkissen die Fingerabdrükke ab.

Im Hinterzimmer kam es zu einem Handgemenge, und Toy schlug Lasini k.o. Es war eine laute, krachende Rechte, die dem Jurastudenten einen doppelten Kieferbruch bescherte.

Toy war ein guter, aggressiver Fighter, der sich nicht scheute, auch selbst einmal etwas einzustecken. Sergeant Fall schlug ihn von hinten mit einer Colaflasche nieder.

Fall und Lasini wirkten ernsthaft und geschäftlich, als sie, Ben Toy in Handschellen zwischen sich, losfuhren. Sie berieten sich im Flüsterton.

«Wer ist was?» erkundigte sich Ben Toy ungefähr alle fünf Minuten.

Aus Rache für sein verschwollenes Gesicht, das sich langsam grün und blau färbte, gab Paul Lasini ihm die verkehrten Antworten.

«Bitte wiederholen Sie diese einfachen Zahlen.» Der Arzt von der Aufnahme saß mit Toy in einem halbdunklen Untersuchungsraum. Der Raum befand sich am Ende eines unheimlichen unterirdischen Labyrinths, über ihren Köpfen zog sich ein Gewirr alter gelber Rohrleitungen hin.

«Das ist also 'ne Klapsmühle.» Toys Blick streifte über die Wände und die Röntgenapparate. «Na gut. Bei mir ist das chemische Gleichgewicht im Gehirn gestört, am besten notieren Sie das gleich.»

«Vorwärts und rückwärts», sagte der Arzt freundlich, aber bestimmt. «So, Ben, jetzt hören Sie schön zu, starren Sie nicht die Wände an, da stehen die Zahlen nicht . . . Danke, es geht los. 328 . . . 4729.»

Ben Toy schlug mit der rechten Hand auf das Packpapier, das über den Untersuchungstisch gedeckt war. «Wer ist meine rechte Hand?» fragte er.

«Lassen Sie jetzt mal Ihre Hände», sagte der Arzt. «Ich wiederhole die Zahlen noch einmal.»

«Zwei neun», sagte Ben Toy. «Wer ist was, du großes Aas?»

Von fünf Pflegern und einem Arzt wurde Ben Toy über saftig-grünen Rasen zur geschlossenen Abteilung und in eine Einzelzelle gebracht. Rund um die Uhr wurden zwei Pfleger für ihn zur Beobachtung abgestellt. Zwei Stunden lang bekam er nasse Wickel, dann wurde er so mit Thorazin vollgepumpt, daß er sich auf seiner Matratze kaum mehr umdrehen konnte.

Für die Schicht von elf bis sieben liegt folgender Bericht vor:

Ben T. wurde heute abend im hochgradigen Erregungszustand hier eingeliefert. Pat. schlägt mit flacher Hand auf die Matratze und sagt: ‹Das ist Oona Quinn› (es kann auch Shepherd, Berryman, Horn oder ein anderer Name sein). Dann schlägt Pat. mit der anderen Hand auf die Matratze und gibt ihr einen anderen Namen (von den oben aufgeführten). Pat. fragt dann das Pflegepersonal, welche Hand wer ist. Pat. hört auf, wenn er darum gebeten wird, fängt aber Minuten später wieder an. Seine Konzentrationsspanne beträgt etwa 30 Sekunden. Pat. behauptet, mehrere Menschen erschossen zu haben, was allerdings höchst unwahrscheinlich ist. Kennt sich im Geschäftsleben aus, es könnte sich um einen ausgeflippten Geschäftsmann handeln. Pat. verbrachte eine ruhige Nacht.

Am Morgen zog sich Dr. Alan Shulman sämtliche Berichte zu Gemüte.

Am gleichen Nachmittag erreichten sie Oona Quinn unter Berrymans Telefonnummer. Nein, erklärte sie, Ben Toy habe sie nicht erschossen, aber er sei ihr bekannt, und sie würde ihn gern besuchen. Er sei ein Freund ihres Freundes.

Nein, die anderen beiden Freunde oder Bekannten von Toy kannte sie nicht – mit den Namen Harley Wynn oder James Horn konnte sie überhaupt nichts anfangen.

Hampton Bays, 24. Juli

Ich mußte immerzu Oona Quinn ansehen.

Sie war an der Tür noch einmal stehengeblieben und schaute zu Berrymans Haus hinauf. Dann tat sie die Schlüssel in ihre große lederne Umhängetasche. Sie trug an diesem Tag einen marineblauen Rock, eine duftige weiße Bluse und Make-up und sah aus wie eine New Yorker Karrierefrau.

Ich war auf dem Weg nach Tennessee. Sie wollte nach New England, Freunde auf Cape Cod besuchen, wie sie sagte; vielleicht würde sie in Revere Station machen. Wir hatten beschlossen, gemeinsam zum Flughafen zu fahren.

Der Pinto spuckte laut auf dem stillen Landweg, der zum Long Island Expressway führt.

«Wie lange werden Sie dort bleiben?» fragte ich über den Motorenlärm hinweg.

«Weiß noch nicht. Hab ich mir noch nicht überlegt.»

Ich zögerte einen Augenblick. Sie war in einer ihrer schwer greifbaren Stimmungen, ständig strich sie sich das schwarze Haar aus dem Gesicht.

«Ich möchte noch eins sagen, etwas Ernstes», setzte ich an. «Ich muß der Sache weiter nachgehen. Wenn man so eine Story schreibt . . .»

Oona fiel mir ins Wort: «Um mich brauchen Sie sich keine Sorgen zu machen, Ochs. Sie waren ganz prima. Machen Sie ruhig weiter.»

Ich fuhr mir mit gespreizten Fingern durchs Haar. Ich bin einfach zu groß und zu tapsig für fein gedrechselte Rechtfertigungsversuche, dachte ich. Und: Ich will diesem Mädchen das Leben nicht kaputtmachen.

Wir kamen zu dem Flachbau, in dem der Pendelverkehr nach Boston abgefertigt wird.

Oona blieb noch eine Minute im Wagen sitzen, und sämtliche Taxifahrer begannen uns anzuhupen. Ein Zeitungsjunge markierte den wilden Mann und klopfte mit seiner Zeitung ans Wagenfenster.

Als sie dann ausstieg, schlug sie sich mit einem großen, unhandlichen Koffer ständig an die Knöchel. Das biedere Gepäckstück entsprach viel mehr dem Stil ihrer Eltern als dem Stil Berrymans, fand ich.

Oona verschwand im Terminal, ohne noch einmal zurückzusehen.

Mir schien, daß sie schon genug durchgemacht hatte. Und Frank und Margaret Quinn auch. Und da traf ich eine politische Entscheidung. Ich beschloß, der Familie in meiner Story einen falschen Namen zu geben. Die «Quinns» sind meine Erfindung.

«Ihre Informationsquellen schützen» nennen das manche Leute. Ich nenne es ganz gewöhnliche Anständigkeit. Und vielleicht ist es das, was sich Walter und Edna Jones in dem kleinen Provinznest Zebulon, Kentucky, vorgestellt haben, als sie einen feinen Menschen aus mir machen wollten.

4. Teil
Der erste Südstaaten-Krimi

Nashville, Anfang September

Die Wahlen rückten näher, als ich wieder in den Süden kam. Nashville war noch grün und schön. Der Himmel war herbstblau und voller Vögel. Indianersommer nannte man das früher.

Ich hatte seit dem 9. Juli fünf Staaten und den District of Columbia besucht, ich war in New York, Massachusetts, Pennsylvania, Washington und Texas gewesen.

Ich hatte meine Story fast beisammen. Außerdem war ich stolzer Besitzer eines honigfarbenen Bartes, mit dem ich alte Damen, kleine Kinder und meine Redakteure erschreckte.

Kleine Probleme:

Die alten Klatschbasen in unserer Straße waren, weil ich so lange verschwunden gewesen war, nicht davon abzubringen, daß ich meiner Familie davongelaufen war. Sie hatten sich eine fesselnde Geschichte ausgedacht: Mann verliert Job und gammelt den Sommer über auf den Rennplätzen des Ostens herum. Die dicke Letitia Mills erkundigte sich, ob ich mit meiner Identitätsfindung oder etwas ähnlich Verrücktem beschäftigt sei. Da konnte ich ihr natürlich die Antwort nicht schuldig bleiben, worauf sie stumm an ihrem Schleierhütchen rückte – ein Zeichen tiefster Mißbilligung.

Der *Citizen-Reporter* erhob Anspruch auf meine Freizeit. Hundertprozentig. Es hieß, ich hätte Aussicht auf einen leitenden Redakteursposten, wegen meiner Berryman-Reportage. Mein wöchentliches Gehalt wurde von 260 auf 325 Dollar heraufgesetzt, und ich kaufte sofort einen Audi 80 in Silbermetallic.

Mein Rasen war seit Monaten nicht gemäht, die Blätter lagen hoch unter noch höherem Unkraut. Die Hängematte war kaputt.

Größere Probleme:

Meine Frau Nan war nervös. Ob ich jetzt zufrieden sei, wollte sie wissen. Nein, sagte ich, aber ich nahm mir wohl nicht genug Zeit für sie. Sie las meine New Yorker Aufzeichnungen, ging aber nicht so ausführlich darauf ein, wie ich es gern gehabt hätte. Sie besuchte gerade einen Karatekurs an der Free University von Nashville und drohte ständig, alles kurz und klein zu schlagen. Wenigstens gefiel ihr der neue Audi.

Die Kinder wußten nicht mehr so recht, welche Rolle ich eigentlich in der Familie spielte. Der Mann hinter dem rotblonden Bart war ihnen nicht vertraut. Sie verlangten, ich sollte ihn abnehmen, und sangen mir Werbeslogans aus dem Fernsehen vor, von der «Gilette, die eine Schneide gründlicher ist». Manchmal schnappte ich mir eine meiner Töchter oder beide, legte sie hin und kitzelte sie mit meinem Bart an ihren nackten Bäuchen. Darüber wollten sie sich ausschütten vor Lachen.

Cat war jetzt in der vierten Klasse und bekam die Schulbusprobleme zu spüren, die die Rassenfrage mit sich gebracht hatte. Sie wollte wissen, ob ich denn damit einverstanden sei, daß sie täglich einen Schulweg von eineinhalb Stunden hätte, und tönte mir ständig die Ohren von Freundinnen voll, die in eine Privatschule gingen.

Die Jüngere, Janie, begann zu reden wie die Jungs aus dem Süden. Integration ist Scheiße, sagte sie.

All das zwang mich zu einer ungewöhnlichen Zeiteinteilung in der Redaktion.

Morgens (zwischen fünf und neun) schrieb ich an meinem Buch, am späten Abend fuhr ich gemächlich zu irgendwelchen wichtigen Schauplätzen des Geschehens. Die Zwischenzeit benutzte ich dazu, Zäune und zwischenmenschliche Beziehungen zu flicken.

Nashville war ruhig in jenen Tagen, besonders die Wahlvorbereitungen liefen mit gebremstem Schaum.

The Banner und der *Tennessean* waren voll in die Berichterstattung über die Vorbereitungen zur Vorverhandlung gegen Ex-Gouverneur Johnboy Terrell eingestiegen.

Gelegentlich schrieb ich auch etwas darüber, aber in der Hauptsache konnte ich mich – ohne den Druck von Redaktionsschluß und Platzbeschränkung – Thomas Berryman widmen.

Damals wußte ich noch nicht, was nach dem Attentat aus Berryman geworden war.

Es sollte mir noch aufgehen, daß Oona Quinn mich etwas in die Irre geführt hatte. Es sollten mir noch etliche unangenehme Wahrheiten aufgehen . . .

Laut Lewis Rosten begann der richtige Dashiell Hammett Frederick Forsyth-Krimi erst richtig nach meiner Rückkehr.

Nun kann ich dagegensetzen, daß sechs durchaus nicht ereignislose Wochen hinter mir lagen, als ich wieder in Nashville aufkreuzte, aber so ganz unrecht hat er trotzdem nicht.

Den Herbst über bekamen er und ich mit weiteren Kollegen des *Citizen* über 2500 Seiten mit Notizen, Interviews, Telefonnummern,

Hotel- und Restaurantrechnungen und dergleichen zusammen. Über Thomas John Berryman, Jefferson John Terrell, Bertram Poole und Joseph Dominick Cubbah hätten wir Doktorarbeiten schreiben können.

Auch Lewis schrieb damals an einem Buch, ohne darüber seine Pflichten als Lokalredakteur zu vernachlässigen.

In der Lokalredaktion des *Citizen* plagte er sich am Nachmittag mit dem Bericht eines vierzehnjährigen Farmerjungen über einen Autounfall ab, und nachts um zwölf rief er mich dann zu Hause an und fragte, ob wir uns nicht noch irgendwo treffen wollten, in *Lummie's Heart of Dixie* zum Beispiel.

«Mir ist da so eine Idee wegen Berryman gekommen», warf er stets als Köder hin. «Nur eine halbe Stunde, Ochs.»

Und meist sagte ich ja.

Lummie's Heart of Dixie ist eine Pinte, in die zum Lunch die Leute vom *Citizen-Reporter* einfallen. Nach fünf gehört sie wieder den Einheimischen, und von da ab wimmelt es dort von gescheiterten Country-Sängern, die an den Tisch kommen und für ein Bier ein trauriges Lied zum besten geben. In meinen Augen ist es die beste – und ganz bestimmt die billigste – Show von ganz Nashville.

In den Augen des gewöhnlichen Tennesseers allerdings ist *Lummie's* eine Pinte zum Quatschen.

Weil ich mit einer Länge von fast zwei Metern geschlagen und mit einem meist gutmütigen Lachen gesegnet bin, werde ich von den Typen dort geduldet. Mit Lewis Rosten sieht das schon ein bißchen anders aus. Wir versuchten deshalb immer, uns in eine Nische in der Nähe des Hinterausgangs zu verziehen. Um unsere Zettel auszubreiten, brauchten wir zwanzig Minuten. Wenn wir damit fertig waren, sah man kein Eckchen freie Tischfläche mehr.

Erst dann begannen wir mit dem rituellen Gerangel darüber, was wohin, in welchen Artikel gehörte.

Der folgende Brief ist ein typisches Beispiel für das Material, mit dem wir uns abplagten. Er hatte an einem Monat Ende September in meinem Briefkasten gelegen.

Lieber Mr. Ochs Jones,

ich bin von Beruf Zollinspektor und wohne in Rockaway Beech in Queens, New York. Kürzlich las ich in der Zeitschrift Parade *einen Ihrer Artikel über den Killer Thomas Berryman, das war am 7. September.*

Ja, also zur Sache: Ende Juli kriege ich von Diner's Club eine Abrechnung für vier Essen im Restaurant Tale of the Fox *in Nashville, Tennessee. Aber ich bin überhaupt nicht in Tennessee gewesen. Und richtig, wie ich in meine Brieftasche seh, fehlt mir die Karte von Diner's, und ein paar andere Karten fehlen auch.*

Die Rechnungen waren mit J. P. Golly unterschrieben, das bin ich, und erst diesen Monat sind sie darauf gekommen, daß dieser Thomas Berryman die Unterschriften gefälscht hat. Die einzelnen Posten waren genau aufgeführt, vielleicht interessiert Sie das für Ihre Akten.

1 Wodka-Cocktail
1 Lendensteak
1 schwarzer Kaffee.

Ich stell mir diesen Typ vor, diesen eleganten Taschendieb, wie er sich sein feines Essen schmecken läßt. Auf meine Kosten!

Ich weiß ja nicht, ob Sie damit was anfangen können, aber ich finde, es ist nicht einzusehen, daß ich so einem Kerl noch das Essen bezahle. John Patrick Golly, GS-11.

Es stellte sich heraus, daß Diner's Club dem Zollinspektor J. P. Golly schon sein Geld zurückgezahlt hatte. Vom *Citizen-Reporter* hätte er natürlich sowieso nichts bekommen, aber wir hatten uns sicherheitshalber noch einmal an Diner's Club gewandt, um die Geschichte nachzuprüfen.

Rosten und ich prüften alles nach, was nur immer nachprüfbar war.

Am Tag nach Horns Wahl zum Bürgermeister im Jahre 1971 hatte Moses Reed einen Leitartikel über Jimmie Horn verfaßt. Daraufhin schlug eine Horde mit Schlagstöcken bewaffneter Männer und Jungen ihm die Scheiben seines Wagens ein.

Der Leitartikel begann:

Auf Kinderbildern wirkt Jimmie Lee Horn, Typ Cassius Clay mit kantigem Kinn, wie ein geborener Anführer.

Auch Horns erste Schulerfolge in Nashville bestätigen diesen Eindruck.

Hätte unsere Stadt den Weitblick besessen, ihn aus der Masse der Gettokinder herauszuheben; hätte unsere Stadt Horn eine lange, gründliche Schulbildung zuteil werden lassen (zum Beispiel an einem erstklassigen College); hätte unsere Stadt ihm die Hardcover-Ausgabe von Oliver Wendell Holmes geschenkt, die er sich für seine Abschiedsrede in der Pearl High School selbst hat kaufen müssen; hätte unsere Stadt dieses so deutlich erkennbare Talent gefördert, um ihm zu etwas Besserem zu verhelfen als zu der roten

Kappe eines Transportarbeiters im Busbahnhof – dann, meine lieben Mitbürger, wären wir vielleicht in der Lage gewesen zu begreifen, was in dieser Woche hier geschehen ist.

Aber da wir keine Hand für Jimmie Lee Horn gerührt, da wir im Gegenteil alles getan haben, um seine Entwicklung zu hemmen, sind wir heute eine Stadt im Schock, und einige von uns verspüren allenfalls eine tiefe Hochachtung vor diesem Jimmie Horn, der den Kampf gegen das Getto bestanden hat und jetzt nach allem anderen, was er erreicht hat, unser Bürgermeister geworden ist . . .

Ich persönlich lernte Horn und seine Familie nach der Wahl ein wenig kennen.

Klingt das aus dem Mund eines Journalisten, der mit Artikeln über Horn Preise gewonnen hat, wie falsche Bescheidenheit? Vielleicht muß ich dazu sagen, daß Horn es verstand wie kein anderer Prominenter, den ich aus eigener Anschauung kannte, die Öffentlichkeit draußen vor zu lassen.

Unter anderem gelang ihm das durch ein burschikos-witzelndes Gebaren, das andere Reporter dazu verführte, ihn in das Klischee vom «fröhlichen Nigger mit dem sonnigen Herzen» zu pressen.

Ich glaube, nein, ich bin ziemlich sicher, daß Horn kein fröhlicher Mensch war. Er war ein Getriebener. Er hatte sich darauf versteift, ein erfolgreicher Anführer und Sprecher seiner schwarzen Mitbürger zu werden. Das war sein Leben. Mit Ausnahme einiger unbedachter Augenblicke (und auch die waren meist durchaus kalkuliert) habe ich Jimmie Horn nie gewissermaßen «privat» erlebt.

Von dem «offiziellen» Jimmie Horn allerdings liegen mir eine Reihe von Aussagen vor, die ich im Laufe der Jahre gesammelt habe, – Horn als Denker, als Schriftsteller, als Sprücheklopfer.

Jimmie Horn über Rassentrennung:

«Als Vietnam aktuell wurde, so um 1967, fand man den besten Freund meines jüngsten Bruders – Kriegsveteran und Esso-Tankwart – im Cumberland River; seine Hoden steckten in den Taschen seiner Bluejeans.

Der Klatsch hatte ihn mit einer Weißen in Verbindung gebracht: Er habe regelmäßig mit ihr geschlafen.

Jetzt haben wir Mitte 1970, und die weisen Männer sagen, daß ich, wenn nichts Unvorhergesehenes dazwischenkommt, Senator von Tennessee werden könnte – als wären wir in Massachusetts.

Also, ich weiß nicht . . . Ich weiß wirklich nicht, ob sich so viel geändert hat.

Technisch mag die Rassendiskriminierung verschwunden sein, aber vergessen ist sie nicht.»

Über unser Land:

«Ob ihr es glaubt oder nicht, ich habe die Südstaatenideale von Ehre, Gastfreundschaft und Honorigkeit immer hochgehalten.

Mir gefällt es so, wie es hier ist, ja, es gefällt mir hier viel besser als im Norden.

Wie hat doch ein Sheriff in Jackson City gesagt? ‹Das einzige, was mir noch mehr Spaß macht, als Nigger hoppzunehmen, das ist, wenn ich einen dicken Siebenpfünder an der Angel habe.› Sehen Sie, das gefällt mir. Ich weiß gern, woran ich bin.»

Über James Earl Ray:

«Es ist schon eine schlimme Geschichte. Die ganze Verhandlung in Memphis nach einem der spektakulärsten und schändlichsten Verbrechen des Jahrhunderts, dem kaltblütigen Mord an Martin Luther King, dauerte 144 Minuten . . . Nach knapp drei Stunden war alles vorbei. Kein Kreuzverhör James Earl Ray/Galt/St. Vincent Galt/Bridgeman/Sneyd, nichts, gar nichts. Ein historischer Augenblick war vertan.

Nach drei Jahren, nach diversen Tricks und Kniffen, an die ich nicht mehr so gern denke, bekam ich die Erlaubnis, Ray im Bruskey State Prison zu besuchen. Er trug eine Jeansjacke und ein Arbeitshemd und kehrte auf einer Straße Blätter zusammen. Ich fand, daß er aussah wie der geborene Parkwächter.

Wir setzten uns auf eine Bank, und aus irgendeinem unerfindlichen Grunde bot er mir eine Zigarette an. ‹Sie wollen sicher auch wissen, wie es war›, sagte er.

Nein, antwortete ich, ich würde gern wissen, wer es war.

Ray lächelte und zündete sich eine zweite Zigarette an – eine steckte schon in seinem Mund. Die nächsten fünf Minuten paffte er an seinen beiden Zigaretten und starrte zu Boden. Er sagte kein einziges Wort mehr. Ich hatte den Eindruck, daß er mit mir spielte.

Zum erstenmal – ich weiß selbst nicht recht, warum – glaubte ich tatsächlich, daß er es gewesen war, daß er die Tat zu seiner eigenen persönlichen Befriedigung begangen hatte und daß er stolz darauf war.

Vor einiger Zeit haben sie ihn in eine andere Strafanstalt verlegt, ausgerechnet nach Nashville. Er legt wieder Berufung ein, und wieder glauben alle, daß er es nicht war.»

Über einen Artikel, in dem behauptet worden war, er habe seiner Frau das *Große Buch der Etikette* von Amy Vanderbilt vorgelesen.

«Das stimmt. Gestern abend haben Maureen und ich über eine Lektion gesprochen.

Darin geht es um zwei aufstrebende schwarze Anstreicher, beides Vorarbeiter, die auf einem Hochhaus zu tun haben. Einer von ihnen fällt herunter. ‹He, nicht fallen›, ruft ihm sein Freund zu. ‹Nichts zu machen, bin schon gefallen›, ruft der andere. ‹Du fällst unten direkt auf eine weiße Lady›, ruft jetzt wieder der Freund. Und der Mann stoppt sich im freien Fall und kommt aufs Dach zurück.

Das ist Etikette für Schwarze, wie ich sie in Miss Vanderbilts ausgezeichnetem Werk gelesen habe.»

Über Attentate:

«Ich habe gelesen, daß Dr. King sich häufig mit diesem Gedanken beschäftigt hat. Ein Attentat erschien ihm als ein Mittel, das Weiterbestehen seines Gedankenguts sicherzustellen. Ich bezweifele allerdings, daß er sich, wie verschiedentlich geschrieben worden ist, darauf gefreut hat.

Persönlich habe ich den Mord an James Meredith miterlebt. Das war 1966, in Hernando, Mississippi. Die Schüsse trafen ihn in den Magen. Er hatte ein gestreiftes kurzärmeliges Hemd an, das sich buchstäblich vorn rot färbte. Meredith kroch auf allen vieren an den Straßenrand, ehe ihm jemand helfen konnte. Es war kein erhebender Anblick.

Inzwischen sehe ich die Sache allerdings fatalistischer. Ich versuche, ganz offen darüber zu sprechen, auch mit meiner Familie. Ich kann Witze darüber machen, wenn ich zu einer großen Versammlung außerhalb von Nashville oder in eine andere Stadt fahre. In Nashville selbst fühle ich mich ziemlich sicher.»

Über die Angst:

«Nur die Angst hat den Schwarzen im Süden so lange unten gehalten.

Meine Großmutter – sie war eine strenge Baptistin, die nie übertrieb, geschweige denn schwindelte – pflegte uns eine Geschichte zu erzählen. Zur Zeit der großen Plantagen, sagte sie, hätten die Schwarzen so große Angst vor den Weißen gehabt, daß sie den Kopf in Kochtöpfe oder in den Herd steckten, ehe sie laut zu beten wagten.

Ich erinnere mich auch, daß ich als Kind ständig die Frage hörte: Und wenn die Weißen es herausbekommen?

Deshalb darf ein schwarzer Anführer keine Angst zeigen. Natürlich bin ich jetzt mit meinen siebenunddreißig Jahren sehr viel tapferer als mit fünfundzwanzig (lacht). Sie kennen mich ja, Ochs.»

Aber ich kannte ihn eben nicht.

Marblehead Horn, ein kleiner Lebensmittelhändler mit sentimentalen Anwandlungen, hatte seinem Sohn auf dem Kopf einen stolzen, zehn Zentimeter hohen, dschungeldichten Schopf stehenlassen, hatte ihn gehegt und gepflegt wie ein gewissenhafter Gärtner, und als sein Sohn dreizehn geworden war, hatte er ihn gefragt, ob er ihn behalten wollte oder nicht. Jimmie Horn behielt den Schopf.

Im Gegensatz zu dem modernen Afrolook war dies eine Haartracht, die noch aus der Zeit kurz nach dem Bürgerkrieg stammte, aus der Zeit, ehe Tennessee die ersten Rassengesetze verabschiedete. Der Schopf hatte die Form einer weißen Bohne und wirkte bei Jimmie originell und irgendwie eindrucksvoll.

Den meisten Leuten gefiel der Schopf. Ich mochte ihn richtig gern.

Einem gewissen Santo Massimino, seines Zeichens Wahlberater und aus dem Osten der USA angereist, gefiel er ganz und gar nicht. Mit diesem Schopf würde Jimmie sämtliche Stimmen aus dem östlichen Tennessee verlieren, behauptete er – womit er recht hatte. Jimmie solle sich vor Beginn des Wahlkampfs um einen Platz im Senat die dolle Tolle abschneiden lassen, verlangte er und setzte hinzu, er könne sich gut vorstellen, wie schwer das für ihn sei. Überhaupt nichts könne er sich vorstellen, gab Bürgermeister Jimmie Horn zurück.

Der Friseur Robinson war ein aufgeweckter Bursche, aber entschieden ein komischer Vogel. Aus der Nähe sah er mit dem kurzgeschnittenen Krauskopf aus wie frisch von einem Sklavenschiff importiert.

Er wetzte sein altes, aber blitzendscharfes Rasiermesser am Riemen, wiegte sich in den dürren Knien, um die weite Hosen schlotterten, und klickte mit dem vergilbten Gebiß. Er trippelte zur Kasse hinüber und holte die blanke Schere mit den schwarzen Griffen, um dem Bürgermeister die Haare zu schneiden. «Wie immer?»

Horn schüttelte seinen Kopf, bewegte die Lippen, hüstelte. «Hast du schon mal was von einem Wahlberater gehört?» fragte er den Alten.

Robinson überlegte einen Augenblick ernsthaft. «Nee, hab ich nicht», befand er schließlich.

Fast ohne aufzusehen, den Blick auf ein paar Käfer gerichtet, die unverdrossen in einem verschlossenen Mayonnaiseglas die Wände hochkletterten, erzählte der Bürgermeister, was Santo Massimino von ihm verlangt hatte:

Als er fertig war, schlurfte Robinson zu einem hölzernen Stuhl an der Tür und setzte sich. Er sah durchs Schaufenster auf die Straße hinaus. In dem Schaufenster prangten zwei Fotos mit Horn-Autogrammen, ein altes Vitalis-Poster, eine Werbung für Afrosheen. Und ein neuer rot-weiß-blauer Basketball, angeblich von den Memphis Tams handsigniert.

Der Alte zündete sich eine halbe Camel an, die auf seinem Ladentisch lag, und rauchte in mühsamen Zügen.

Dickbäuchige kleine Jungen spielten Schlagball vor seiner Tür. Es war ein schwüler Sommertag. Der Frisiersalon, fand Jimmie Horn, roch wie ein Altenheim.

«Scheiße», sagte der Alte sehr leise und strich mit der Hand über sein kurzes graumeliertes Haar. Dann warf er den Zigarettenstummel auf den schmutzigen Gehsteig. «Leck mich am Arsch», sagte er.

Noch immer ohne den Bürgermeister anzusehen und leise zitternd, stand der alte Friseur da und begann seine dürren, knochigen Arme mit Talkumpuder zu bestäuben. Er griff nach einer neuen Camel, machte sie rasch wieder aus und legte sie sorgfältig auf den Ladentisch.

Er band sich einen gestreiften Umhang um und sah den Bürgermeister mit einem Zornblick in den geröteten, tränenden Augen an. «Schöne Scheiße», sagte er.

Jimmie Horn nickte. Dann sah er in den matten Spiegel vor sich.

Er sah seinen Schopf, etwas Freundliches, Vertrautes – keine weiße Bohne, keine Wahlbremse.

Er erinnerte sich an Fotos von sich mit dem Schopf, erinnerte sich an Spiegelungen des Schopfes, an den Schatten, den er bei Nacht geworfen hatte, dicht und warm wie eine Pelzmütze.

Der Friseur erschien im Spiegel und fuhr in die hohe Haarpracht hinein wie ein unbedarfter Heckenschneider. «Das paßt zu dir wie der Diamant zum Ziegenarsch», murrte er.

Horn schluckte das Urteil, ohne mit der Wimper zu zucken. Wortlos, stoisch wie Mark Aurel, den er bewunderte, wenn er abgespannt oder müde war, beobachtete er sein eigenes, unbewegtes Gesicht im Spiegel.

«Daß du die Wahl verlierst, da ist gar nicht daran zu denken», leierte der Alte mit seiner müden Altmännerstimme. «Die Schwarzen stehen hundertprozentig hinter dir.» Er wütete mit seiner Schere, bis er Jimmie Horn an einer Stelle fast kahl geschnitten hatte.

Jetzt sah der Bürgermeister doch wieder Robinson im Spiegel an. «Sieh dich ein bißchen vor», warnte er mit seiner ruhigen, klangvollen Stimme. «Du bist Jimmie Horns Friseur, konzentrier dich auf deine Arbeit.»

Das half. Es gab eine kleine Pause.

«Kommt hier frisch in die Stadt», fuhr Robinson dann mit einer neuen Schärfe in der Stimme wieder an, «dieser komische Massimino-Typ, braucht bloß mit den Fingern zu schnippen, und Jimmie Horn springt.»

«Ich habe meine Gründe.» Horn fand sich in die Defensive gedrängt. «Man – äh – kriegt nicht immer selber alles mit, was läuft. Dazu sind die Zusammenhänge zu kompliziert. Und jetzt schneid mir bitte die Haare, Robbie.»

Der alte Mann säbelte an den krausen Koteletten herum. «Was tust du uns da an, Junge? Mir gefällt das nicht, ich kapier das nicht», jammerte er.

Der Alte griff zu seinem scharfen Rasiermesser. «Die bringen Henry Aaron noch um», sagte er. «Ich weiß es. Ich träume davon.»

«Ich bin eben ein dummer Kerl», antwortete Jimmie Horn mit geschlossenen Augen. Er spürte heißen Schaum auf dem Hals, viel heißen Schaum. «Du weißt doch, daß ich ein dummer Kerl bin. Unbelehrbar.» Er lächelte, die Zähne blitzten weißer als der Rasierschaum.

«Brauchst gar nicht so zu grinsen», erklärte der Alte streng. «Ich kenn einen –» schrapp, schrapp, schrapp – «der hat auch so gegrinst. War 'n toller Klavierspieler. Bis sie ihm die Finger in 'ner Kofferraumklappe eingeklemmt haben. Da waren sie kaputt. Alle zehn. Und die hübsche Carma, die hat auch so gegrinst, das dumme kleine Ding. Die haben sie erschossen, mit Strumpfhosen über dem Kopf.» Schrapp, schrapp, schrapp. «So, fertig.»

Jimmie Horn machte die Augen auf und sah sich sein Spiegelbild an. Schon wollte sich seine Stirn runzeln, aber er nahm sich zusammen.

«Sehr schön.» Er strich sich über den Kopf, der wie eingeschrumpft wirkte. «Das hast du gut gemacht.» Er lächelte so überzeugend, daß sich der Alte freute. «Jetzt kann mir nichts mehr passieren.»

Aber das war nur Schau. Paßt zu dir wie 'n Diamant zum Ziegenarsch, dachte Jimmie Horn. Du hast ja so recht, Alter.

Mit dem Oldsmobile-Dienstwagen fuhr Horn wieder in die City, die Church Street entlang bis zur 6th Street, dann hinüber zur West End Avenue. Auf der Uhr vor Morrisons Cafeteria war es 22 Uhr 15, und er hatte noch etwas zu erledigen. Nichts Erfreuliches – aber da war nichts zu machen.

Jimmie Horn schaltete den Blinker ein und wartete auf eine Lücke im Verkehr, um auf den Parkplatz neben dem Polizeipräsidium einzubiegen.

Der Vernehmungsraum Nr. 3 hatte kleine, quadratische Fenster, die so hoch lagen, daß man sie ohne Leiter nicht erreichen konnte. Die einzigen Farbtupfer im Raum waren drei orangefarbene Plastikstühle und ein kupferner Türgriff. Alles andere war weiß.

Bis auf die beiden Schwarzen, Marshall «Cottontail» Hayes und Vernon Hudson, die sich auf zwei Plastikstühlen gegenübersaßen. Hudson, 37, trug ein weißes Hemd, einen blauen Schlips und graue Hosen und hatte ein braunes Schulterhalfter über dem Arm. Hayes, 20, trug Bordeauxrot und Gold – bordeauxrot waren der Hut mit Feder, der seidene Overall, die weichen Lederstiefel, aus Gold waren die diversen Armbänder, Ringe und Ohrreifen.

Eines stand fest: In seiner Heimatstadt Gray Hawk, Mississippi, hatte Hayes diese modischen Finessen nicht gelernt.

Jimmie Horn stand direkt hinter Hayes. Gelegentlich sah der Zwanzigjährige über die Schulter zu dem Bürgermeister hinüber, aber dieser erwiderte den Blick nicht.

«Sie sollen einen gewissen Freddie Tucker ermordet haben», stellte Vernon Hudson mit überraschend leiser Stimme fest.

Schweigen.

«Sie sollen außerdem Nashvilles neuer großer Drogenboss sein», fuhr Hudson fort.

Schweigen. Nur mit dem Unterschied, daß sich diesmal Hayes gemächlich über den Spitzbart strich.

Jimmie Horn nahm auf dem dritten Stuhl Platz und sah Hayes ins Gesicht. Hayes inspizierte einen seiner Ringe, an dem er offenbar einen Schönheitsfehler entdeckt hatte.

Horn zündete sich eine Mentholzigarette an und reichte sie dem Jungen. «Ich möchte dir etwas erklären», sagte er.

Cottontail Hayes nahm die Zigarette, hielt sie an die Lippen und rauchte in kleinen, weibischen Zügen. Seine Armbänder klimperten.

«Wenn ein Schwarzer Bürgermeister wird», sagte Horn, «muß er mit einem Trick arbeiten.»

«Klar.» Hayes nickte, lächelte, machte auf locker.

«Der Trick besteht darin», fuhr Jimmie Horn fort, «keinen einzigen schwarzen Versager in der Gemeinschaft zu dulden. Weil das unweigerlich von den Weißen aufgebauscht wird. Einen Mord, einen vermurksten Sozialfall stellen sie dann hin, als wäre so was die Regel und nicht die Ausnahme.»

Hayes machte eine ungeduldige Handbewegung, seine Armbänder schepperten eine Begleitmusik dazu. «Jetzt hören Sie mal, ich hab keine Zeit für diesen Scheiß. Wo ist mein verfluchter Anwalt?»

Jimmie stand auf und ging hinaus.

«Idiot», sagte er draußen zu sich selbst. Er ging einen langen, bläßlichgrün getünchten Korridor entlang, an den Wänden hingen Korktafeln mit offiziellen und inoffiziellen Bekanntmachungen. Der Korridor führte zu einem kleinen Wartezimmer, Plastikstühle standen dort in einer ordentlichen Reihe vor einem über und über mit Zeitschriften bedeckten Tisch. Von der Tischplatte war nicht ein Quadratzentimeter zu sehen, stellte Horn fest, der sich die größte Mühe gab, seine Ruhe wiederzufinden.

Eine attraktive junge Schwarze saß allein im Wartezimmer. Sie trug eine teure grüne Samthose, große Ohrreifen und Schuhe mit Plateausohlen und rauchte wie eine Hollywood-Diva der fünfziger Jahre. Horn hätte ihr sehr gern gesagt, sie sollte die Zigarette weglegen. Das Mädchen war Marshall Hayes Freundin und achtzehn Jahre alt.

«Wo ist Cottontail?» fragte sie laut und herausfordernd. «Wir müssen weiter.»

Horn setzte sich auf einen der Plastikstühle und zündete sich eine seiner Mentholzigaretten an. «Wenn du dich von diesem Mann nicht trennst», sagte er ernst, «bist du tot, ehe du fünfundzwanzig bist.»

Dann stand er auf und ging wieder zum Vernehmungsraum Nummer 3 zurück.

Hayes lag auf dem weißen Fußboden und preßte die Hände gegen seinen Magen, als hätte er Angst, es könnte was herausfallen. Vernon Hudson hielt den bordeauxroten Hut in der Hand.

«Du hast hier Kokain und Heroin verkauft», begann Horn, noch ehe er die Tür zugemacht hatte. «An der Pearl High School hast du Heroin an die jungen Leute verhökert.»

«Ich hab in meinem ganzen Leben kein Scheißheroin nicht verkauft.»

Horn beugte sich vor, sein Gesicht war nur Zentimeter von Hayes entfernt.

«Hör zu, Bruder, du hast Heroin verkauft. Viel Heroin. Du läßt Heroin verkaufen. Wenn es daran den geringsten Zweifel gäbe, wäre ich nicht hier.»

«Was wollen Sie überhaupt von mir?» Hayes' Stimme kam eine Oktave höher heraus, als er beabsichtigt hatte.

«Ich werde dich aus der Stadt herausjagen, sehr einfach.»

«Scheiß, Mann, so was können Sie doch nicht machen.»

«Ich kann alles machen, was ich will. Dies ist meine Stadt. Nicht die östliche Seite oder die westliche Seite oder die Church Street. Die ganze gottverdammte Stadt.»

«Und wenn du dich hier noch mal sehen läßt», ergänzte Vernon

Hudson gelassen von der Tür her, «knalle ich dich ab und schwöre vor Gericht, daß du eine Waffe hattest . . . Hier schießt man nämlich noch auf Nigger, falls du das nicht gewußt haben solltest.»

Jimmie Horn wandte sich zum Gehen; in der offenen Tür blieb er noch einmal stehen.

«Tut mir leid, daß ich dir das antun muß, Marshall Hayes», sagte er seufzend. Er wollte noch etwas hinzusetzen – aber dann schloß er doch nur leise die Tür hinter sich zu.

Er machte einen Umweg, um beim Hinausgehen nicht das Mädchen zu treffen, das auf Cottontail Hayes wartete. Um 22 Uhr 30 machte sich der Bürgermeister von Nashville endlich auf den Heimweg.

Ein grüner Dodge Polara folgte ihm.

New York, 24. und 25. Juni

Thomas Berryman unterzog sich inzwischen einer Spezialmastkur aus Spaghetti und Faßbier.

Die Kur dauerte drei Tage. Danach war sein Gesicht aufgedunsen, sein Bauch wölbte sich. Er war um zwanzig Pfund schwerer und zehn Jahre älter geworden und begann, dem Bild auf M. Romains BankAmericard zu ähneln.

In der letzten Juniwoche ließ er sich bei einem U-Bahn-Friseur einen Haarschnitt für einen Dollar verpassen, ließ sich für weitere 35 Cents den Schnurrbart abnehmen und kaufte sich mit der BankAmericard bei Bonds einen schlechtsitzenden giftgrünen Anzug.

Zur Entspannung fuhr er am gleichen Abend mit einer Malerin aus Soho ins Shea Stadium. Berryman hatte sich als «Pleasure King» ausstaffiert – Sonnenbrille und ein dunkles, hautenges Polohemd zu seinem Bürstenhaarschnitt. Sie aßen heiße Würstchen, tranken Schaeffer-Bier und rauchten Pot, während die Yanks von den Red Sox mit 331 zu 119 Punkten in die Pfanne gehauen wurden.

Am nächsten Morgen flog Thomas Berryman mit der Frühmaschine nach Nashville. Es war sein 30. Geburtstag, und in seinen Tagträumen sah er sich das Lebensjahr mit wohlverdientem Müßiggang in Cuernavaca oder San Miguel de Allende, Mexiko, verbringen. Merkwürdigerweise hatten ganz ähnliche Träume (Vorstellungen/Pläne/Ambitionen) auch Harley Wynn bewegt.

Berryman war sich zweier starker Einflüsse in seinem Leben bewußt.

Der eine entsprang der Arbeit seines Vaters, des Bezirksrichters: das Bestreben, das, was man tat, gut zu tun. Es war ein Pawlowscher Reflex. Ein perfekt erledigter Job gewährte Thomas Berryman Befriedigung. Es war für Berryman ein innerer Zwang, alles, was er tat, gut zu tun.

Der zweite Einfluß kam von der mütterlichen Seite. Die Neigung zum Herrenleben, wie Berryman es nannte, hatte er zum erstenmal 1971 so richtig ernstgenommen. Das war bei einem Job in Mexiko gewesen.

Es waren etwa 135 Kilometer von Mexico City bis zu Señor Jorge Amado Marquez' Hazienda: Eine verwinkelte weiße Stuckvilla, Ställe in Flamingorosa, Zäune und Geländer in Grasgrün. Das Anwesen lag an einem See, dunkelblau wie der Comer See in Italien, hinter dem sich ein kleiner Vulkan erhob.

1971 lebte Jorge Marquez allein auf seiner riesigen Besitzung. Seine Frau war im gleichen Jahr auf rätselhafte Weise ums Leben gekommen (ein von ihr selbst abgegebener Schuß auf dem Boot der Familie draußen auf dem See). Seine Tochter lebte mit einem Fotografen aus Mexico City zusammen, einem gutaussehenden langhaarigen Burschen, der die Idealbesetzung für einen Costa Gavras-Film gewesen wäre.

Jorge Marquez hatte Berryman eingeladen, vor Ausführung des Jobs eine Woche sein Gast zu sein. Da es sich bei dem Auftrag um eine einfache Routineaufgabe handelte, hatte Berryman seinen herrschaftlichen Neigungen nachgegeben und die Einladung angenommen.

Er hatte eine Suite im dritten Stock bewohnt, mit einer Terrasse zwanzig Meter über dem See. Aus den Fenstern sah man vorn auf den Vulkan, hinten auf einen Urwald mit Palmen und Papageien.

Frühmorgens, nach Sonnenaufgang, drückten sich dunkelhaarige Schönheiten, dreizehn- und vierzehnjährig, auf seiner Terrasse herum, hübsche kleine Dinger mit schmutzigen Beinen, die sich mit leisen Barfußspielen vergnügten, bis Berryman zur Terrassentür kam. Dann brachten ihm die kleinen Señoritas kichernd und errötend und knicksend wie Zofen in amerikanischen Filmen Bananen, Papayas und Mangos, sie brachten ihm Speck und Weißfische aus dem Chapala-See.

Nachmittags schipperte er friedlich auf einem Segelboot um den Vulkan herum, schwamm im See, der so klar war, daß man, sofern es nicht geregnet hatte, bis auf den Grund sehen konnte, oder ging auf die Jagd, mit oder ohne Marquez, der Gentleman genug war, Berryman völlig freie Hand in der Wahl seiner Beute zu lassen.

An den Abenden gab es große Diners oder ungezwungene Picknicks. Dabei wurde Berryman als amerikanischer Geschäftsfreund vorgestellt, der etwas mit Marquez' Zinn- und Bananenimperium zu tun hatte. Amerikanerinnen und reiche Señoritas von Welt kamen zu diesen Parties, und morgens schlichen sich die halbwüchsigen Mexikanerinnen heran, um von Berrymans Terrasse aus heimlich diese Frauen zu betrachten.

Ende der Woche war Thomas Berryman zu dem Schluß gekommen, daß das Leben à la mexicaine eine Wiederholung wert war. Zunächst aber galt es, Marquez' Auftrag auszuführen.

In einem spuckenden, keuchenden Bus fuhr er an einem Nachmittag über die Route 14 nach Mexico City. Ein paar Maulesel mit schepperndem Zaumzeug hielten mit dem Bus Schritt. Aber er hatte es nicht eilig.

In Mexico City vertauschte er seinen weißen Anzug gegen Jeans und staubige Sandalen, mietete sich in einer Lehrer- und Studentenherberge ein und kaufte sich eine billige Nickelbrille.

An den ersten beiden Abenden saß er mit lärmig-vergnügten Studenten von der University of Wisconsin und ihrem stillen homosexuellen Begleiter zusammen. Berryman hatte sich als High School-Lehrer aus Westchester, New York, ausgegeben.

Am Ende seines dritten Nachmittags in Mexico City klaute Berryman einen grauen Kastenwagen voller Ziegen, Hühner und quiekender Schweine und überzeugte sich davon, daß der Wagen sich trotz seines Gewichts ohne besondere Anstrengung auf hundert Sachen hochjubeln ließ.

An diesem Abend wurde wiederholt der graue Kastenwagen beobachtet, der auf der Plaza de la Constitucion parkte oder die Straße auf und ab fuhr.

Kurz vor Mitternacht überfuhr der graue Kastenwagen den Costa Gavras-Fotografen frontal in einer schmalen Einbahnstraße. Der Tacho des Wagens stand zur Zeit des Unfalls auf achtzig. Der Liebhaber der Marquez-Tochter hatte eine üppige Schmalztolle gehabt und weiße Zähne, die in der Dunkelheit aufblitzten. Selbst das war mehr, als Thomas Berryman sich von ihm merken mochte. Er erinnerte sich lieber an seine Woche bei Señor Marquez. Mit allem anderen machte man sich nur verrückt.

Eine ältere Frau, eine Südstaatenlady, tippte Berryman auf die Schulter, und er nahm langsam die Kopfhörer ab.

Sie wollte ihren Sitz zurückgestellt haben, und dagegen hatte er ja nichts, aber außerdem wollte sie über ihren kürzlich verstorbenen Schwiegersohn reden. «Michael war erst achtundfünfzig», sagte sie. «Michael hat zwei reizende Töchter in Briarcliff. Michael wollte sich schon in fünf Jahren pensionieren lasse . . .»

Ab und zu ließ Berryman seinen Blick an der Südstaatenlady vorbeigehen. Im Fenster tauchten die Außenbezirke von Nashville auf.

Das Schild «Bitte anschnallen» leuchtete auf, die Kopfhörer wurden eingesammelt.

Berryman ertappte sich dabei, wir er tief Luft holte und seinen Aufzug mit der Garderobe der Geschäftsleute aus dem Süden verglich, die sich an Bord befanden.

Als die Stewardess am Ausgang Thomas Berryman mit seinem Bürstenschnitt «in der Heimat» willkommen hieß, grinste er wie ein Honigkuchenpferd und sprach sie im perfekten Südstaatentonfall an. Und während er mit seinem kleinen schwarzen Lederkoffer über das Rollfeld ging, sagte sich Berryman, daß dies nur ein Zwischenaufenthalt auf dem Weg zurück nach Mexiko war.

Nashville, 26. Juni

Am zweiten Dienstag vor dem Unabhängigkeitstag durchschritt Berryman mit einer Flasche Orangensaft und einem Pfund Farmwife-Krapfen die Automatiktür des Farmer's Market. Er trug eine Khakihose und ein zerknittertes Coca-Cola-Shirt mit aufgerollten Ärmeln und stellte das Prachtstück eines Tennessee-Farmers dar, äußerlich und innerlich.

Er setzte sich auf die warme Haube seines Leihwagens, eines Ford Galaxie, strich versonnen über die Orangensaftflasche und sah den Frauen von Nashville beim Einkaufen zu. Er aß mehrere warme Krapfen, sie schmeckten vorzüglich, selbst wenn man dabei mit dem Hintern auf heißem Blech saß.

Wie üblich genoß er seine Unabhängigkeit. Es war elf Uhr vormittags, er hatte für heute nur leichte Arbeit vor, die obendrein noch gut bezahlt wurde.

Am frühen Nachmittag war im Supermarkt nur wenig Betrieb, meist zogen die Kunden mit einer einzigen großen Einkaufstüte wieder ab.

Gelegentlich kamen Zigeunerfamilien vorbei, die Frauen hatten den Kopf voller Lockenwickel unter hochgebauschten Tüchern. Oder kindische alte Männer in Hawaiihemden und ausgebeulten Hosen, die weit über der Taille mit einem Gürtel festgezurrt waren wie Postsäcke.

Hier und da fing Berryman mit dem einen oder anderen ein Gespräch an, aber hauptsächlich konzentrierte er sich auf zwei Neger, die auf dem Parkplatz vor dem Supermarkt eine Tribüne errichteten. Von dieser Tribüne aus würde Jimmie Horn sprechen.

Berryman blieb noch eine Weile auf dem Ford sitzen. Dann machte er einmal die Runde um das Einkaufszentrum, das die Ausmaße eines mittleren Flugplatzes hatte.

Er ging in ein paar Läden, kaufte sich ein olivfarbenes Hemd und einen Schlips, die sich in der Farbe schön mit seinem giftgrünen Anzug bissen, und beobachtete einen Polizisten, der in einem Streifenwagen ein Comicheft las.

Gegen Mittag setzte er sich unter einen Cinzano-Sonnenschirm vor *Lums* und zog sich auf Empfehlung der Kellnerin, einer gewissen D. Dusty, einen Cinzano zu Gemüte. (Sie erinnerte sich später an ihn.)

Gegenüber, nur durch eine schmale Passage getrennt, sah er das lange Flachdach des Supermarkts. Im Laufe des späten Nachmittags war es weich und klebrig geworden, der Teer begann an den Rändern der Regenrinne herabzutropfen.

Die Supermarktfassade, ein rotblaues Schild, überragte das Dach um etwa einen Meter. Der hintere Teil des Daches verschwand im Grünen, in einem dichten Wald von Magnolien, der von der Laderampe bis zur Route 95 reichte. Die Route 95 führte in östlicher Richtung nach Knoxville.

Berryman rauchte ein Zigarillo und registrierte sorgfältig jede Einzelheit.

Als er gerade gehen wollte, sah Berryman einen langhaarigen jungen Burschen, der ihm an diesem Tag schon ein paarmal aufgefallen war.

Er war groß und mager, trug grüne Armykluft und eine bräunliche Sonnenbrille und erinnerte Berryman mit seinem Lockenkopf an Oliver Twist.

Er hatte an einer Bushaltestelle gesessen; dann hatte er versucht, mit einer jungen schwarzen Kellnerin bei *Lums* anzubändeln; jetzt hockte er wie ein Häufchen Unglück auf dem Gehsteig vor dem Supermarkt und beobachtete die beiden schwarzen Arbeiter. Berryman prägte sich den jungen Mann ein, dann machte er Feierabend. Auf den Tag umgelegt, hatte er heute über 20000 Dollar verdient.

«Wenn es soweit ist», hatte Ben Toy mir erklärt, «hat Berryman einen Plan, den er für hundertprozentig sicher hält. Narrensicher. Und wenn er von einem Plan nicht hundertprozentig überzeugt ist, gibt er den Auftrag zurück. Bei Jesse Jackson in Chicago hat er das gemacht. Er liebt Herausforderungen, aber die Herausforderung liegt für ihn in der Planung.»

Während ich in meinem Arbeitszimmer saß und wieder mal über Ben Toy nachdachte, ging mir etwas auf, was ich eigentlich schon früher hätte merken müssen: Toy hatte – ob bewußt oder unbewußt – Thomas Berryman gehaßt.

Am 27. Juni schloß Berryman sich von sechs bis sechs in seinem Hotelzimmer, Zimmer 4 H, ein und vertiefte sich in Jimmie Horns Tageslauf wie ein Talmudschüler in die heiligen Schriften.

Berryman wohnte in einer Familienpension im Krankenhausbezirk westlich der West End Avenue von Nashville, dem Claremont, das mit einem großen Schild an der Eingangstür lockte: «Hier kocht der Chef persönlich für Ladies und Gentlemen». Jeden Nachmittag konnte man im Claremont die Dauergäste sehen, wie sie in der Halle Eis oder Löffelbiskuits aßen und sich die Reklame oder ein Baseballspiel im Fernsehen ansahen. Ein Zimmer dort kostete Berryman 26,50 Dollar die Woche.

Seine Nachforschungen an diesem Tag hatten ergeben, daß Jimmie Horn selbst zwar leichtsinnig, seine Betreuer jedoch um so vorsichtiger waren.

Am Abend fuhr er Horns Wagen vom Rathaus aus nach. Im Wagen des Bürgermeisters befand sich – außer einem bewaffneten Chauffeur – an diesem Abend noch ein großes Gefolge: eine Gruppe paranoider Weißer, die bei jeder Wegbiegung die Landschaft nach Gefahrenzeichen absuchten wie verängstigte Karnickel. Hinter Horns Wagen hatte sich ein grüner Dodge gesetzt.

Horns Tochter lief dem Wagen am oberen Teil der Auffahrt entgegen, und er stieg aus und ging mit ihr ins Haus, mindestens fünfhundert Meter weit. Berryman fragte sich, ob sie das wohl jeden Abend taten. Der Wagen fuhr voraus, der Dodge parkte in der Nähe des Gartentors.

Hinter Büschen und durch einen zweieinhalb Meter hohen, mit Stacheldraht gespickten Zaun hindurch, hörte Berryman ihre Schritte auf dem Kies. Er sah einen zweiten Patrouillenwagen, der auf dem Wendeplatz der Auffahrt am Haus parkte. Mann, dachte er, die passen wahrhaftig auf wie die Luchse.

Unmittelbar hinter sich hörte Berryman Zweige knacken. Er drehte sich um – vor ihm stand ein großer, schnurrbärtiger Polizist.

«Hier können Sie nicht parken», erklärte der Polizist. «Wenn Sie sich 'nen reichen Neger ansehn woll'n, müssen Sie schon ins Kino gehn. Los, ziehn Sie Leine.»

«Klar. Na klar doch.» Berryman produzierte das dümmlichste Grinsen, das er auf Lager hatte, erhob sich von den Knien und flüchtete in hastigem Watschelgang zu seinem Wagen. «Na klar doch, gleich, sofort», stotterte er. «War sowieso bloß ganz alberne Neugier.»

Als das Haus des Bürgermeisters hinter ihm lag, spürte Berryman das Blut in seinen Schläfen klopfen. Da mußt du schon was Besseres bringen, Thomas, sagte er sich. Und das tat er dann ja auch.

Nashville, 28. Juni

Der Neue Süden, fand Berryman, war eine Riesenpleite – jedenfalls was sein Äußeres betraf. Gesichtslos, unpersönlich. Wohnmaschinen wie aus *1984* . . . Am nächsten Morgen studierte er Straßenkarten und Nashville-Reiseführer.

Er prägte sich schnell Straßennamen, Wege, Alternativrouten, wichtige Gebäude ein, versuchte, ein Gefühl für die Stadt zu bekommen, ein Gefühl dafür, was geschah, wenn er sich nach Norden wandte, nach Westen, nach Osten.

Er trug eine Hornbrille und rieb sich ständig den Nasenrücken. Seine Augen waren entzündet. Nicht mal von der Putzfrau ließ er sich stören.

Büffeln, büffeln und noch mal büffeln . . . Fehler vermeiden . . . die Technik ausfeilen.

In einer Imbißstube verdrückte Berryman Spiegeleier, Maispuffer und ein zartes Steak, dann erkundete er per Wagen und zu Fuß das Verwaltungs- und Geschäftsviertel von Nashville. Er trug eine spiegelnde Sonnenbrille, ein Levi-Shirt und eine Cowboyhose.

Die City von Nashville, fand er, war typisch für den neuen Süden – Kleinstadt mit Großstadtambitionen.

Nashvilles Skyline war eine Ansammlung fünfzehn- bis zwanzigstöckiger Häuser, die Berryman an eine kleinere, ärmlichere Ausgabe von Houston erinnerten. Die Verwaltungsgebäude sahen aus wie Washington en miniature. Ein brezelartiges Gebilde von Schnellstraßen fügte einen Touch Los Angeles hinzu.

Immerhin war es eine saubere Stadt, und die Luft war noch leidlich frisch.

In Nashville kaufte arm und reich gleichermaßen Kleider von der Stange. Die Männer trugen Anzüge von Sears und Montgomery Ward, die meisten bevorzugten weiße Lackledergürtel und weiße Slipper mit goldenen Ketten und Knöpfen.

Die Frauen Nashvilles trugen noch kurze Röcke und Strümpfe statt Strumpfhosen. Minis und Hot Pants waren überall in den Schaufenstern der Kaufhäuser und Discountläden ausgestellt.

Die Stadt im Süden praktizierte ein üppiges Konsumverhalten, aber der Umsatz schlug sich hauptsächlich im Warenhaus von Rich und bei Walgreen nieder.

Um seine eigene Ausstattung zu vervollständigen, kaufte Berryman in Kinneys Schuhgeschäft ein Paar beigefarbene Hush Puppies. Sie paßten gut zu dem grünen Anzug und waren Schuhe, in denen er auch laufen konnte.

Die Verkäuferin, die sie einpackte, ließ ihren Blick von der Sonnenbrille zu den Schuhen, von den Schuhen zur Sonnenbrille wandern. «Die sehen mir aber gar nicht nach Ihrem Typ aus», meinte sie.

«Die bequemsten Laufschuhe Amerikas», lächelte Berryman. Es kam nicht darauf an, was man sagte, sondern wie man es sagte.

Am späten Nachmittag fuhr er zu Horns Wahlkampfzentrale, die sich in dem leerstehenden Ausstellungsraum einer Autofirma befand.

Die Augen vor dem noch immer ungewohnt grellen Sonnenlicht zusammenkneifend, blieb er vor dem Schaufenster stehen und schritt es dann einmal der Länge nach ab.

Die Schaufensterscheiben waren mit Plakaten von Jimmie Horn bepflastert. Es waren eindrucksvolle Bilder, offenbar wurde Horn auf Schritt und Tritt von einem Starfotografen begleitet: Jimmie Horn mit einem weißen Football-Trainer auf einem Rasenhügel. Horn mit seiner Frau am Küchenherd. Horn mit Howard Baker und Sam Ervin. Horn beim Angeln auf einer Dorfbrücke mit einem schwarzen Opa. Horn mit Nixon. Mit Minnie Pearl. Mit einem jungen Kriegsveteranen, der gerade wegen eines Überfalls auf eine Tankstelle festgenommen worden war.

Berryman reagierte programmgemäß: Er empfand Sympathie und Mitgefühl für Jimmie Horn.

Hinter den Fotos, im Ausstellungsraum, erläuterte eine redselige Wahlhelferin bereitwilligst Berryman den Zeitplan des Bürgermeisters am Unabhängigskeitstag.

«Vormittags –» sie benutzte einen übriggebliebenen Verkäuferschreibtisch als Rednerpult – «nach der Parade um neun, wird der künftige Senator von Tennessee bei einer Versammlung im Vanderbilt-Stadion sprechen – Dadley Field heißt es bei uns. Wir erwarten Johnny Cash, Kris Kristofferson – das sind nur einige der Prominenten, die dabeisein werden.

Mittags –» sie überreichte Berryman eine bunte Broschüre mit dem Titel *Der Traum* – «mittags findet ein Wohltätigkeitsdinner in Roger Millers *King of the Road* statt.

Um vier –» sie strahlte wie die Mutter der Braut – «spricht der Bürgermeister vor dem Farmer's Market zu unseren schwarzen Mitbürgern.

Um acht besucht Bürgermeister Horn mit Gouverneur Winthrop die neue Nashville Speedway, und dort gibt es dann ein Feuerwerk.»

Während die Aufzählung weiterging, kam der Lockenkopf herein, den Berryman am Farmer's Market hatte herumlungern sehen. Er trug die gleiche grüne Armykluft, und aus der Nähe sah man, daß er gut und gern Mitte Zwanzig war.

Das war Bert Poole, der Theologiestudent, der später von dem Killer aus Philadelphia umgelegt wurde.

«Kann ich etwas für Sie tun?» erkundigte sich die redselige Wahlhelferin.

Poole antwortete nicht, er sah nicht einmal auf. Er las in den Broschüren über Horn, die auf einem langen hölzernen Tisch zu hohen Stapeln aufgetürmt waren, sah sich die Werbeposter an der Wand an und bedachte Berryman und die Wahlhelferin mit einem kritischen Blick.

Dann verschwand er ebenso rasch, wie er gekommen war.

«Jeden zweiten Tag kommt er hier an», sagte die Geschwätzige zu Berryman. «Gibt nie eine Antwort auf eine höfliche Frage, verzieht keine Miene, bietet nie seine Hilfe an.»

Berryman sah Poole nach, der die West End Avenue überquerte und in Richtung von Masons Cafeteria davonging. «Hm», meinte er, ohne die Frau anzusehen. «Scheint 'ne kleine Macke zu haben.»

Die Frau lächelte. «Ist der Sohn eines unserer Theologieprofessoren», sagte sie. «Drüben von der Vanderbilt School of Divinity. Bert Poole heißt er. Wirklich, einen leichten Schatten hat der, das muß man schon sagen. Behauptet, Bürgermeister Horn hätte sein Volk verraten, stellen Sie sich das mal vor. An wen verraten, können Sie mir das vielleicht sagen?»

Thomas Berryman zuckte die Schultern und wandte sich zum Gehen, den *Traum* und ein paar Zeitpläne zusammengerollt in der Hand.

«Ach, schönen Dank noch für das Material.» Er lächelte und winkte der Wahlhelferin noch einmal zu. «Sie legen sich wirklich ins Zeug hier, das muß man sagen. Ich wünsch Ihnen viel Erfolg.»

Claude, Texas, 29. und 30. Juni

Das Haus des pensionierten Bezirksrichters Tom Berryman hat 21 baufällige Räume und liegt auf dem Weg nach Amarillo, Texas.

Es ist eine rosafarbene Stuckvilla mit grünen Dachziegeln. Umgeben von ungepflegten Büschen gelb blühender Heckenrosen, sitzt sie einsam inmitten von 50000 Morgen Land. Auf dem Grundstück befindet sich auch ein Swimmingpool, in dem aber das Unkraut so üppig wuchert, daß er eher aussieht wie ein verwilderter Garten als ein Schwimmbecken.

Die ganze Gegend dort ist fast unnatürlich häßlich und voller Melancholie.

Da er aber gezwungenermaßen mindestens einen Tag Pause einlegen mußte, weil er ein mexikanisches Visum auf den Namen William Keresty brauchte, reiste Thomas Berryman nach Texas. Vom Flugplatz aus mietete er sich – weil er sich diese Szene manchmal in seinen Tagträumen vorgestellt hatte – einen Wagen und fuhr in einem sechs Meter langen Lincoln zu Hause vor.

Seit seinem Schlaganfall in Austin im Jahre 1963 war der alte Tom Berryman an den Rollstuhl gefesselt. Jeden Morgen schob Sergeant Ames ihn in den Garten, zwischen wuchernden Wein und Riesensonnenblumen, wo der pensionierte Polizist schwatzte und las und der tattrige Richter gelegentlich nickte und den schiefen Mund aufmachte, um zu lächeln oder zu fluchen. Aber meist war er damit beschäftigt, sich das Sterben im Militärkrankenhaus in Austin auszumalen.

Wenn der alte Tom Berryman besonders müde war, fiel ihm der Kopf nach hinten, als sei er schon gestorben. Und so kam es, daß der junge Tom Berryman ihm buchstäblich wie aus heiterem Himmel erschien, am heiter-blauen Texashimmel hängend. Er hatte dreißig schöne bunte Zeitschriften mitgebracht, die, wie der Alte wußte, nur für ihn sein konnten.

Als Berryman von den Garagen her den Garten betrat, hatte er die Vorstellung, daß sein Vater ein Stein auf Rädern war, ein zweirädriger Fels, ein rollender Grabstein. Er sah den Alten im Garten sitzen, Sergeant Ames schob ihm in regelmäßigen Abständen eine Lucky Strike in den Mund.

Berryman kam an einer muhenden Kuh vorbei, schlug nach ihrem kräftigen Pendelschwanz und fragte sich, ob Ames wohl auch manchmal nach seinem Vater schlug – einfach so, als Protest, weil aus dem alten Richter ein so jämmerliches Wrack geworden war.

Judge Berrymans Gesicht hellte sich auf, als er seinen Sohn verkehrt herum zwischen Birnbäumen und Sonnenblumen erblickte. Ames war so aufgeregt, daß er Limonade auf seine Hosen schüttete.

«'lo, Thomas», brachte der alte Berryman heraus. Aber er war voll da, seine Hände flatterten, er lächelte. Aus irgendeinem Grund, vielleicht aus falsch verstandenem Schönheitssinn, hatte Sergeant Ames dem Richter einen Schnurrbart stehenlassen, er wirkte struppig und verwelkt.

«Ich hab die *Times* mitgebracht und ein paar Zeitschriften, die kann Bob dir vorlesen.» Berryman sprach sehr langsam.

Dann beugte er sich vor und umarmte den Alten, ließ ihn die Kraft, das Leben in seinen Armen spüren. Das Hemd des Richters roch schlecht wie Babywindeln.

Der junge Berryman stand auf und blätterte in den Zeitschriften herum. «Was hältst du von Johnny Connally?» Er vermied den Blick seines Vaters.

«Der Junge – macht – sich, Tom.» Der Richter verzog das Gesicht zu einem noch breiteren Lächeln; selbst bei dieser langsamen Rede mußte er nach jedem Wort eine Pause einlegen. «Macht – sich – ganz – gut, – würd – ich – sagen.»

Der alte Polizist hatte unterdessen für alle geeiste Limonade eingeschenkt. «Hey, Tom. Sieh mal», sagte er mit einem jungenhaften Grinsen. Und um zu beweisen, daß er fit war wie eh und je (so erklärte es sich Berryman später), griff sich der Alte eine Gartenkröte und schluckte sie herunter.

Nachdem er und Sergeant Ames seinen Vater gefüttert hatten – das Essen bestand aus unbekömmlichen Bohnen und roten Paprikaschoten – und der Alte sich noch einen Schluck Whiskey vor dem Schlafengehen erbettelt hatte, fuhr Berryman mit dem Lincoln auf die Ranch Road.

Wie hypnotisiert ließ er den Anblick der verfallenden Zäune, der frei herumlaufenden Ponies und Kühe auf sich wirken, registrierte Pampasgras und Feigenkaktus und milchig-weiße Salzlachen.

In der Sandschüssel eines kleinen Wüstentales trat Thomas Berryman mit nacktem Fuß das Gaspedal ganz durch. Warme Luft strömte durch die Fenster in den Wagen hinein, die Straßenkarten rutschten auf dem hinteren Ablegebrett hin und her. Die Tachonadel kletterte auf über 100, und ein Sicherheitssignal ertönte. Aus dem Radio blökten Merle Haggard, Tammy Wynette und Ferlin Husky in klagend-ordinärem Einheitssound. Aber die Limousine, die laut Tacho bis zu 120 drauf hatte, ging nicht über 101 hinaus.

Das erinnerte Berryman daran, wie er einmal bei 84 in einem schwarzen Ford-Lieferwagen festgesessen hatte, durch Bewässerungsgräben und Büsche krachte, um Haaresbreite eine Kuh verfehlte, was ihm das Leben rettete. Dafür hatte er ein Huhn erwischt.

Er erinnerte sich an Ben Toy, der warmes Bier trank und kitschige mexikanische Liebeslieder sang. An die Freundin neben sich und an Fledermäuser, die über seichte, düstere Teiche strichen.

Das Landleben ist ganz großer Mist, dachte er.

Nach einer guten halben Meile hielt er am Straßenrand an. Er stieg aus und ging zum Kofferraum, um sein Gewehr zu holen. Er hatte es in eine Pferdedecke eingewickelt, und jetzt stank es nach Dung.

Er legte das Gewehr aufs Dach, dann setzte er sich auf die Kühlerhaube und angelte Patronen aus der Tasche, die er ebenfalls auf dem Wagendach aufreihte. Langsam lud er die Waffe, halb geblendet von einer pfirsichfarbenen Sonne. Er dachte an Sonnenstich. Und spürte förmlich, wie sich ihm die Buchstaben von ‹Sonnenstich› ins Gehirn brannten.

Berryman klemmte sich das Gewehr unters Kinn und sah durch das kristallklare Visier in die Wüste hinein.

Telefonmasten ohne Sinn und Zweck standen in der Landschaft herum. Und ein Straßenschild «Querrinne». Schwarzgeprägte Buchstaben auf rostigem Gold.

Ein freches Karnickel lugte aus einem Loch. Ein Vogellied sirrte. Berryman meinte Bakterien in der heißen Luft herumwirbeln zu sehen.

Er betätigte den Abzug, leicht wie ein Klavierspieler die Tasten.

Das Gewehr spuckte, zuckte nach rechts; das Straßenschild war unversehrt.

Berryman drückte noch einmal ab, ebenso behutsam. Nichts. Er nahm sich mehr Zeit, berührte den Abzug kaum, er wußte, daß er ganz genau visierte . . . Und jeder Schuß ging daneben.

Peng – daneben. Peng – daneben. Er begann zu schwitzen. Arme und Augen waren nicht mehr koordiniert. Er hörte auf.

Er lehnte das Gewehr gegen den Wagen und sammelte sich. Dann schraubte er ganz ruhig mit dem Taschenmesser das Visier ab, gab einen Schuß ohne Visier ab. Goldfarbenes Metall splitterte, das Schild hatte ein Loch in der Mitte.

Berryman schoß weiter, bis das Schild verschwunden war, bis er es zerstört hatte, am Boden zerstört. Dann fuhr er weiter.

Die Außenbezirke von Amarillo waren nicht wiederzuerkennen. Hunderte von Imbißstuben hatten sich aufgetan, Supermärkte mit kitschigen Namen, Drive-In-Kinos mit Pornofilmen.

Er hielt vor einem der vielen Tortillarestaurants, bestellte ein Bier, dann rief er eine alte Freundin an, Bobbie Sue Gary, verehelichte Bobbie Sue Pederson.

Thomas Berryman saß auf dem orangefarben gefliesten Boden vor der Telefonzelle und unterhielt sich mit ihr über alte Zeiten, trank eiskaltes Bier aus einem beschlagenen Glas, rauchte eine halbe Pakkung Picayunes und aß eine Tortilla, die wie eingeschlafene Füße schmeckte.

«Mein Mann ist Vorarbeiter bei Shell Oil», sagte Bobbie Sue. «Er hat die Nachtschicht.»

«Über der Wüste wimmelt's nur so von Flugzeugen und Fledermäusen», sagte Berryman, zum Himmel aufsehend.

«Drei Kinder habe ich», berichtete Bobbie Sue. «Und eins ist noch bestellt.»

«Ist mir scheißegal, wieviel Kinder du hast», erklärte Berryman. «Schmeiß dich in Schale, wir machen einen drauf.»

«Aber, Tom», kicherte sie. «Du bist bloß drauf aus, 'ne Nummer mit mir zu schieben. Ich bin eine verheiratete Frau, ich hab Verantwortung.»

«Ach komm, Bobbie . . . Sag bloß, du willst keine Nummer mit mir schieben. Bin schon unterwegs.»

Bobbie Sue Gary Pederson hatte im Laufe der Jahre ein spitzes, fast ein bißchen rattenartiges Gesicht bekommen. Ihre Brustwarzen zeichneten sich dunkel unter der Bluse ab, sie sahen unappetitlich aus. Er entschied sich deshalb für die dunkle Cocktailbar der Bowlinghalle. Aber sonst sah Bobbie Sue Klasse aus, ehrlich.

Sie trug einen roten Plisseerock, Strümpfe mit Naht, schwarze Pumps mit blauen Schleifen über den Zehen. Sie trank Singapore Slings, und sie aßen beide Grillsteaks, die Spezialität des Hauses.

Thomas Berryman war voll auf Bobbie Sue eingestiegen.

«Wie ist das denn so, wenn du den alten Tommy Pederson küßt? Wenn du mir das verrätst, reise ich glücklich und zufrieden wieder ab, dann sing ich im Jet von hier bis New York City.»

«Aber, aber . . .» sagte sie und tätschelte sein Knie. Es war, als wäre er nie weggewesen, als sei die Zeit stehengeblieben, seit sie zusammen zur Schule gegangen waren.

«Schluß mit dem Aber. Komm, Baby, sag schon.»

«Es ist, als wenn man – nein, Tommy, wirklich . . .»

«Komm, Baby, gesteh's, sag's dem guten Onkel . . .»

«Als wenn man einen Bettvorleger küßt.»

«Mensch, Bobbie, du bist wirklich große Klasse!» Thomas Berryman jaulte laut auf vor Entzücken. «Riesig, Baby, einfach riesig.» Er grölte vor Lachen und redete seinen schönsten Südstaatenslang, und sie fand ihn einfach umwerfend.

Ein weißer Mond schwamm am dunklen Texashimmel, während sie in dem großen, weichen Lincoln ihre Nummer schoben.

Sergeant Ames fand ihn schlafend im Schaukelstuhl neben dem Bett seines Vaters vor. Es war heller Morgen. Der Hosenschlitz des Richters stand offen.

Während er den Richter aus dem Schlaf zurückholte, erzählte Sergeant Ames dem jungen Tom eine alte Geschichte, wie er mal beim Viehtreiben eingeschlafen war, und als er wieder aufwachte, stellte er fest, daß sie ihn inzwischen beschnitten hatten.

Der alte Tom Berryman lag auf dem Bett und sah zu dem Taschenbuch hinüber, das auf dem Boden neben dem Schaukelstuhl lag. Es war *Jiminy*. Nachdem er eine Weile versuchsweise die Lippen bewegt hatte, fragte er seinen Sohn, ob er sich jetzt mit Jimmie Horn beschäftigte.

«Stimmt», sagte Berryman.

«Sehr gut, mein Sohn.» Der alte Mann kämpfte um jedes Wort. «Er – scheint – scheint – ein verdammt – guter – Nigger – zu sein.»

Berryman verbrachte den Vormittag damit, in Amarillo ein Visum unter dem Namen Keresty zu besorgen. Sein Lieferant war ein eingebildeter mexikanischer Künstler, der das Dokument eigenhändig ausfertigte und an dem Werk dieses Vormittags dreihundert Dollar verdiente.

Nachmittags flog Berryman zurück, um sich mit dem Mann zu treffen, der bereit war, sich Horns Tod einiges kosten zu lassen. Dieser Mann war der Ex-Gouverneur von Tennessee, Jefferson Johnboy Terrell.

Thomas Berryman war zufrieden wie eine Schlange nach dem Sonnenbad.

Nashville, 12. Oktober

Der 12. Oktober, der Columbus-Tag, war einer dieser unerwartet kalten Tage, bei denen ausgewachsene Männer so fest schlafen, daß sie den Wecker nicht hören.

An diesem trist-grauen Morgen gab es in unserem Staat den ersten Frost.

Am Nachmittag wurde Ex-Gouverneur Jefferson Terrell in die City von Nashville gefahren, um sich vor einer Jury gegen den Vorwurf zu verteidigen, er habe 100000 Dollar gezahlt, um im Juli dieses Jahres James Horn ermorden zu lassen.

Am Steuer von Terrells Wagen, einem traurig-schwarzen 1969er Fleetwood, saß ein soldatisch aussehender Mann mit kurzen, sandfarbenen Haaren, die er wie Nixons Mr. Haldeman zurückgebürstet hatte.

Neben Terrell im Fond saß sein neuer Anwalt, ein schlauer grauer Fuchs (ebenfalls aus Houston).

Die Medien machten mit ihrer Berichterstattung über die Vorverhandlung inzwischen mehr Radau als die neueste Waschmittelwerbung von Procter & Gamble.

Wenn sie von der Arbeit heimfuhren, hörten die Leute das Neueste über den Fall im Radio, wenn sie nach Hause kamen, war er in der Zeitung, die vor der Haustür lag, zu Schlagzeilen aufbereitet, und im Laufe des Abends wurden sie in den regionalen und überregionalen Fernsehprogrammen mit weiteren Einzelheiten berieselt.

Die Hinterwäldler aus der Umgebung planten für die Zeit der Verhandlung bereits Wochenendausflüge nach Opryland.

Am 12. Oktober waren es fast dreitausend, die sich zu Terrells Empfang vor dem Gerichtsgebäude eingefunden hatten.

Johnboy stieg aus dem Cadillac; zuerst erschienen seine Lacklederpumps, dann sein grauer Bankiersanzug, dann ein Gesicht, blaß wie eine Totenmaske.

Aber ansonsten war er ganz der Alte, so wie ich ihn in den Jahren seiner Amtszeit oft genug erlebt hatte – wenn man davon absah, daß er seine berühmte Dollarzigarre nicht rauchte, sondern nur zwischen den Fingern hielt.

Er schüttelte einige Hände und winkte publicitybewußt in die Runde. Ja, gesundheitlich sei er durchaus auf der Höhe, beantwortete er die Frage eines Anhängers in karierter Sherlock Holmes-Kappe.

Dann bekam ein kleiner Mann in grauem Regenmantel Terrells Hand zu fassen und wollte sie nicht wieder loslassen.

«Schlimme Zeiten», hörte ich ihn ein paarmal wiederholen.

«Aber das Land ist trotzdem gut und stark», erklärte Johnboy. «Ist es nicht ein gutes Land, das wir hier haben, mein Freund?»

Der Mann im Regenmantel blinzelte ein paarmal, dann ließ er Terrells Hand los.

Johnboy wuchtete seinen schweren Körper die dreiundvierzig Stufen zum Gerichtsgebäude hoch und verschwand, ohne noch einmal zurückzublicken.

«Das wäre eine schöne Leiche», murmelte Lewis Rosten hinter mir. «Zitat. Dickens. *Martin Chuzzlewit.*»

Während der Verhandlung, die unter Ausschluß der Öffentlichkeit stattfand, saßen die Leute von Presse und Fernsehen im zweiten Stock des Gerichtsgebäudes herum und tranken Kaffee, der kostenlos ausgeschenkt wurde.

Von Zeit zu Zeit wurde uns offiziell mitgeteilt, daß sich nichts tat. Ein Polizist aus Nashville war mit dieser verantwortungsvollen Aufgabe betraut worden.

Sein einziger großer Knüller war die Information, Ex-Gouverneur Terrell habe vor Beginn der Verhandlung irgendwelche Pillen aus einem kleinen schwarzen Döschen eingenommen.

Ein langhaariger Reporter aus dem Norden stand auf und fragte todernst: «Sergeant, können Sie uns etwas über die Farbe der Pillen sagen?»

Das war der größte Witz des Vormittags. Mehr spielte sich nicht ab.

Kurz nach der Mittagspause allerdings bekamen wir dann doch noch unsere kleine Überraschung serviert.

Ein junger Mann betrat das Pressezimmer, um in Mr. Terrells Namen eine wichtige Erklärung abzugeben.

Es war ein geschniegelter junger Fatzke in weißem Anzug mit getupfter Fliege. Kein Zweifel – ein Yale-Absolvent. Er sei Terrells Sohn, hieß es.

«Entgegen den Erwartungen, die viele der hier Versammelten hegen», las er von einem kleinen braunen Block vor, «hat mein Vater nicht die Absicht, sich nach der Verhandlung durch eine Hintertür zu einem zweiten wartenden Cadillac zu schleichen.» Der junge Mann sah triumphierend auf. Da hatte er es uns so richtig gegeben. «Nach der Geschworenenverhandlung», fuhr er fort, diesmal ohne seinen Block zu Rate zu ziehen, «wird Mr. Terrell sich draußen den Fragen der Presse stellen.» Damit stolzierte Terrells Sohn hinaus.

Ich brauche hier nicht noch einmal auf die Sprüche einzugehen, die Terrell in den vergangenen trüben Jahren Amerikas von sich gegeben hat – Sprüche, bei denen einem die Augen aus den Höhlen treten konnten und die Ohren zu klingen begannen. Es war die gleiche Masche, mit der uns auch Nixon und Mitchell, Connally und Konsorten bewiesen haben, wie sehr sie uns verachten: indem sie uns ins Gesicht hinein verhöhnten.

Terrell stand auf den weißen Stufen des Gerichtsgebäudes; er schien mir ein bißchen zu lässig, zu selbstsicher und unglaublich zynisch.

Mit der ehrlichsten Stimme, die ich je bei ihm erlebt habe, mit einer Stimme, die vor moralischer Entrüstung bebte, erklärte er, daß er «die Gelegenheit begrüßte, seine Unschuld ein für allemal zu beweisen, und zwar vor einem Rechtssystem, an das er für seine Person noch immer glaubte».

Ein paar Leute buhten laut, aber der Beifall war stärker.

Er sei sicher, die Gerichte würden ihn glänzend rechtfertigen, sagte er und fuhr fort: «Ich schwöre euch vor meinem Herrn und Richter, daß ich nichts Unrechtes getan habe, daß ich mich meiner Handlungen nicht zu schämen brauche.»

Es wirkte auf mich noch immer so unwirklich und unheimlich wie damals, als ich zum erstenmal miterlebt hatte, wie ein ausgewachsener Mann vor anderen ausgewachsenen Männern so einen hanebüchenen Unsinn zum besten gibt.

Aber an diesem Nachmittag sollte mir noch etwas Unheimlicheres passieren.

Ich war nahe an den Fleetwood herangetreten, um mir die Leute aus der Nähe ansehen zu können, und stand neben einem langhaarigen Fotografen vom *Citizen-Reporter*, der eifrig knipste.

Der hilfslos-verletzte Ausdruck auf den Gesichtern in der Menge erinnerte mich an die Reaktion auf einen Film, der hier bei uns gelaufen ist. *Marjoe* ist ein Dokumentarfilm über einen jungen, sehr beliebten Evangelisten, der offen zugibt, die Leute aus dem Süden belogen und betrogen zu haben. Sie dürfen es mir glauben, wenn ich sage, daß unsere Leute hier nach dem Film geheult haben. Sie sind im Grunde ihres Herzens gutgläubig, und Betrug auf so hoher Ebene geht ihnen nicht so ohne weiteres ein.

Diese arme, verwirrte Menge also besah ich mir sehr aufmerksam, so daß ich Terrell erst bemerkte, als er praktisch direkt vor mir stand. Und auch da wurde ich nur aufmerksam, weil der Fotograf neben mir ein Bild nach dem andern schoß.

Johnboy wich nicht einen Fußbreit von seinem eingeschlagenen Weg ab, aber er hob einen feisten Zeigefinger und deutete aus etwa drei Metern Entfernung auf mich, mit all dem Hochmut und all dem Sendungsbewußtsein, das die Macht in einem schwachen Menschen auslösen kann. Und er sagte nur ein Wort: «Sie!»

Ich habe das Foto als Beweis. Es hängt als Vergrößerung über meinem Kamin hier in Poland County.

Am 12. Oktober wagte ich vor dem Gerichtsgebäude in Tennessee eine kühne Voraussage. Terrell, sagte ich, würde nie eine Hauptverhandlung erleben und nie verurteilt werden. Und damit sollte ich recht behalten.

Nashville, 30. Juni

Jefferson Terrell, verlebter Repräsentant des Amerikanischen Traumes, besteht jetzt zu 99 Prozent aus Fett. Er hat fettiges, pappfarbenes

Haar mit einem sauberen Mittelscheitel, das ihm hinten in Fransen bis über den Kragen hängt. Er riecht permanent nach Tabak und Whiskey, und da er neuerdings einen hohen Blutdruck hat, ist sein feistes Gesicht tomatenrot. Auch Johnboys Redeweise ist fett und träge.

Aber in dem kaputten Körper befindet sich ein sehr wacher Geist, der schließlich Thomas Berryman zur Strecke brachte.

Sie trafen sich zur Geldübergabe in einer Suite im obersten Stock des alten Hotels *Walter Scott* nahe dem Old Opry Building und *Tootsies Orchard Lounge*. Berryman kam mit Verspätung und trug eine gelbe Terroristenmaske aus Gummi.

Trotzdem war es eindeutig Johnboy Terrell, der das sterile Hotelzimmer beherrschte. Der Mann hatte Persönlichkeit, daran war nicht zu tippen.

Er hatte Beam's Pin bestellt, räkelte sich auf einem quittegelben Sofa und trank den stark überbewerteten Whiskey ohne Eis. Berryman, sagte er, sähe aus wie ein staatlicher Versicherungsagent, jedenfalls nach seiner Kleidung zu urteilen. Von der Maske sagte er nichts. Allerdings war ihm anzumerken, daß sie ihn überrascht hatte.

Berryman kam sich in dem stickigen Zimmer vor wie in einer Falle; er sehnte sich nach frischer Luft, nach Sonne, nach Ruhe. Und er sehnte sich danach, diesen Job hinter sich zu bringen.

«Sie mögen meinen Entschluß, ein persönliches Treffen mit Ihnen zu arrangieren, für tollkühn halten», sagte Johnboy. «Es war leichtsinnig, ich gebe es zu – aber das ist so meine Art. Ich bin ein Mann aus dem Süden, ein Empiriker. Ich wollte Sie sprechen, wollte Sie abschätzen. Hatte gehofft, Sie zu sehen.»

Thomas Berryman nickte. Die Sonnenstrahlen, die sich in dem Goldspiegel hinter Terrells Kopf brachen, blendeten ihn. Er dachte an Oona Quinn. An Oona, wenn sie aus dem Meer kam. Wie das Mädchen aus der berühmten Werbung für eine Fluggesellschaft.

«Bitte unterbrechen Sie mich, wenn ich Unsinn rede –»

«Bisher hört es sich recht vernünftig an», sagte Berryman durch die Gummimaske.

Terrell trank seinen Bourbon in kleinen Schlucken und betrachtete Berryman mit abschätzenden Blicken. «Es interessierte mich, was für ein Typ Sie sind. Hat mich außerordentlich interessiert – nach der Geschichte mit dem armen Wynn.»

Berryman lächelte. «Und was glauben Sie jetzt?»

«Sie haben mich sehr überrascht», lachte Terrell. «Weil Sie so smart sind.» Er lachte wieder. «Ich frage mich jetzt sogar, weshalb Sie sich überhaupt mit dieser dubiosen Geschichte abgeben.»

«Manchmal frage ich mich das auch», gestand Berryman. «Aber im Augenblick frage ich mich eigentlich mehr, wo meine zweite Rate bleibt. Ich habe von Anfang an betont, daß ich die volle Summe erwarte, ehe ich etwas unternehme. Sie sagen, ich sei smart. Mag sein. Fest steht, daß ich teuer bin.»

Terrell war sichtlich überrascht. «Sie haben noch nicht angefangen?»

«Ich habe das eine oder andere eingeleitet. Horn ist ein schwieriges Objekt, wenn ich mich an Ihre Spielregeln halte. Aber ich kann jetzt jederzeit loslegen.»

«Schön, also zum Geld.» Der Dicke klopfte auf seine Brusttasche. «Hier ist es, direkt über der alten Pumpe. Thomas Berryman», wiederholte er. «Ich habe wohl eher ein Leichtgewicht erwartet, eine leichtgewichtige Persönlichkeit, meine ich. Ich glaube, da habe ich zu sehr vereinfacht.»

Berryman antwortete ihm in dem sanften Ton eines Gentleman aus dem Süden, den er sich von seinem Vater auslieh: «Ich *bin* ein Leichtgewicht. Meine emotionellen Reflexe sind mies. Ich bin im Grunde genommen sehr träge, sehr materialistisch. Ich möchte weg von dem allen, und zwar schnell. Möchte mir ein schönes Leben machen.»

Johnboy nickte, seine Brust hob sich ein wenig, er war sichtlich belustigt. «Nun ja, das sind vertraute Klänge.» Er griff in die Brusttasche und holte ein braunes Päckchen heraus, das mit Gummiringen umwickelt war. Das Päckchen war etwa acht Zentimeter dick. «100000 Dollar für ein schönes Leben», erklärte er ziemlich feierlich.

Er beobachtete Berryman, der das Päckchen öffnete und die knisternden neuen Scheine durchzählte. Daß Berryman auf Details achtete, gefiel ihm. Man glaubte Berryman den Geschäftsmann aus dem Süden. Da stimmte alles – bis hinunter zu dem Set aus Krawattennadel, Manschettenknöpfen und Gürtelschnalle und zu den grauen Rayonsocken mit dem roten Glockenmuster an der Seite.

«Ich bewundere Ihren Einfallsreichtum, Berryman, wirklich. Sie sind kein Jäger. Wenn Sie lange genug am Leben bleiben, erreichen Sie früher oder später bestimmt alles, was Sie sich vorgenommen haben.»

Berryman zählte ruhig zu Ende; dann schob er das Geld in sein Jackett, stand auf und trat vor ein scheußliches Ölgemälde. Terrell stand ebenfalls auf.

«Möglich, daß ich es diesmal mit einer Schußwaffe mache», sagte Berryman. «Mir kommt es auf Verwirrung an. Verwirrung, das ist das Schlüsselwort. Macht sich gut in der Presse. Wahrscheinlich passiert es am vierten Juli. Höchstwahrscheinlich.»

Berryman streckte Terrell eine Hand im gelben Autohandschuh hin. «Halten Sie mich nicht für unhöflich», sagte er, noch immer mit seiner sanften, leisen Stimme, «aber ich darf mich nicht zu lange hier aufhalten. Es ist schon dumm genug, daß ich mich überhaupt darauf eingelassen habe.»

Johnboy berührte den Handschuh leicht, es war mehr eine erkundende Geste als ein Händedruck, und sah der Maske volle zehn Sekunden in die dunklen Augenlöcher. «Verdammt smart», sagte er noch einmal.

Berryman nickte mit leichtem Lächeln. «Wenn mir jemand folgt, wird nichts aus dem Geschäft. Ich dulde keine Einmischung.»

Etwa zur gleichen Zeit wanderten Jimmie Horns haselnußbraune Augen über melodramatische bunte Jesusbilder, handsignierte Fotos von Jesse Jackson, Julian Bond, Langston Hughes und über eine Sammlung von Negerbildern des Künstlers Norman Rockwell.

Dann betrat der einzige Mensch, den er noch nie hatte hinters Licht führen können, eine einundsiebzigjährige Lehrerin mit schweren Brüsten, das Wohnzimmer. Sie brachte sprudelndes Tonicwater mit Limonensaft und warme Zitronenküchlein mit. Das war Etta Raide Horn, seine Mutter.

«Ich hätt doch wieder in der Sommerschule unterrichten sollen.» Sie setzte sich in einen knarrenden Schaukelstuhl, der zur Zeit grün angestrichen war. «Die kleinen Lauser fehlen mir, Jiminy.»

Horn schüttelte den Kopf. «Du solltest endlich Schluß machen mit dem Unterricht. Und er sollte Schluß machen mit dem Laden.»

«Und du solltest wieder als Anwalt arbeiten», schoß Mrs. Horn zurück.

«Da siehst du's . . .»

«Red nicht!» In dem unbewegten Gesicht konnte man das Lachen nur ahnen. «Was macht übrigens Ihr Wahlkampf, Bürgermeister?»

«Er macht sich recht gut, denke ich.» Horn nahm sich einen von den kleinen Kuchen und biß langsam, mit geschlossenen Augen, hinein.

«Soso.» Etta Horn nickte.

Sie nahm einen Schluck von ihrer kühlen Limonade und beobachtete ihren Sohn über den Glasrand hinweg. «Ich hab mit ein paar Leuten darüber gesprochen – über diese politischen Dinge, meine ich. Und ich hab im Laden gesessen und hab darüber nachgedacht. Und ich hab auch ein paar Leute darüber reden hören.»

«Und was drückt dich jetzt?» fragte Jimmie Horn seine Mutter.

«Mich? Gar nichts.» Man konnte ahnen, von wem der Bürgermeister von Nashville, Tennessee, die Kunst der harmlos-nichtssagenden Posen hatte. «Immerhin – wir waren letzte Woche bei deiner Tante Fay in Clarksville.»

«Hm.» Horn schüttelte den Kopf.

«Die Schwarzen da unten, auf den Farmen, die haben noch nie was von Jimmie Horn gehört. Die Weißen schon, aber die mögen dich nicht.»

«Warum schleichst du so beharrlich um den heißen Brei herum? Jetzt red schon.»

Etta Horn seufzte. «Ja, also – ich hab so den Eindruck . . . Du mußt einfach diese Leute kennenlernen, persönlich, meine ich. Du mußt ihnen die Hand schütteln und ihnen sagen, wer du bist, damit sie später erzählen können: Hey, rate mal, wen ich heute unten im Supermarkt gesehen hab. Diesen jungen Jimmie Horn, der Senator werden will. Hat mir offen und ehrlich ins Gesicht gesehen und versprochen, der beste und fleißigste Senator zu werden, den Tennessee jemals gehabt hat. Ich hab von einem Mann gehört», fuhr Etta Horn fort, «wo war das doch, in Michigan, in Ohio . . . Egal, jedenfalls, der ist als Senator durchgekommen, nur weil er durch den ganzen Staat marschiert ist und sich den Leuten persönlich gezeigt hat.»

«War es ein Schwarzer?» fragte Jimmie Horn lächelnd.

«Jetzt werd nicht frech. Wenn einer hart arbeitet, mögen ihn die Leute, ob seine Haut nun schwarz ist oder weiß oder sonstwie. Besonders heutzutage macht das Eindruck, wo's so viele Nichtstuer gibt.»

«Also gut.» Jimmie Horn rieb sich entschlossen die Hände.

«Marschierst du mit?»

Die alte Frau schob das Kinn vor. «Ich marschiere mit – so weit mich meine Füße tragen.»

«Und dein Mann?»

«Der haßt alles, was nach Politik riecht, wie die Pest – aber er kommt auch mit, verlaß dich darauf.»

Horn lehnte sich in seinem Sessel zurück und biß noch ein Stück Kuchen ab. «Die macht dir keiner nach», sagte er.

Etta Horn wiegte sich still in ihrem grünen Schaukelstuhl hin und her. Sie machte den Eindruck einer Frau, der es durchaus zuzutrauen ist, einen Präsidenten von der Wiege ab aufzubauen.

«Du bist einfach nicht zu fassen», sagte sie schließlich mit ihrem Pokergesicht.

«Na, du bist auch nicht schlecht.»

Später kam sein Vater vom Laden herüber. Marblehead Horn war ein vierschrötiger Mann in Farmer-Overall und grauem Filzhut. Er sah aus wie ein schwarzer Nikita Chruschtschow.

«Wir machen Wahlkampf mit Jimmie», sagte Etta Horn statt einer Begrüßung.

«Bist du verrückt geworden?» Marblehead ließ sich in seinen Sessel plumpsen. «Das fehlte gerade noch . . .»

«Wir marschieren durch ganz Tennessee. Wie der Mann aus Ohio.»

Horns Vater drückte auf die TV-Fernbedienung. In dem antiquierten Gerät, das in einer Wohnzimmerecke stand, flimmerten Bilder über den Schirm. «Ich denk ja nicht daran.»

Aber er würde es tun. Er hatte immer mitgemacht, er würde auch weiter mitmachen. Auf den Alten konnte man sich ebenso fest verlassen wie darauf, daß sein Krämerladen, die *Little Hill Grocery*, um sechs Uhr aufmachte, um halb zehn schloß und «für alles, was die Leute essen, und nichts sonst» anschreiben ließ.

Jimmie Horn hatte ein gutes Gefühl, als er an diesem Abend heimfuhr. Diesmal schloß sich dem grünen Polara, der ihm immer folgte, ein schwarzer Galaxie an.

Um 23 Uhr wurde in der Auffahrt eines im Dunkeln liegenden riesigen Plantagengrundstücks im Bezirk Belle Mead, Nashville, der Motor eines hellblauen Lincoln Continental ausgeschaltet.

Terrell stieg schwerfällig aus dem Wagen, blieb unter der Haustürbeleuchtung stehen wie ein sicherndes Tier und verschwand dann im Haus.

Die nacheinander in verschiedenen Erdgeschoßräumen aufflammenden Lichter wiesen seinen Weg durch das große Haus. Das Licht, das ganz zuletzt anging, war die Schreibtischlampe in Terrells Arbeitszimmer.

Terrell ließ sich auf einem durchgesessenen Lehnstuhl nieder, streifte die schwarzen Lackschuhe ab, lockerte den Gürtel und beschäftigte sich einen Augenblick mit diesem Berryman. Und mit Anwalt Harley John Wynn, der irgendwo in New York ermordet worden war. Dann wählte er eine Nummer in New Orleans.

Der Mann, mit dem Terrell in Louisiana sprach, redete rasch, in einem nahezu unverständlichen Slang. «Ist das der Berryman, der sich auf Ertrinken und Herzanfälle spezialisiert hat?» wollte er wissen. «Thomas Berryman?»

«Thomas Berryman», bestätigte Johnboy. «Aber ich glaube, diesmal nimmt er eine Schußwaffe. Jedenfalls hatte ich diesen Eindruck. Ich hatte eine gutes Gespräch mit dem Mann. Ein Junge aus dem Süden, wissen Sie.»

In den nächsten Minuten wurden Einzelheiten eines Kontrakts zur

Ermordung von Thomas Berryman besprochen. Wahrscheinlich würde man auf einen Bandenkiller zurückgreifen. Er sollte voll ausbezahlt werden, unabhängig davon, wie die Sache mit Horn ausging.

«Für Ihren Nigger ist Thomas Berryman verantwortlich», betonte der Mann aus New Orleans. «Der ist ja der große Macher. Mein Mann bekommt zehntausend; ist nur ein kleiner Fisch. Ach, was ich noch sagen wollte, Mr. Terrell: So langsam ist diese Nummer für Sie schon fast so 'ne Art Pannendienst geworden, was?»

Als Terrell aufgehängt hatte, telefonierte der Mann aus New Orleans erst mit New York, dann mit Philadelphia. Bei dem Gespräch mit Philadelphia fiel der Name Joseph Cubbah.

Nashville, 1. Juli

Am Samstagabend war ein Anschlag auf Horn vorgesehen. Es fand ein Anschlag statt.

Gegen halb acht besah sich Santo Massimino Jimmie Horn auf zehn verschiedenen Monitorschirmen, und er war mit allen einverstanden.

Der junge PR-Mann, angetan mit einer Fliegerjacke aus dem Zweiten Weltkrieg und hautengen Hosen, verstand es, sich und seine Ware zu verkaufen. Massiminos Geheimnis bestand darin, zu reden wie ein Wasserfall, dabei möglichst wenig auszusagen und die Leute nicht zur Besinnung kommen zu lassen.

Jimmie Horn hat ein gutes Fernsehgesicht, dachte Massimino. Es wirkt gut auf dem grauen Bildschirm und macht den Zuschauern die Politik und das Leben ganz allgemein um einiges sympathischer. Jawohl, so würde er Horn vermarkten.

«Nehmt ihm das Mikro vom Schlips», rief er. «Wir machen's mit einem Standmikrofon.»

Jimmie Horn wurde für eine halbstündige Fernsehshow präpariert, die um acht über den Bildschirm gehen sollte.

Thurston Frey, ein langhaariger Regieassistent, hatte gerade einen roten Teppich um Horns Sessel festgenagelt. Jetzt nahm er vorsichtig dem Bürgermeister das Mikrofon von dem dezenten Seidenschlips.

Inzwischen wurde Horn von seiner Sekretärin mit einigen passenden Stichworten für die Sendung programmiert. Auf einer Couch, die zur Ausstattung der Regionalsendung *Noon Show* gehörte, saß Horns bester Freund, Jap Quarry, und trank einen Becher Kaffee, neben ihm die zehnjährige Keesha Horn. Gleichaltrige Jungen suchten sich schon Freizeitjobs, um die hübsche Keesha ins Kino einladen zu können. (Leider hatte sie neuerdings auf dem Weg ins Kino – ja sogar auf dem Weg zur Schule – immer einen Polizisten im Schlepptau.)

Unvermittelt fing Quarry wie verrückt an zu lachen. Mit seinen schweren orangefarbenen Arbeitsschuhen stapfte er zu Jimmie Horn herüber und streckte ihm den Plastikbecher hin, den er gerade geleert hatte. «Wählt Horn zum Senator» stand auf der Innenseite des Bechers.

Jeep Quarry schüttelte den Kopf. «So ein Quatsch, Mann. Ehrlich, Jimmie, das ist doch wirklich blühender Unsinn.»

«Fernseh- und Rundfunkreklame», las die Sekretärin von der Stichwortliste ab, «sind schlicht und einfach Verlängerungen der Wahlwerbung.»

«Wirklich, Jimmie, das ist doch ausgesprochener Käse. Wie scharf bist du eigentlich darauf? Mal ehrlich.»

Ein Maskenbildner tupfte dem Bürgermeister eine Spur Make-up aufs Kinn und wischte es wieder ab.

Santo Massimino fuchtelte einem reichen Wahlvorstand im Cowboyhemd, einem gewissen Heck Worth, mit den Fingern vor der Nase herum. «Sie übernehmen plötzlich die volle Verantwortung für den Bustransport der Schulkapellen, der Nashville Technical und der Nashville Peral High School», sagte er zu dem Mann, der mit ganz gewöhnlichem Apfelwein eine Million verdient hatte.

Neben dem Maskenbildner tauchte ein Tontechniker auf. «Ich brauch mal eine Sprechprobe von Ihnen», flüsterte er dem Bürgermeister zu.

«Dieses Durcheinander und dieser Krach gehen mir auf die Nerven», sagte Jimmie Horn zu ihm.

«Besten Dank.»

Massimino unterhielt sich mit einer Anruferin, einer gewissen Betsy Ribbin aus Clarksville, Tennessee, 57 Jahre alt, verheiratet, sechs erwachsene Kinder. Sie wußte noch nicht recht, ob sie Bürgermeister Horn wählen sollte, begrüßte aber die Gelegenheit, ihm in diesem Sonderprogramm Fragen stellen zu können.

Für Massimino stand schon fest, daß diese Frau mit der sanften Stimme der ideale Auftakt für die Sendung war.

Auf der anderen Seite eines goldenen Glitzervorhangs saß ein kleines Studiopublikum und ließ sich von dem Moderator der *Noon Show* mit Gags und lockeren Sprüchen für die Sendung in Stimmung bringen. Ab und zu verschwand er hinter dem Vorhang, und dann gaben zwei Gitarren und ein Schlagzeug beliebte Schlager zum besten. Das gefiel den Leuten.

Thomas Berryman saß ganz hinten links, in der Nähe des Ausgangs, schlug mit dem Fuß den Takt zur Musik, lachte über die provinziellen Witzchen und pflegte die zwischenmenschlichen Beziehungen zu den Zuschauern, die um ihn herumsaßen. Außerdem sah er sich im Publikum nach dem jungen Mann mit dem Lockenkopf um.

Ein Zwölfjähriger, festtäglich herausgeputzt, trug einen Button mit der Aufschrift: «Wo bist du, Lee Harvey Oswald, jetzt, wo wir dich brauchen?»

Der Auftritt Horns vollzog sich ohne Trara. Er trug einen hellblauen Anzug, hellblaues Hemd, dunkelblaue Krawatte und hatte ein flaues Gefühl in der Magengegend, als hätte er die Nacht durchgefeiert.

Als er sich ans Mikrofon setzte, erinnerte sich Horn an eine Begebenheit aus seinem ersten Jahr in der Legislative des Staates. Er hatte ziemlichen Unsinn geredet, es war mehr oder weniger eine Übung in der Kunst der öffentlichen Rede – und dann hatte er gesehen, wie Estes Kefauver ihn von der Galerie aus beobachtete. Nach der Sitzung hatte Kefauver ihn auf dem Gang angesprochen. «Junger Mann», hatte er sehr freundlich gesagt, «Sie sind einer der besten Redner, die ich je erlebt habe. Wenn ich Ihnen einen Rat geben darf – versuchen Sie in Zukunft nicht zu reden, wenn Sie nichts zu sagen haben.»

Das Telefon läutete. Horn hob ab.

«Hallo? Ist das wirklich Bürgermeister Horn?» fragte Betsy Ribbin mit ihrer sanften Stimme.

«Aber sicher.» Jimmie Horn lächelte in die TV-Kamera. «Und mit wem spreche ich?»

Betsy Ribbin nannte ihren Namen und ihren Wohnort und kam dann zu dem Thema, über das sie eben mit Santo Massimino gesprochen hatte. Ihr Thema hieß *law and order*.

«Früher habe ich mit allen Leuten gesprochen, die Hilfe brauchten oder auch nur ein Lächeln», sagte sie. «Mit jedem habe ich ein Gespräch angefangen. Aber jetzt sind so viele meiner Freunde beraubt oder überfallen worden, daß ich richtig Angst vor den Menschen bekommen habe. Es steht nicht gut um die Moral in Clarksville, Tennessee.»

«Wenn Sie die zwei Piepser hören», erklärte Santo Massimino einem Anrufer, der sich als Theologiestudent vorgestellt hatte, «warten Sie einen Augenblick, zählen bis drei und nennen Jimmie Ihren Namen und Wohnort. Okay?»

«Äh ja – meinen Namen und meinen Wohnort», wiederholte Bert Poole.

Es piepste zweimal in der Leitung, er zählte bis drei und holte tief Luft.

«Äh – Mr. Horn?»

«Ja, am Apparat.» Jimmie Horn nickte zur Kamera hinüber. «Wer ist denn dort?»

«Äh – tja –»

«Vielleicht sagen Sie uns zunächst, wer Sie sind», bat Jimmie Horn. «Und woher Sie stammen . . .»

«Mein – äh – Name tut nichts zur Sache.»

«Es ist einfach netter, wenn die Anrufer sich vorstellen, das macht es mir nämlich auch ein bißchen leichter.»

«Also – eigentlich kennen Sie mich schon. Gewissermaßen. Also schön. Ich heiße Bert. Okay. Aber worum's mir geht – äh – hm – also, ich wollte Ihnen bloß sagen, warum ich Sie umbringen werde.»

Santo Massimino schwenkte die Arme über den Kopf und schrie etwas, was niemand verstand, oder zumindest konnte sich später niemand mehr daran erinnern. Das Telefongespräch wurde unterbrochen.

Ein Brüllen – oder ein Stöhnen – erhob sich aus dem Publikum im Studio.

Für die Zuschauer am Bildschirm setzte der Chor mit *Yesterday* ein – der Erkennungsmelodie der *Noon-Show*. Da die Sendung sie mit zehn Sekunden Verzögerung erreichte, bekamen sie Pooles Anruf gar nicht mit.

Inzwischen hatte Horn einen anderen Studenten am Apparat, der an der University of Tennessee der renommierten Pi-Delta-Verbindung angehörte.

Nach Ende der halbstündigen Sendung wurde Horn von Massimino durch ein Hinterzimmer voller Videogeräte, einen Raum mit röchelnden Generatoren und über eine Treppe mit grauen Stufen aus dem Haus gebracht.

«Warum rennst du denn so?» fragte Horn.

Massimino antwortete nicht. Er hatte Angst.

Die Treppe mündete auf einen kleinen Privatparkplatz. Draußen fiel ein leichter Nieselregen; es war schwül.

Zwischen fünfzehn und zwanzig Personen hatten sich versammelt, um Horn aus der Nähe zu sehen. Auch Thomas Berryman war darunter, in regennassem giftgrünen Anzug.

In knapp fünfzehn Metern Entfernung stiegen aus dem Auspuff des Ford Rauchwolken wie aus einem Fabrikschornstein. Der Wagen stand mit der Nase zur Hauptstraße, die nach Norden ins Nichts, nach Süden zu einem Gewirr von Drive-in-Restaurants und Tankstellen führte.

Die Menge bestand überwiegend aus Kindern, ein paar Frauen waren dabei und zwei Väter, offensichtlich aus der Provinz.

Horns Fahrer, ein kleiner, bulliger Schwarzer, stieg aus dem Cadillac, dessen Motor ebenfalls lief.

Berryman faßte den Revolver fester, warf einen Blick nach hinten, um sich zu vergewissern, daß sein Wagen noch immer frei stand, und sah sich um, ob inzwischen Polizei oder weitere Erwachsene eingetroffen waren. Dann schob er sich ganz nach vorn, an die hinteren Stoßstangen des Cadillac. Horn mußte direkt an ihm vorbeigehen.

Massimino gab dem Bürgermeister keine Gelegenheit zum Händeschütteln. Er hatte ihn fest am Ellbogen gefaßt und führte ihn auf schnellstem Wege zu seinem Wagen.

Jimmie Horn fuhr sich mit einem Finger wie mit einem Scheibenischer über die dunkle Brille. Massimino und er sahen aus wie zwei Geschäftsleute, die im Eilschritt zum Essen gehen, weil die Mittagspause zu kurz ist.

Unvermittelt kam Jap Quarry von der Hintertür her in den Regen hinausgerannt, legte Horn einen starken Arm freundschaftlich um die Schulter, lachte, schüttelte im Laufen seine Hand – und schon hatte er ihn in den Wagen gezogen.

Berryman trat den Rückzug an. Er klatschte mit den anderen, als der graue Cadillac langsam vom Parkplatz rollte.

Während Jap Quarry das elektrisch betriebene Fenster im Fond schloß und Horn es einen Spalt breit wieder öffnete, überlegte Berryman, daß es beim nächstenmal schwieriger sein würde. Aber immerhin – die Horn-Nummer hatte begonnen.

Es ging sehr gedämpft zu in dem großen grauen Eldorado. Die Scheibenwischer bewegten sich fast lautlos. Das Klimagerät summte freundlich wie eine dieser maschinellen Einschlafhilfen. Die weichen Ledersitze knarrten nicht – sie atmeten diskret ein und aus.

Niemand sprach. Hinten flammte ein Feuerzeug auf, im Rückspiegel sah Massimino kurz Jimmie Horns Gesicht. Es wirkte wie betäubt.

«Ach, das hatte ich dir wohl noch gar nicht erzählt, Jimmie.» Dem PR-Mann war endlich ein Gesprächsthema eingefallen. «Wir haben heute mit Luby von der Cadillac-Vertretung etwas festgemacht, das heißt mit seinem Sohn.»

«Mit Myron?» ließ sich Horn aus seiner Ecke vernehmen. «Myron ist in Ordnung.»

«Eben. Er stellt uns bis November einen Wagen zur Verfügung.»

Horn sah rasch zu Jap Quarry hinüber, dann lehnte er sich vor. «Keine Cadillacs», sagte er. Seine Stimme klang leiser als sonst und leicht benommen. «In diesen Schlitten komme ich mir so protzig vor.

Und meine Leute finden es irgendwie peinlich.»

«Da sind wir anderer Meinung», sagte Massimino.

«So? Na, du mußt es ja wissen, Santo . . .»

«So meine ich das nicht. Wir würden eine Ablehnung für falsch halten.»

«Und warum? Ich frage dich, Jap, warum wäre es falsch, sich gegen einen Cadillac zu entscheiden?»

Massimino drehte sich um. «Soll ich ganz offen sein?»

«Natürlich sollst du ganz offen sein.»

«Also gut. Alle, die sich Gedanken um dich machen – ich, Quarry und die anderen alle, wir finden, daß du diesen Cadillac nicht ausschlagen solltest.» Massimino sprach plötzlich sehr ernsthaft und überzeugend. «Er wird nämlich extra aus Detroit angeliefert. Sonderanfertigung. Mit kugelsicherem Glas in allen Fenstern.»

Nashville, 17. und 18. Oktober

Nathaniel Brown jr., 23, ein schwarzer Amerikaner und 2. Kameramann bei der WNET-TV in Nashville hatte das Attentat auf Jimmie Horn gefilmt, auf einem grobkörnigen Sechzehn-Millimeter-Farbfilm – Heimkinoqualität.

Sechs Stunden nach dem Attentat hatten sämtliche großen TV-Stationen Amerikas den verwackelten Streifen übernommen, in 40 Ländern der Erde besahen ihn sich die Zuschauer mit morbider Faszination am Bildschirm. Fotos einzelner Szenen erschienen in der Tagespresse und in den überregionalen Nachrichtenmagazinen.

Der *Citizen-Reporter* bekam noch am Tag des Attentats eine Schwarzweißkopie von Browns Film. Aber erst als ich wieder aus dem Norden zurück war, sahen wir uns den Streifen in allen Einzelheiten an.

Einer unserer Leute von der Bildredaktion schnitt ihn auseinander und ließ ihn in Diarähmchen einpassen. Dann taten Lewis Rosten, Reed und ich zwei Tage lang praktisch nichts anderes, als ein Dia nach dem anderen auf eine Rauhputzwand in Reeds verdunkeltem Büro zu projizieren. Es war für uns alle eine gespenstische Erfahrung.

Abwechselnd nahmen wir den Zeigestock zur Hand und ließen ihn über die schattenhaften Gesichter der schwarzweißen Bilder wandern.

Als erstes versuchten wir, Thomas Berryman zu finden. Obgleich wir uns sämtliche Gesichter auf sämtlichen Dias genauestens ansahen, von unscharfen oder teilweise verdeckten Figuren sogar Ausschnittvergrößerungen im Superformat machen ließen, konnten wir ihn nicht entdecken.

Danach nahmen wir die Sequenzen des eigentlichen Attentats unter die Lupe. Entweder hatte dabei Brown seine Kamera zu schnell geschwenkt, oder er war angestoßen worden, jedenfalls waren gerade diese Stellen besonders unscharf.

Bert Poole tauchte in zwei kurzen Einstellungen unmittelbar vor Beginn der Schießerei auf, auf beiden Bildern völlig unverändert, obgleich sie im Film zwei Minuten auseinanderlagen. Er hatte sich gegen das Absperrseil gelehnt, beide Hände in eine Khakijacke geschoben. Es sah aus, als sei ihm übel. Aber vielleicht hatte er nur Angst.

Joe Cubbah, der Mann aus Philadelphia, war in einer Sieben-Sekunden-Sequenz deutlich zu erkennen.

Von Thomas Berryman fehlte uns noch immer jede Spur.

Als die Pistole gezogen wurde, waren sowohl Bert Poole als auch Jimmie Horn im Bild.

Sie standen etwa drei Meter voneinander entfernt. Der erste Schuß traf Horn offenbar ziemlich weit oben in der Brust und schleuderte ihn nach hinten. Reed meinte, das sähe ganz nach einem 44er Kaliber aus.

Dem ersten Schuß folgte eine unscharfe Sequenz, man erkannte Horn und Poole, umgeben von unruhig zuckenden Lichtern und Schatten. (Die Einstellung umfaßte 70 Bilder und lief knapp unter drei Sekunden.) Gleich darauf waren Poole und Jimmie Horn zu Boden gestürzt und nicht mehr im Bereich der Kamera.

Nach diesen zwei Tagen (bei Rosten und mir waren es alles in allem sogar vier Tage gewesen) kamen wir zu dem Schluß, daß ganz eindeutig Poole Jimmie Horn erschossen und Berryman wahrscheinlich das Attentat für einen späteren Zeitpunkt – wenn überhaupt für diesen Tag – geplant hatte.

Aber das war ein gewaltiger Trugschluß.

Nashville, Ende Oktober

Einen ähnlich schwerwiegenden Fehler machten wir (oder besser gesagt ich) bei unseren Ermittlungen im Falle Bert Poole.

Bis zum Ende des Sommers gab es über Poole bereits Berge von Material.

Poole, sagten seine Lehrer, besaß nur eine geringe Intelligenz, war aber durchaus nicht debil gewesen. Poole, sagten die Psychologen, hatte unter starkem Druck gestanden, sich auf irgendeine Weise zu verwirklichen. Poole hatte eine unklare, widerspruchsvolle Einstellung zu Jimmie Horn gehabt. Poole hatte als Junge für Abenteuer-Comics geschwärmt. Poole hatte zur Zeit des Attentats in einer homosexuellen Krise gesteckt.

Trotzdem, fand Moses Reed, brauchten wir weitere Informationen. Details im Stil von Truman Capotes *Kaltblütig*. «Poole war ein Dropout», sagte Reed. «Aber wenn wir in ihm einfach einen Spinner sehen, machen wir es uns bestimmt zu einfach.»

Fast zwei Wochen lang war ich damit beschäftigt, Verwandte und Freunde von Bert Poole auszufragen.

Seine Eltern hatten es stets strikt abgelehnt, den großen Nachrichtenmagazinen oder der Tagespresse Interviews zu geben, aber Lewis meinte, ich sollte es trotzdem versuchen. Schließlich sei ich der einzige, der davon ausging, daß der Sohn der Pooles vielleicht gar kein Mörder war.

Im Oktober telefonierte ich mehrmals in einer Woche mit Mrs. Helen Poole, die durchaus höflich und hilfsbereit war. Aber zum Schluß war es immer wieder dasselbe Lied: «Wenn es um Bert geht, hat sich Dr. Poole die Entscheidung allein vorbehalten. Aber Dr. Poole ist im Augenblick nicht zu Hause.»

Ob um acht Uhr morgens, zwölf Uhr mittags, zehn Uhr abends – Dr. Poole war nie zu Hause.

Eines Abends beschloß ich, den Pooles etwas näher auf den Pelz zu rücken, vielleicht half das.

Sie wohnten in einem bescheidenen, zweistöckigen Haus in der Whippland Road, sehr sauber, sehr gepflegt, durchaus so, wie man es von einem Theologieprofessor erwartet.

Ich parkte gegenüber – sofort mißtrauisch beäugt von den lieben Nachbarn, von denen ein oder zwei sich zu mir bemühten, um mir einen Vortrag über den Schutz der Privatsphäre zu halten.

Gegen elf – ich war drauf und dran, an einer Überdosis Country Music einzugehen – erschien Dr. Leland Pooles Wagen. Der Eingang war nicht beleuchtet, so daß ich nicht viel von Dr. Poole erkennen konnte. Ich sah nur, daß er eine Brille trug. Es fiel mir schwer, diesen Mann, dieses Haus mit Bert Poole oder mit dem Attentat auf Horn in Verbindung zu bringen.

Sekunden später sah ich ihn am Wohnzimmerfenster stehen:

groß, sehr groß sogar, gelichtetes Haar. Er hatte noch die Aktentasche in der Hand und sah zu meinem Wagen hinüber.

Ich machte die Tür auf, damit er mich in Ruhe ansehen konnte, dann stieg ich aus, ging über den dunklen Rasen zum Haus hinüber und klingelte.

Zunächst dachte ich, die Pooles würden nicht aufmachen. Der Eingang lag noch im Dunkeln. Ich spürte, wie Käfer über meine Schuhe krabbelten.

Dann ging über mir eine trübgelbe Funzel an, auf die sich sofort die Mücken stürzten, und Leland Poole, in Sommeranzug mit Krawatte, stand in der Tür.

Pooles Vater war nur wenig kleiner als ich, aber er hielt sich nicht so krumm. Er brauchte nicht zu mir aufzusehen.

«Sie sind Reporter?»

Ich stellte mich vor und sagte ihm, was ich von ihm wollte, und er ließ mich höflich ausreden.

«Ich habe Ihre Artikel gelesen, Mr. Jones», sagte er dann.

Ich wartete, aber mehr kam zunächst nicht. Dr. Poole schwieg, die Lippen leicht geöffnet. Erst nach einer ziemlich langen Pause fuhr er fort: «Ich muß Ihnen sagen, daß unser Anwalt, Mr. Huddleston, Helen und mir geraten hat, keinerlei Interviews zu geben. Er meint, daß damit weder unseren noch den Interessen von Bert gedient ist. Um ganz offen zu sein –» der Professor atmete tief die Nachtluft ein – «ich glaube auch nicht, daß ich es fertigbringen würde. Jeden Morgen gebe ich Helen einen Abschiedskuß, verlasse mit meiner Aktentasche das Haus, und während sie meint, ich sei in meinem Büro oder in der James Tate Library oder auf dem Campus, fahre ich nach Murfreesboro, Tennessee, und verkrieche mich in einem Farmhaus, das ich vor ein paar Jahren von meinem Vater geerbt habe.»

Und dann begann Dr. Poole lautlos zu weinen. Er wischte sich die Tränen nicht ab. Und er schickte mich nicht weg.

«Ich sitze einfach da und warte darauf, daß die Zeit vergeht», sagte er.

Nashville, 2. Juli

Die Morgensonne schien auf seine Sonnenbrille, und wenn er den Kopf drehte, tanzten die Strahlen über die schwarze Fassung.

Auf der Höhe des kleinen, rosa gestrichenen Hauses in East Nashville nahm Berryman den Fuß vom Gas. Bis hierher war er an jenem Abend Bert Poole gefolgt, als sie beide in Horns Wahlkampfzentrale gewesen waren. Er ließ den Wagen weiterrollen, fuhr über knackende Zweige und Äste hinweg, bis zum Ende der Straße, wo der Gehsteig aufhörte und es nur noch Unkraut gab.

Es ist ein schäbiges Viertel mit überwiegend schwarzer Bevölkerung. An der Ecke steht eine Marlboro-Reklametafel, die von hinten beleuchtet wird, so daß Cowboy und Pferd schwarz erscheinen.

Thomas Berrymans Weg führte an einer Wäscherei vorbei, die in einer hölzernen Baracke untergebracht war, vorbei an einem ausgeweideten Imperial mit geborstener, insektenverkrusteter Windschutzscheibe, in dessen offenstehendem Kofferraum ein kaputter Kühlschrank festgebunden war.

Frühmorgens wimmelte es dort von Horden barfüßiger Gören, alten Leuten und «Niggerhunden», wie die Kinder sagen. So war es auch an diesem Morgen, an dem Berryman herauszufinden gedachte, was dieser Bert Poole eigentlich für ein Typ war.

Der Hintereingang zu der rosa angestrichenen Bruchbude war in einem verdreckten Durchgang, die Tür, die in die Küche führte, war nur durch einen Haken gesichert.

Aus einem antiquierten Klimagerät tröpfelte Wasser wie von einem schmelzenden Eisblock, die kalten Tropfen fielen auf Berrymans kurzgeschnittene Haare.

Er klopfte drei- oder viermal und rief laut Bert Pooles Namen. Als niemand antwortete, zog er den Haken aus dem verrotteten Türrahmen und trat ein.

Aus dem Anbau roch es nach verfaulten Äpfeln. Als Berryman die Küche betrat, wurde der Gestank noch schlimmer. Wie ein Pferdekadaver, dachte er. Vielleicht ein Mäusenest hinter dem Herd.

Das Haus war leer – was fast wortwörtlich zu nehmen war. In der Küche lagen unbezahlte Rechnungen herum – Strom, Telefon, eine Mahnung vom Cain-Sloan-Department Store. Das Kaufhaus drohte, Möbel wieder abzuholen, die Poole gekauft hatte.

Die Toilette war verstopft, das Badezimmer stank wie eine Latrine.

Das Wohnzimmer war mit einer blaugestreiften, braunfleckigen Matratze und einem spießigen Lehnsessel aus Kunstleder möbliert. Neben der Eingangstür stand eine Stehlampe, an deren Schirm mit einer Sicherheitsnadel ein Foto von Martin Luther King befestigt war.

Auf dem Boden lagen Zettel herum, daneben stand eine elegante lederne Reisetasche.

Berryman ließ sich auf der schmierigen Matratze nieder, lehnte sich an die Wand und nahm die Ledertasche auf den Schoß.

Sie enthielt zusammengeknüllte gestreifte Oberhemden und modische Krawatten, Unterhosen und dreckige Socken und ein T-Shirt mit dem Aufdruck: «Onkel Bert liebt dich». Ganz unten, in ein Paar Edeljeans eingewickelt, fand er eine lange 44er Magnum-Pistole. Berryman legte sie auf die Matratze und begann, die herumliegenden Zettel zu lesen.

Mein Name ist Bertram Poole, stand in sauberer Handschrift auf einer der Seiten. *Ich bin 1948 in Memphis geboren. Meine Eltern sind Southern Baptists und sehr gute Christen. Ausgesprochen gute Menschen ...*

Auf anderen Blättern standen sentimentale Betrachtungen über verschiedene Typen von Amerikanern und Passagen über das Leben im Süden.

Mein Vater ist Professor an der Vanderbilt University, las Berryman. *Mich hat er auf die Baylor University geschickt. Eigentlich war ich langsamer Typ bei diesen mathematischen Wunderknaben fehl am Platz. Ich glaube, Dad hat seine Beziehungen spielen lassen, damit ich dort ankomme. Er wollte mich nicht um meine Pubertätsriten bringen.*

1966 verlieh mir Time *den Titel «Mann des Jahres» in der Gruppe der unter Fünfundzwanzigjährigen ...*

Auf einem anderen Blatt hieß es:

An Einsamkeit möchte ich nicht gern sterben. So was soll's nämlich geben. Nicht mit mir, besten Dank.

Manchmal habe ich das Gefühl, daß ich überhaupt keine Kontakte zur Außenwelt habe. Es soll Menschen geben – das habe ich mal geträumt oder irgendwo gelesen –, die andere Menschen in der Menge anrempeln, bloß um sich davon zu überzeugen, daß sie noch dazugehören. Ich selbst habe das nie getan, aber ich habe oft genug mit dem Gedanken gespielt.

Den nächsten Zettel las Berryman mehrmals:

Ich bin von der fixen Idee besessen, einen Prominenten umzubringen. Und dann habe ich noch mit Bürgermeister Horn abzurechnen. Wie man sieht, ist er auch nur ein herzloser Gangster. Die Bevölkerung hat etwas Besseres verdient als diesen Blender, diesen Papiertiger.

Ich habe mit Dad über fixe Ideen gesprochen. Nicht speziell natürlich, nur so im allgemeinen.

Er meint, daß alle großen Männer gewissermaßen eine fixe Idee haben – was nicht heißt, daß ich seiner Meinung nach ein großer Mann bin. Ich soll mir darüber nicht den Kopf zerbrechen, sagt er.

Einmal waren wir zusammen in der Cafeteria von seiner Uni und haben mit einem sehr berühmten Mann aus der Wirtschaftsfakultät gegessen. «Tja, mein Junge», sagt er zu mir. «Statistik, das ist für mich fast schon so was wie eine fixe Idee.»

Wäre Poole in diesem Augenblick zurückgekommen, hätte Berryman ihn wahrscheinlich umgebracht. Er hatte das Haus betreten, weil er sehen wollte, ob der verrückte Hippie auch gefährlich war. Der Beweis schien erbracht.

Er konnte den Möchtegern-Killer gleich mit seiner eigenen Magnum über den Haufen schießen.

Aber Poole ließ sich nicht sehen, und während Thomas Berryman, genüßlich rauchend, weiterlas, stieg in seinen Überlegungen der Kurswert des Jungen aus dem Süden beträchtlich. Poole war kein Bremsklotz mehr. Er war, wenn man so wollte, fast so etwas wie eine Patentlösung für Berrymans Probleme geworden.

White Geese, 2. Juli

Die Geschäftsräume der berühmten Firma Chub L. Moss and Sons, Büchsenmacher, befinden sich in einer grauen Tankstelle und einer roten Scheune in White Geese, Kentucky. Moss führte hauptsächlich gesetzlich erlaubte Feuerwerkskörper sowie Gerätschaften zur Beseitigung schwarzer Mitbürger männlichen Geschlechts. Von Pooles Haus aus fuhr Berryman über die zweispurige Straße nach White Geese hinauf.

In der Feuerwerksabteilung standen die Hillbilly-Typen dicht an dicht. Miesepetrige Gesichter. Traurige Clowns. Es dauerte eine gute halbe Stunde, bis sich Berryman zu Chub Moss jr. vorgekämpft hatte.

«Grüße Sie!» Er grüßte Berryman mit erhobener Schwurhand. «Wetten, daß Sie 'n paar Knaller für den 4. Juli brauchen?» Er deutete auf die Kisten mit Raketen und Kanonenschlägen. «Sie haben die Qual der Wahl, Fremder.»

Thomas Berryman schlüpfte in eine neue Rolle. Er starrte auf seine Schuhspitzen und grinste verlegen. «Eigentlich such ich auch 'ne Kanone, Mr. Moss.»

Moss jr. fletschte schwarzverfärbte Zähne. Er senkte die Stimme. «Da sind Sie an der richtigen Adresse, mein Freund. Nur Ihre Nikotinflöte da, die stecken Sie besser weg, sonst fliegen wir alle miteinander in die Luft.»

Er ging voraus in einen kleinen Nebenraum, in den sich bisher kaum Kunden gewagt hatten und der eine reiche Auswahl an Gewehren und Revolvern bot, von einer Winchester Kaliber 22 für die Rattenjagd bis zu einer M 16, die aus Fort Campbell herausgeschmuggelt worden war.

Moss griff zu der M 16. «Das ist natürlich was ganz Besonderes, Sportsfreund.» Er visierte mit der langen Flinte zwei junge Frauen an, die draußen einen VW auftankten, ließ den Abzug klicken und simulierte den Rückstoß einer Donnerbüchse. Dann sah er etwas zweifelnd auf Berrymans Sonnenbrille. «Sie wollen ja mit dem Ding hoffentlich keine Karnickel jagen . . .»

Berryman lachte. «Weder jagen noch essen – keine Bange.»

Mr. Moss versuchte, Berryman einen 38er Colt mit Fußgelenkhalfter zu verkaufen, zeigte ihm verschiedene Modelle der M 12 und M 16, bot ihm Dum-Dum-Geschosse an, Kaliber 22, und eine Indianerdecke, Handarbeit.

Berryman hustete und räusperte sich, scharrte mit den Füßen wie ein scheues Fohlen und entschied sich schließlich für eine 44er Magnum, Smith & Wesson, wie Bert Poole sie hatte. Mit Schalldämpfer.

Er zahlte mit einer American Express-Karte auf den Namen Brewster Green, Louisville.

Moss jr. rollte mit den Augen. Es war ihm anzusehen, daß er im Geiste mit von der Partie war. «Was wollense denn mit der Kanone machen?»

Berryman betrachtete die Indianerdecke im Licht einer Petroleumlampe, die von der Decke hing. «Zielschießen», sagte er. «Auf Bierdosen und Wassermelonen.»

«Sie wissen ja wohl, daß die 44er 'ne Jagdwaffe ist», sagte Moss.

«Weiß ich.»

«Okay.» Moss grinste und reichte ihm die Waffe. «Sehnse sich 'n bißchen vor mit Ihrem Niggerkolben, solange Sie noch bei mir im Laden sind.»

Philadelphia, 2. Juli

Am gleichen Tag, dem 2. Juli, entstand das letzte Stück des Puzzles.

St. Joseph's Place im äußersten Nordosten von Philadelphia besteht aus zwei langen Reihen bescheidener Einfamilienhäuser, mit Hecken, die vom Hausherrn selbst gestutzt werden, und Vorgärten, in denen alte Ulmen, Schaukeln oder Basketballkörbe stehen.

Im Norden endet die Straße an der St. Josephskirche mit angeschlossener Grundschule. Die Kirche ist einer gotischen Kathedrale nachempfunden, nur nicht so groß, die Grundschule ist aus rotem Backstein und zum größten Teil hinter Ulmen verborgen.

Hinter hohen Ulmen liegt auch, der Schule gegenüber, der Laden von Joe Cubbah.

Angies Zeitschriften und Süßwaren steht auf dem gelbbraunen Werbeschild von Hershey-Schokolade. Angie ist Cubbahs Frau (die im übrigen dort auch die ganze Arbeit macht), aber in der Gegend heißt der Shop nur *Jockey Joe*.

An diesem Morgen half Cubbah im Laden aus, weil seine Frau nicht da war. Das heißt – er hockte in der hintersten Nische neben dem Münzfernsprecher, vor sich dampfenden Kaffee, gefüllte Krapfen, das *Penthouse*-Magazin und den *Philadelphia Inquirer*. Er trug ein Rohseidenhemd und eine elegante Hose, aber er roch nach Schinkenfett.

«Rührei, Kaffee, Roggentoast, und 'n bißchen Beeilung bitte.» Mrs. Riley saß an der Theke und wollte sich halbtot lachen. Das, was sie als Witz des Tages zum besten gab, hatte der Hausmeister von St. Joseph gerade als durchaus ernst gemeinte Bestellung bei Joe Cubbah aufgegeben. Sie war eine Stammkundin aus der Nachbarschaft, und weil sie wußte, daß Joe die Bedienung eher lässig betrieb, konnte sie sich über diesen Spruch gar nicht wieder beruhigen.

Cubbah hörte nicht hin. Er saß hier nur, um Angela einen Gefallen zu tun. Pro Jahr kassierte er über 25000 netto, da konnte er auf die 6000 Mäuse, die der kleine Laden abwarf, gut und gern verzichten. Und auf Mrs. Rileys lumpige 80 Cents erst recht.

Cubbah starrte auf Mrs. Rileys schmutzigen Blusenkragen. Wie Angela es den ganzen Tag hier aushielt, war ihm ein Rätsel.

Kurz nach neun kam der erste richtige Kunde, ein reicher alter Zahnarzt namens Dr. Martin McDonough.

«Tag, Mr. Cubbah», rief er zum Münzfernsprecher hinüber. «Wie geht's uns denn heute?»

«Danke, man lebt.» Cubbah zog sich die Hose hoch, kam nach vorn und lehnte sich über die Kaugummi- und Zigarrenständer auf dem Ladentisch. «Ich höre von Angela, daß Sie mit einer der Lehrerinnen drüben von der Schule rumbumsen?»

Der Zahnarzt lachte vor sich hin, aber er hatte sich bereits in die Sportseite des Inquirer vertieft.

«Was halten Sie von den Phils?» wollte er wissen.

Jockey Joe hielt nichts von den Phils. «Sieben zu sechs gegen die Expos», sagte er. «Scheißexpos», fügte er nur so aus Spaß hinzu. «Wenn das mit denen so weitergeht, verlier ich dieses Jahr noch die Hose vom Hintern.»

Der Zahnarzt lachte, und Cubbah stimmte ein. Wenigstens hatte der alte Herr Spaß daran, sein Geld zu verlieren.

Mit der ersten Wette des Tages wurden zehn Punkte auf die Philadelphia Phillies und den «starken rechten Arm von Gentleman Jim Lonborg» gesetzt.

Im Laufe des Vormittags kamen die Lieferwagen von Coca-Cola und Wonderbread – sonst hätte Cubbah bestimmt für eine Weile seine Ladenhüterei an den Nagel gehängt und sich von Mrs. Riley vertreten lassen.

Wonderbread setzte zehn auf die Philadelphia Bells gegen Chicago, und Coca-Cola hinterbrachte Cubbah, daß Angie sich mit Seven-Up eingelassen hatte. Außerdem hatte er zwölf Wettscheine von den Kollegen aus dem Werk mit.

Mittags kam Cubbahs zwölfjähriger Sohn Bennie aus der Schule herüber, er sollte seinem Vater während des Stoßgeschäfts helfen. Zuerst nahm er die Fleischfüllung für die Hamburger aus dem Kühlschrank und stapelte die Klopse auf dem Ladentisch auf.

«Wie hast du denn bei eurer Mathearbeit abgeschnitten?» erkundigte sich Joe Cubbah.

Der Junge schnappte sich einen Happen Leberwurst. «93 Punkte», sagte er.

«93?» Cubbah machte ein ungläubiges Gesicht. «Du meinst wohl 39?»

Der Junge grinste mit leberwurstverschmierten Zähnen. «Schwester Dominica hat die Arbeiten nicht mehr zu Ende korrigieren können, sie hat 'n Herzanfall gekriegt oder so was. Den Rest hat Schwester Marie durchgesehen.»

«Und jetzt freust du dich, daß die arme Schwester Dominica einen Herzanfall bekommen hat, ja?»

«Nö . . . Na ja, bißchen schon . . .»

Joe Cubbah lachte. Bennie war rund und lustig. Manchmal mochte er den kleinen Lauser richtig gern.

In diesem Augenblick sah Cubbah auf. In der Ladentür stand Detective Michael Shea, der als ganz gewöhnlicher Kriminalbeamter schicker in Schale war als der Bürgermeister von Philadelphia. Er sah sich einen Augenblick um, als gehöre der Laden ihm, nickte Cubbah zu und verschwand in der Küche.

Cubbah schenkte zwei Tassen Kaffee ein und folgte ihm.

«Na, mein Lieber?» Shea lächelte ihn aus freundlichen irischen Augen an. «Was treibst du so?»

«Mal dies, mal das», sagte Cubbah. «Und wie geht's bei dir?»

«Kann nicht klagen», sagte der Polizist in dem feinen Anzug. «Ist das dein Junge?» Er zeigte mit einem siegelringgeschmückten Finger zum Laden hinüber.

«Ja, das ist Bennie. Tut sich schwer mit der Schule, der Bengel.»

Shea grinste. «Hör zu, Joey, ich hab da möglicherweise was für dich.»

«Na, dann schieß mal los, Mikey», sagte Cubbah.

Shea erzählte Cubbah, daß ein professioneller Killer, ein trickreicher, hochbezahlter Typ, irgendwo unten im Süden zu erledigen war. Wenn Cubbah den Job haben wollte, würde er noch Einzelheiten bekommen, Ortsangaben, Zeitplan und so weiter.

«Sie bieten zehntausend zuzüglich Spesen.» Shea ließ sich ein Plunderstück zu seinem Kaffee schmecken. «Jemand glaubt, du wärst der richtige Mann für den Job.»

«Dieser Jemand meint es offenbar gut mit mir», sagte Cubbah. «Hat der andere Typ eine Ahnung, daß sich über ihm was zusammenbraut?»

«Laut meinen Gewährsleuten nicht. Und so was hätte ich dir sofort gesagt, Joey.»

Shea holte einen dicken Umschlag aus der Tasche. «Die eine Hälfte jetzt, die andere später. Machst du's?»

Joe Cubbah bewegte den Kopf langsam von einer Seite zur anderen. «Nicht schummeln!»

Woraufhin Shea einen zweiten Umschlag herausholte und ihn neben den ersten legte. «Entschuldige, hätte ich fast vergessen.»

«Okay.» Cubbah verstaute beide Umschläge unter seiner Schürze. «Ich werd's mir überlegen.»

Er ließ Shea sitzen und ging wieder nach vorn in den Laden.

«He, warte mal, was soll 'n das heißen, du wirst es dir überlegen?»

Aber Joe Cubbah hatte dem Kriminalbeamten nichts weiter zu sagen.

Whitehaven, 2. Juli

Magnolien und Azaleen wehen wie Fahnen an langen und kurzen Masten über die lange, gerade Auffahrt, die in den in der südwestlichsten Ecke von Tennessee gelegenen *Powelton Country Club* führt. Bäume und Büsche geben schließlich den Blick frei auf ein großes Herrenhaus im Kolonialstil mit breiter Terrasse und hohen dorischen Säulen. Vor dem wuchtigen Bauwerk schrumpfen Menschen, Autos, die Realitäten des 20. Jahrhunderts zur Bedeutungslosigkeit zusammen.

Weißlivrierte Schwarze mit kurzgeschorenen Haaren tragen Silbertabletts mit Pfefferminzlikör, Jack Daniel, heutzutage auch mit Budweiser und anderen neumodischen Getränken durch die Menge. Junge Leute beiderlei Geschlechts reiten und schwimmen, spielen Golf oder Tennis und bumsen in den verlassenen Sklavenhütten im Park.

Für 5000 Dollar Jahresbeitrag können die Einwohner des westlichen Tennessee den Süden ihrer Daddies und Mammies im *Powelton Club* genießen.

An einem Ende der langen, überdachten Terrasse sitzt Johnboy Terrell mit dem silberhaarigen Dr. Reuven Mewman zusammen, einem bekannten Tierarzt, der mit Baumwolle reich geworden ist.

Man beobachtet die beiden aus respektvoller Entfernung. Selbst die schwarzen Kellner schauen hin. Sie alle interessieren sich brennend dafür, was Johnboy von dem Silberfuchs will.

Terrell paffte eine vorzügliche, aber gefährlich schwarze Corona. «Ich hab kürzlich ein ganz ausgezeichnetes Buch über Tierärzte gelesen», sagte er gerade.

«Herriot oder so hieß der Mann. *All Creatures Beautiful and Pretty.*» Dr. Mewman zuckte die Schultern. «Zu Weihnachten hab ich drei Exemplare von der verfluchten Schwarte bekommen. Aber verdammt, John, was ich an Mist in der Praxis sehe, reicht mir vollauf. Soll ich ihn auch noch lesen?»

Terrell, der nicht nur einen konkreten Plan mit dem silberhaarigen Viehdoktor verfolgte, sondern ihn auch sonst sympathisch fand, lachte herzlich. Reuven Mewman hatte ein sicheres Gefühl für Timing und einen Sinn fürs Volkstümliche. Beides war für einen Redner im Süden wichtig.

«Esther hat die Bücher für einen Kirchenbasar gestiftet.» Freiwillig ließ Mewman einen aufmerksamen Zuhörer nicht so leicht wieder los. «Ich mußte die verdammten Dinger signieren, und sie sind fast für den vollen Preis weggegangen. Und was soll ich dir sagen –» Mewman nahm einen Schluck Bourbon und rollte ihn in der Mundhöhle herum – «überreicht mir doch die Frau, deren reinrassiger Spaniel letztes Frühjahr ohne mich glatt an 'ner Überdosis Konservenhundefutter eingegangen wäre, feierlich eins von diesen Büchern, die ich unterschrieben und der Kirche geschenkt hatte . . . Aber ich hab's immer noch nicht angefangen.»

«Solltest du aber», grinste Johnboy. «Herriot ist wahrscheinlich der beste schreibende Veterinärmediziner unserer Zeit.»

Sie lachten beide, und Dr. Mewman winkte einen Schwarzen heran und bestellte zwei doppelte Bourbons.

Johnboy beobachtete zwei Teenager, die vor der Terrasse ihre Golfbälle zurechtlegten. Golf, fand er, war bei ihrer Jugend ausgesprochene Zeitverschwendung.

«Ich höre», sagte er, versonnen über den Golfplatz blickend, «daß du nicht abgeneigt wärst, ein paar Jahre in Washington, District of Columbia, zu verbringen.»

«Nun ja, ich habe angedeutet, daß ich zur Verfügung stehen würde», räumte der Tierdoktor ein. «Aber das war Anfang dieses Jahres.»

«Ich kann ja nichts daran finden.» Terrell verzog die Lippen. «In diesen nördlichen Wintern rostet man ein. Trotzdem – ich habe den Eindruck, daß sich für die kommende Senatorenwahl eine Möglichkeit abzeichnet.»

«Wieso das?»

«Weil der eine Kandidat, John Fair II, ein Hosenscheißer ist, der nichts weiter kann, als rumzuhuren und Daddys Geld durchzubringen. Und Horn . . . Tja, ich höre, Jimmie Horn soll's mit einer Weißen getrieben haben.»

Reuven Mewman schüttelte den Kopf. «Dazu ist dieser Nigger zu gerissen, John. Zu gieprig. Sicher, irgendwann kommt das todsicher, aber im Augenblick ist da bestimmt nichts drin. Wo hast du denn diesen Quatsch gehört?»

Terrell folgte mit den Augen einem zu hoch geschlagenen Golfball, der fünf Meter neben der Fahne von Loch 2 landete.

Er wandte sich um und sah Mewman an. «Ich halte dich eigentlich auch für gerissen», sagte er. «Für gerissen und ein bißchen gieprig.»

Der Viehdoktor hatte verstanden. Sein Gesicht wurde rot wie eine reife Tomate.

«Siehst du, Reuven, ich will nur wissen, ob du verfügbar bist. Wie gesagt – John Fair jr. ist ein ausgesprochener Esel, und Horn ist verletzlich.»

Reuvens Antwort klang wie ein Schwur. «Es wäre mir eine Ehre, John. Schon daß man mich in Erwägung zieht, ist für mich eine große Ehre.»

Terrell stand auf und schüttelte Mewman die Hand. Der soeben von ihm zum Kandidaten Gekürte blieb benommen und sprachlos zurück. Immerhin würde er sich mit zwei Bourbons trösten können.

Johnboy ging über den Rasen und erwiderte mit leutseligem Griff an den Hutrand den Gruß von Leuten, die ihn noch immer «Mr. Governor» nannten.

5. Teil

Feiger Hund

Zebulon, 17. November

An einem frischen, herbstlichen Samstag im November machten sich drei hochbeladene Kombiwagen auf den Weg nach Zebulon, Kentukky, gesteuert von meiner Wenigkeit, meinem Vater und Moses Reed. Damit begann ein vierteljähriger Urlaub, in dem ich mein Familienleben wieder in Ordnung zu bringen und mein Buch fertigzuschreiben gedachte.

Nan und ich hatten ein großes, baufälliges Farmhaus in viktorianischem Stil mit eigenem Fischteich, einem Opossumbau und Feldern mit drei verschiedenen Maissorten gemietet. Die Besitzer verbrachten den Winter in St. Petersburg, und das möblierte Haus mit sieben Zimmern kostete uns pro Monat die stolze Summe von 105 Dollar.

Es lag genau neun Kilometer von meinem Geburtsort entfernt, in dem meine Eltern heute noch wohnen.

Die Familie bezog drei der Schlafzimmer mit Blick auf Obstgarten und Fischteich, und ich richtete mich in zwei anderen Räumen mit meinen Büchern ein.

In diesem Winter lernten wir alle Schlittschuhlaufen und Eisfischen.

Ich bockte einen 1952er Chevy auf, und wir sahen uns in der Scheune an, wie ein V8-Motor funktioniert.

Cat und Janie Bugs gingen «mit einem Haufen von Dorftrotteln und Hinterwäldlern» zur Schule, von denen es im Frühjahr hieß: «Aber wir können doch nicht einfach weg von unseren Freunden.»

Bald fügte sich die Arbeit ganz selbstverständlich in den Tagesablauf von Essen, Spielen, Lieben, Schreinern, Fischen und Kartenspielen im Dorf ein.

Es waren gute Voraussetzungen dafür, eine lesbare Geschichte zu schreiben, und Poland County, fand ich, gab mir genau die richtige Perspektive.

Folgendes spielte sich nun in der ersten Juliwoche ab.

Philadelphia, 3. Juli

Es war ein Uhr mittags, und Joe Cubbah schwitzte mal wieder wie ein Bär. Er trug ein graues Sweatshirt mit abgeschnittenen Ärmeln und einen grauen Filzhut, der aussah, als hätte jemand ein Stück herausgebissen.

In Tinys *Under the Bridge* gab er mit einer ölverschmierten Hand – er hatte gerade an seinem Buick Electra die Zündkerzen ausgewechselt – der zwanzigjährigen Kellnerin Josephine Cichoski einen Klaps auf das straffe, weißberockte Hinterteil.

Die Blondine fuhr herum, aber als sie sah, daß es Cubbah war, zog sie nur ein Gesicht. Sie hatte schwarz getuschte Wimpern und einen herzförmig gemalten Mund.

«Ist der Alte da?» erkundigte sich Cubbah. Er hatte Grübchen, wenn er lächelte, und sah richtig lieb aus.

«Sie wissen ja Bescheid.» Die Blonde zeigte auf die Pendeltür, die zur Küche führte. Sie hatte Lippenstift auf den großen weißen Zähnen.

«Nanu, wen haben wir denn da?» Tiny Lemans blinzelte. Er war vom Schlagen der Tür aufgewacht.

«Da staunste, was?» grinste Cubbah.

«Hab grade mal 'n paar Minuten Augenpflege gemacht», gähnte Tiny. In seinem aufgerissenen Mund hätte man eine Grapefruit unterbringen können. «Wie du wieder rumläufst . . .» Er besah sich Cubbahs Hemd und den durchlöcherten Hut. «Ich hab am Buick gearbeitet», sagte Cubbah. «Und überhaupt – ausgerechnet du mußt motzen . . .»

In diesem Augenblick schlug die Pendeltür in Cubbahs Kreuz, und gleich darauf steckte die blonde Kellnerin ihr rundes Gesicht durch die Serviceluke und streckte ihm die Zunge heraus.

Cubbah verzog sich von der Tür. «Was is'n mit der los?» «Gar nicht drum kümmern.» Tiny Lemans versuchte, sich mit seinen fetten Wurstfingern die schwarzen Armystiefel zuzuschnüren. Tiny wog über drei Zentner.

Cubbah stippe seine Dreckfinger in einen Topf mit Zuckerguß. «Weißte, ich muß heute abend verreisen.» Er kostete den Guß. «Große Klasse, Tiny. Also um's kurz zu machen, ich brauch einen Ballermann. Kannste mir so schnell was beschaffen?»

Tiny Lemans zog eine scheppernde Bestecklade heraus. «Hab gerade 'nen sehr hübschen kleinen 38er reingekriegt.» Er holte aus der hintersten Ecke ein Päckchen, das in Wachspapier eingeschlagen war, und reichte es Cubbah.

«Noch kein Schuß draus abgegeben», sagte er. «Extra leicht.»

Cubbah entfernte das Wachspapier und hielt den kleinen schwarzen Revolver an die Nase. Er roch nach Öl. Die Waffe war funkelnagelneu. «Hast recht, Tiny. Wirklich hübsch. Sauber, das Ding.» Er legte den 38er aus der Hand. «Wieviel willste denn haben für die Kanone?»

Der Wirt gähnte wieder gewaltig. «Weiß nicht. Na ja, sagen wir hundertfünfzig.»

«Zuviel», widersprach Cubbah sofort. «Ich will ja bloß jemandem 'nen Schrecken damit einjagen. Du kriegst ihn wieder, wenn du willst.»

«Was soll ich lange handeln», sagte Lemans. «Hundertfünfunddreißig.»

Diesmal zückte Cubbah seine Brieftasche.

Tiny winkte ab. «Kannste für mich auf die Pi-rets setzen. Pi-rets gegen Yogi Berra sieben zu acht.»

Joe Cubbah verstaute den 38er in einer braunen Tüte, nahm noch einen Finger voll Guß und grinste.

«Ich muß weiter, Tiny.»

«Bleib doch noch 'n bißchen», meinte der Dicke enttäuscht. «Bist ja eben erst gekommen. Nimm 'n Zungensandwich, hab grad welche gemacht. Riesig, sag ich dir.»

«Nee, ich muß wirklich los. Sonst krieg ich heute abend meine Maschine nicht.»

«Richtig. Du mußt ja jemandem 'nen *Schrecken* einjagen», sagte Tiny Lemans.

Cubbah griff sich seine braune Tüte. «Getroffen, Kumpel – genau zwischen die Augen.»

Nashville, 3. Juli

Oona Quinn reiste nach Süden, um sich mit Berryman zu treffen. Ihr war ernst, fast feierlich zumute, und sie hatte keine Lust, sich diese Stimmung durch den neben ihr sitzenden Soldaten kaputtmachen zu lassen.

Der babygesichtige Soldat kam aus Fort Campbell, Kentucky, das hatte er ihr schon erzählt; er hatte Pomade im Haar. Vorhin hatte er eine Cola mit Whiskey gekippt. Jetzt waren seine blauen Kinderaugen leicht verglast vom Alkohol und Koffein.

Sie saßen nebeneinander auf dem Flug 707 der Eastern Airways nach Nashville. Auf Oonas Knien lag Jimmie Horns *Jiminy*. Seit dem Start der Maschine hatte sie noch kein Wort gelesen. Gestern abend, in Long Island, hatte sie die erste Hälfte geschafft. Am Tag davor war sie bei Ben Toy in der William Pound Klinik gewesen.

Vor zwei Tagen, am 1. Juli, hatte Berryman sie angerufen und sie gebeten, sich am Vierten mit ihm in Nashville zu treffen. Worum es ging, hatte er ihr nicht verraten – nur daß er sie dort brauchte, hatte er gesagt, hatte ihr Ort und Zeit angegeben und sie gebeten, bei ihrer Garderobe daran zu denken, daß sie nach Tennessee fuhr. Ehe sie ja oder nein sagen konnte, hatte er schon aufgelegt.

Oona stellte sich vor, wie es wäre, wenn sich Horn und Berryman irgendwo in dem Buch begegnen würden. Es müßte ein interessantes Kapitel sein.

Von Rechts wegen, fand sie, müßte Horn durchkommen. Zwei Attentate hatte er schon überlebt. Einmal hatte der Koch in einem Schnellimbiß aus nächster Nähe auf ihn geschossen, ihn aber verfehlt, beim zweitenmal hatten sie Horn zusammengeschlagen, bis er besinnungslos liegengeblieben war, aber auch das hatte er überstanden.

Wenn Tom Berrymans Plan gelang, dachte sie, war das furchtbar unfair, und Jimmie Horn würde zum Märtyrer werden. Aber im Grunde belastete sie weder die eine noch die andere Möglichkeit. Berryman hatte ihr überzeugend klargemacht, daß der Anschlag auf Horn unvermeidlich war. Und Horn selbst schien in seinem Buch diese Meinung zu teilen.

Sie überlegte, daß sie Berryman noch immer nicht gut genug kannte. Ihre Beziehung war zu materialistisch. Berrymans Beziehungen waren alle so. Vielleicht war es gerade das, was sie an ihm reizte?

Der Soldat stellte seinen leeren Becher auf ihr Tablett. «Hast du in New York jemanden besucht, Engelchen? Oder willst du jemanden in Music City besuchen? Oder fliegst du weiter nach Dallas?»

Oona schlug ostentativ ihr Buch auf. Was tue ich eigentlich, dachte sie. Ich möchte gern herausbekommen . . . Ja, was eigentlich?

«Du willst in Music City bestimmt jemanden besuchen.»

«Wie meinen Sie?» fragte Oona abwesend.

«War nichts Besonderes.» Der Soldat grinste. «Du fliegst nur bis Nashville, stimmt's? Und zwar zum erstenmal, stimmt's? Wetten, daß es das erste Mal ist . . .»

«Es ist das erste Mal.»

«Wird dir gefallen, ehrlich.»

Der Soldat grinste wie ein Dorftrottel. «Hochburg der Country Music, Athen des Südens. Und – warte mal, ja richtig: Heimatstadt des verstorbenen Präsidenten Andrew Jackson, glaube ich.»

«Was Sie nicht sagen, der ist schon tot?» wunderte sich Oona.

Der Soldat, dessen Gesicht inzwischen knallrot angelaufen war, zündete sich eine der Tijuana Smalls an, die er am Times Square in New York geraucht hatte.

«Willste auch eine?» fragte er. Es sollte ein Witz sein, und er blies deshalb auch ganz rasch sein Streichholz aus. Der Zigarrenrauch roch leicht nach Schokolade.

Dann begann er, Oona seine Lebensgeschichte zu erzählen. Er redete und redete, egal ob sie ihn ansah oder aus dem Fenster starrte. Er redete und rauchte und nervte die Stewardessen, die ihm immer wieder einen neuen Bourbon bringen mußten.

Endlich kreiste die Maschine über Nashville, glitzernde Wolkenkratzer zogen unter den Tragflächen vorbei. Die Stadt selbst schien von einer großen Wildnis umgeben. Und irgendwo da unten war Berryman.

Vorn, in der ersten Klasse, wurde Joe Cubbah von einer Stewardess geweckt und gebeten, sich anzuschnallen. «Sei nicht albern, Puppe», sagte er.

Ein grüner Dodge Polara stand gegenüber der American Legion Hall in Belle Meade, und das bedeutete, daß auch Jimmie Horn nicht weit war.

Um 23 Uhr 15 trat Horace Mossman, ein schwarzer Kriminalbeamter in blauem Anzug und weißem Hut, an seine zwei weißen Kollegen, Jerry Ruocco und J. B. Montgomery, heran, die in dem Polara saßen.

Die Anzahl von Jimmie Horns Leibwache hatte immer zwischen zwei und sechs geschwankt. Nachdem er seine Absicht erklärt hatte, für den US-Senat zu kandidieren, war sie auf acht erhöht worden. Acht Beamte – das waren drei Schichten rund um die Uhr, in Drei-, in Zwei- und in Ein-Mann-Stärke, an sieben Tagen der Woche. Meist arbeitete der einzelne Beamte in der Schicht von 23 bis 7 Uhr.

In der Nacht vom 3. auf den 4. Juli hatte diese Schicht Horace Mossman; er hatte sich verspätet.

«Nach Mr. Mossman kann man die Uhr stellen.» Ruocco hielt seinem Kollegen die Timex am Goldband unter die Nase. «Unter 'ner Viertelstunde Verspätung tut er's nicht, der Horace.»

Mossman, Ende Zwanzig und frisch verheiratet, grinste breit. «Daran ist mein Mädchen schuld», sagte er. «Wenn ich aus dem Haus gehe, fängt sie an zu flennen.»

«Mensch, Horace, mir kommen die Tränen.» Ruocco stieg aus und streckte sich.

Mossman zuckte die Schultern, rückte seinen Hut zurecht und begann im Licht einer starken Taschenlampe den Tagesbericht zu lesen.

«Was Neues?»

J. B. Montgomery verdrückte gerade das letzte seiner drei üppig belegten Brote, die er zum Nachtdienst mitgebracht hatte. «Clubsandwich» war Montgomerys Spitzname bei den Kollegen.

«Heute abend war er auf drei Essen», sagte Montgomery. «Um sechs bei sich zu Hause, um acht Dinner der Schwarzen zur Weißenfrage, um neun Dinner der Weißen zur Schwarzenfrage. Immer derselbe Quatsch, Horace.»

Mossman grinste und arbeitete sich weiter durch den handgeschriebenen Bericht, einen Rotstift griffbereit, um ihm auffällig erscheinende Stellen unterstreichen zu können.

Als der Name Lynch zum zweitenmal auftauchte, trat der Rotstift in Aktion. «Was ist das für ein Typ?»

«So um die einssiebzig. Weißes Haar bis über den Kragen, Sonnenbrille im Hollywoodstil. Ein Freund von Santo Massimino.»

Zum zweitenmal wurde der Rotstift gezückt. «Was ist das da um 16 Uhr 35?» fragte Mossman. «Hippie schüttelt Mr. Horn die Hand. Hat das was Besonderes zu bedeuten?»

«Ach das, ja . . . Kannst noch dazusetzen: Nicht identifizierter langhaariger Mann versucht, Mr. Horn einen Magenhaken zu versetzen. So aus Spaß, du weißt schon.»

Rossman hatte aufgehört zu schreiben. «Ein Spinner?»

«Ach wo . . . Jimmie hat bloß gelacht. Er schien ihn von irgendwoher zu kennen oder den Vater jedenfalls. Hat irgendwas von Ähnlichkeit gesagt. Wir können ihn ja morgen fragen.»

«Ich werd's mir notieren», sagte Mossman.

«Hast recht, Horace. Ich hätte das klarer ausdrücken sollen.»

Der junge schwarze Detective schrieb den Satz um, unterstrich ihn mit seinem roten Stift und reichte die Seite J. B. Montgomery zum Abzeichnen.

Am nächsten Abend wurde das Protokollblatt im *Citizen-Reporter* abgedruckt, der in der gleichen Ausgabe einen Nachruf auf J. B. «Clubsandwich» Montgomery brachte.

Kurz nach neun betrat Cubbah die Ankunftshalle der Eastern Airways. Ein langer Mensch im Rodeo-Hemd nahm ihn in Empfang und übergab ihm einen braunen Umschlag. New Orleans hatte Zeichnungen von Berryman geliefert. Cubbah besah sich die Kunstwerke, während er sich bei Avis einen Sportwagen mietete. Und weil er dreist und unbekümmert war – in allem das genaue Gegenteil von Berryman – unterschrieb Cubbah das Formular mit seinem eigenen Namen.

So merkwürdig sich das jetzt anhören mag – aber Joe Cubbah kann eine echte Stimmungskanone sein – wenn die Voraussetzungen dafür günstig sind. Er hat eine Menge witziger Stories über die Mafia auf Lager, die er in acht oder neun verschiedenen Stimmen und Akzenten zum besten gibt. Den Paten macht er sehr gut, aber den Paten bringt jeder, sagt er. Aber er macht auch Carlo Gambino, und Gambino, sagt er, bringt keiner.

Lieutenant Mart Weesner traf mit Cubbah unter ungünstigen Voraussetzungen zusammen. Gegen Mitternacht saßen sie bei Kaffee und Spiegeleiern in einem Hamburger-Schuppen in Nashville. Cubbah war dem breitschultrigen jungen Polizisten in das Lokal nachgegangen. Weesner war in der Stadt, weil er am nächsten Morgen für die Parade und die Versammlungen zum Unabhängigkeitstag eingeteilt war. Im *Holiday Inn*, erzählte er Cubbah, könne er kein Auge zutun.

Joe Cubbah tippte darauf, daß der Polizist in Wirklichkeit hier herumsaß, um sich ein Mädchen aufzureißen, vielleicht wollte er sich an eine mitleidige Kellnerin heranmachen.

«Ich hab das Schild am *Holiday Inn* gesehen», meinte er. «Die haben mal wieder das Haus voll mit irgendwelchen Tagungen. Da war ich gewarnt. Keine zehn Pferde hätten mich da reingebracht.»

Weesner lachte.

Eine der Kellnerinnen vom *Burger Boy*, der Hamburger-Pinte, erinnerte sich hinterher an Cubbah. Sie wußte noch, daß der stramme Polizist ihn hinausbegleitet hatte, um ihm den Weg zur *Ireland's Bar* zu zeigen, und hatte gesehen, wie die beiden im Dienstwagen des Polizisten davongefahren waren.

Ireland's ist ein Country Roadhouse-Imitat, in dem reiche Hillbilly-Sänger verkehren. Dave the Rave, der dicke Pianist, ist als Musiker besser als 50 Prozent der millionenschweren Prominenten, die dort herumsitzen.

Weesner und Joe Cubbah, beide selbst um die 230 Pfund, betrachteten Fat Dave anerkennend. Ihr Gespräch kreiste um zwei Themen: Frauen und die Army.

«Ich war 1953 in Fort Bragg, North Carolina», sagte Joe Cubbah gerade.

«Wie weit hast du's geschafft?» fragte Weesner.

«Was heißt hier geschafft? Ich war Boxer. Ohne Rang, einfach Boxer. Hab gegen einen gewissen Pepper Soundso geboxt, den später Marciano fertiggemacht hat. Du, was ich noch sagen wollte: Dieser fette Tastenkitzler kommt bei den Ladies hier ganz gut an, meinst du nicht? Wie funktioniert denn das mit deiner Uniform? Früher waren die Mädchen im Süden verrückt nach allem, was 'ne Uniform trug. In Philadelphia brauchte ich mich in Uniform gar nicht sehen zu lassen, da haben mich die Miezen höchstens noch angespuckt.»

Weesner lachte. Sie tranken noch eine Runde, dann knallte Weesner sein Bierglas auf den Tresen. «Mann, bin ich voll.» Er schüttelte den Kopf. «Ist dir klar, daß ich morgen Dienst habe?»

«Richtig.» Cubbah wischte sich den Mund ab. «Du mußt ja mit dem Bürgermeister zur Parade.» Cubbah griff sich eine Handvoll gesalzene Erdnüsse. «Hör mal, kennst du Tintenfisch? Schon mal von Muscheln in Teufelssoße gehört? Mann, ich hätte jetzt unheimlich Lust auf Tintenfisch.» Er lachte. «Aber ich sehe schon, du möchtest jetzt am liebsten zurück ins Hotel und dich aufs Ohr legen.»

«Was sein muß, muß sein.» Martin Weesner stand auf und verlangte die Rechnung.

Joe Cubbah griff sich noch ein paar Nüsse und schüttelte sie wie Würfel.

Sie hatten Weesners Wagen vor einem Lebensmittelgeschäft geparkt, dem Scamps 400.

Als sie in den blauen Plymouth stiegen, rülpste Weesner laut. «Entschuldige, Mann.»

Cubbah schlug die Beifahrertür zu. «Hör mal», sagte er, als beide Türen geschlossen waren, «ich muß dich jetzt bitten, deine Uniform auszuziehen.»

Weesner fing an zu lachen; dann sah er ein zehn Zentimeter langes Messer in Cubbahs linker Hand.

Zehn Sekunden später war er stocknüchtern. «Hör mal, Joe, du bist wirklich 'ne verdammt ulkige Nugel, aber –»

Cubbah setzte die scharfe Klinge an Weesners Bauchfalten.

«Quatsch nicht – sonst werd ich nervös, und wenn ich nervös bin, mach ich leicht mal einen dummen Fehler. Du hältst den Mund, bis du gefragt wirst, kapiert? Jetzt zieh dein Hemd aus und wirf's auf den Rücksitz.»

Der Polizist mühte sich mit den Knöpfen des engen Khakihemdes. Er hatte eine überraschend schmale, fast unbehaarte Brust.

«Jetzt die Hose», verlangte Cubbah.

Es schien kein Witz zu sein, also zog Weesner die Hose aus und hängte sie über den Sitz. Dann saß er in Unterhose, Socken und Schuhen hinter dem Steuer und suchte krampfhaft nach einem Ausweg aus dem Schlamassel. Aber es fiel ihm nichts ein.

Joe Cubbah drehte am Autoradio. «Ich werd versuchen, dir nicht weh zu tun.» Er hielt Martin Weesner das Messer an die Kehle. «Ehrenwort», versicherte er, während er zustach und das Messer schnell wieder zurückzog.

Thomas Berryman hatte sein spätes Abendessen im *Le Passy*, einem der teuersten und besten Restaurants des mittleren Südens, beendet. Es war sehr still im Speiseraum, denn es war schon nach zehn. Die alten Holzbohlen knarrten leise unter den Schritten einiger diskreter Kellner.

Der 3. Juli war ein langer, anstrengender Tag für Berryman gewesen. Er kam nur schwer von den Einzelheiten seines Planes los. Der Perfektionist in ihm gab sich die größte Mühe, den Genießer auszutricksen.

Früh um acht hatte sich Berryman Bert Poole an die Fersen geheftet. Poole war wieder mal zu Horns Wahlkampfzentrale gegangen, dann war er mit einem Bus zum Farmer's Market gefahren. Berryman war davon überzeugt, daß Poole unter seiner Jacke die sperrige 44er gehabt hatte. Den ganzen Vormittag war der Bursche herumstolziert wie Napoleon.

Am frühen Nachmittag (Horn hatte inzwischen per Flugzeug eine Stippvisite in Memphis absolviert) war Poole heimgefahren, und Berryman hatte vorsichtshalber seinen Leihwagen umgetauscht für den Fall, daß jemand eine Verbindung zwischen ihm und dem schwarzen Ford Galaxie hergestellt hatte.

Der neue Wagen war ein blauer 1974er Dart, ein richtiger Vertreterschlitten, fand Berryman.

Er hatte auch ein neues Quartier, das *Holiday Inn* in der West End Avenue, nahe der Uni. Berryman hatte sich als Foster Benton von der Coca-Cola Bottling Co., Atlanta, dort eingetragen und das Zimmer bis zum 6. Juli gemietet.

Genießerisch schlürfte er den ersten Schluck brühheißen Kaffee mit Zichorie.

Konzentration, dachte er, in den kreiselnden schwarzen Kaffee starrend, das ist das ganze Geheimnis. Weil er sich so gut konzentrieren konnte, hatte er einen einzigartigen Vorteil seinen Gegnern gegenüber. Er hatte die Situation im Griff. Jawohl, er hatte die Situation fest im Griff.

Dann fing Thomas Berryman an zu rechnen. Wieviel Geld hatte er nach dem Tennessee-Job? Etwas über 220000, überschlug er rasch. Steuerfrei, bar auf die Hand. Ein hübsches Startkapital für Mexiko.

Im Licht der Kerze, die auf dem Tisch stand, sah er zufällig auf seine Hand. Die Hand zitterte. Es war ein leichtes, stetiges Vibrieren, wie von einer Maschine, das durch die Tasse noch mehr auffiel.

Berryman mußte immerfort seine Hand ansehen, die kräftigen, gebräunten Finger, die den zarten Wedgwood-Henkel hielten. Wie hatte Oona Quinn gesagt? Pianistenfinger . . . Und jetzt zitterten sie.

Thomas Berryman lächelte ein wenig. «Feiger Hund», sagte er. «Du feiger Hund, du.»

6. Teil

Die Jimmie Horn-Nummer

Nashville, 4. Juli

Als Bert Poole aufwachte, wurde ihm klar, daß er den Unabhängigkeitstag verschlafen hatte. Es war schon beinahe Nacht, wolkige, rötliche Nacht.

Er tobte im Zimmer herum, machte seine Martin Luther King-Lampe kaputt, zerschlug Teller und Tassen aus der Küche, trat nach dem braunen Kunstledersessel. Wieder mal typisch, dachte er, monatelang planst du, fädelst die Horn-Sache ein, und dann, im letzten Augenblick, baust du Mist. Jetzt würde er nie berühmt werden. Er verließ das Haus, um einen handfesten Streit zu suchen.

Nach ein paar Minuten kam er zu einem Schnellimbiß, der offen hatte.

Er trat ein und fing sofort an, zwei Halbstarke mit blonden Schmalzlocken anzupeilen, vor denen leere Teller und Colagläser standen.

Bei der Bedienung bestellte Poole einen Hamburger mit Thousand Island-Dressing und einen Milchshake.

«Milchshake», murmelte das Mädchen. «Du meine Güte, einen Milchshake . . .»

Pooles Gesicht wurde heiß und feucht.

«He, Sie, ich verbitte mir diesen Ton. Ich komme hierher, um zu essen, klar? Um was in den Magen zu kriegen, klar? Ich hab's nicht nötig, mich von Ihnen anmotzen zu lassen.»

Die Kellnerin lächelte ein bißchen süffisant. «Es ist ja bloß – die meisten Gäste bestellen morgens um vier keine Milchshakes.»

Poole legte die Hände vors Gesicht, weil er plötzlich lachen mußte. Zwischen bebenden Fingern linste er zu der elektrischen Uhr an der Theke hinüber. Es war überhaupt nicht Nacht. Er hatte doch keinen Mist gebaut. Es war früher Morgen. Zehn Minuten nach vier.

«Bringen Sie mir gleich noch 'ne Tasse Kaffee», sagte er zu der Bedienung.

Der Unabhängigkeitstag begann im Radio mit der üblichen Marktübersicht für Farmer, dann brannte der Discjockey im Studio ein paar Feuerwerkskörper ab und legte Johnny Cash und Tammy Wynette mit dem *Star-Spangled Banner* auf.

Es versprach ein heißer Tag zu werden. Schon um halb acht war die Sonne so stark, daß die Leute Sonnenbrillen trugen.

Auch Thomas Berryman hatte eine Sonnenbrille auf, als er bei *Gail's on the Turnpike* vor Eiern und Speck saß. Aber das Frühstück war nicht so wichtig. Was er jetzt für seine Nerven brauchte, war eine ordentliche Portion Hillbilly-Snack, und da kam ihm Uncle Smith Tarkanian gerade recht. Uncle Smith war Tankwart, höchstens 25 Jahre alt, und verdrückte zum Frühstück zwei ansehnliche Schinkensteaks.

Ganz locker, Junge, predigte Berryman sich, und zu Tarkanian sagte er: «Seit sieben Jahren mach ich jetzt jede Woche meine Kreuzchen. Ich kenne einen, der hat mal sechs Richtige gehabt.»

Tarkanian kaute Schinken und trank Kaffee dazu. «Sie sagen das, als wenn er 50000 Dollar in der Lotterie gewonnen hat.»

Sie lachten beide. Die Rede war vom Football-Toto. Tarkanian gab die Totoscheine im Winter an seiner Tankstelle aus und hatte von der letzten Saison noch ein paar in seiner Arbeitshose stecken.

«Es ist schon traurig», sagte Berryman. «Da hab ich von einem Sportreporter gelesen, der angeblich mal 17000 Dollar gewonnen hat. Larry Merchant.»

«Kenn ich. Schreibt in der *Sports Illustrated*», bestätigte Tarkanian. «Der verzapft sowieso nur Blödsinn.»

«Genau.»

«Wenn einer schon die Haare so lang trägt . . . Sieht doch beschissen aus bei so alten Knackern.»

«Fünfunddreißig ist der Typ.»

«Meinetwegen. Ich denk da an dieses Bild von Lyndon Johnson und diesem McGovern», sagte Uncle Smith, «wo dem Großohr die Haare bis ins Genick hängen. Noch 'ne Tasse von der Grabenbouillon? Mrs. Boreen, bringen Sie dem Sportsfreund da noch 'ne Tasse von Gails himmlischem Nerventröster.»

Berryman lächelte. Er sah auf seine Hände. Das Zittern von gestern abend war weg. Er zündete sich ein Zigarillo an.

«Ich glaube», sagte er zu dem Tankwart, «Lyndon wird mal als einer der großen Präsidenten der Vereinigten Staaten in die Geschichte eingehen.»

«Sollte mich nicht wundern», sagte Tarkanian. Er senkte die Stimme. «Dauert nämlich gar nicht mehr lange, da kriegen wir da oben einen Nigger hin. Dann einen Juden. Und dann irgendein verfluchtes Weib, so eine wie Mrs. Gail, die hinten in der Küche steht und kocht. Wetten?»

«Die Wette halte ich nicht», sagte Berryman. «Ich glaube nämlich, daß Sie da völlig recht haben.»

«Komisch», wunderte sich Uncle Smith, «ich hab anscheinend immer dann recht, wenn ich überhaupt keinen Wert darauf lege.»

Berryman zahlte und ging vergnügt lächelnd hinaus. Im Augenblick war er ziemlich ruhig, nicht mal sein Magen rebellierte nach dem Essen. Auf der Autobahn herrschte enormer Betrieb durch die vielen Besucher, die nach Nashville zur Parade wollten. Er rieb sich mit den Fingerknöcheln heftig über das kurzgeschorene Haar. Ob Oona kommen würde?

10 Uhr 30

Am Morgen des Unabhängigkeitstages kam es zu Unstimmigkeiten bei den Sicherheitsvorkehrungen um Horn, die Santo Massimino später voll verantworten mußte.

Nashvilles Polizeichef Carl Henry, ein alter Hase, deckte sich rechtzeitig. Der Chief wußte nur zu gut, was an so einem Tag alles passieren konnte. Er sprach Massimino im Fußballstadion Dudley Fields an.

«Sir, sind Sie Mr. Massimino?» fragte er über das Tschingbumm der Trompeten und Becken hinweg.

Massimino lächelte nickend, ohne Henry richtig anzusehen. Er steckte gerade den VIPs, die Plätze auf der Rednertribüne hatten, frische Rosen ins Knopfloch und war bester Laune. Dazu hatte er auch allen Grund. Allein mit der Ankündigung, Prominente und ein Feuerwerk seien zu besichtigen, hatte er es geschafft, für einen schwarzen Politiker in einem der Südstaaten ein ganzes Fußballstadion zu füllen. (Zumindest wirkte das Stadion voll besetzt. Daß ein gutes Viertel der Sitze geschickt mit riesigen Transparenten getarnt war, merkte fast keiner. Aber das war, wie Massimino gesagt haben würde, eben Showbusiness.)

Henry legte dem jungen Mann freundlich die Hand auf die Fliegerjacke. «Der Bürgermeister hat mich gebeten, mit Ihnen zu sprechen. Oder nein – hat er eigentlich nicht. Aber ich tu's trotzdem.» Er deutete auf die Klappstühle im Stadioninnenraum. «Wenn ich mich nicht irre, ist das Polizei da unten. Landespolizei, stimmt's?»

Massimino, der nie zu lachen pflegte, lachte. Einem bejahrten Würdenträger die altersfleckige Hand schüttelnd, antwortete er: «Ich will ja nicht unhöflich sein, aber die Verantwortung dafür, daß der Gouverneur ein Kontingent Landespolizei zur Verstärkung hinzuzieht, übernehme ich.»

«Soso.» Henry nickte. «Sie übernehmen also die Verantwortung. Dann ist ja alles in Ordnung.»

«Unser eigentliches Problem ist heute übergroße Begeisterung.» Massimino grinste. «Die Jungs sollen verhindern, daß Jimmie Horn von seinen Anhängern totgetrampelt wird.»

Der alte Kongreßabgeordnete mit der Rose im Knopfloch stand stumm dabei. Henry zwinkerte ihm zu, räusperte sich, holte tief Luft. «Großer Redner, der Junge», murmelte er, und, zu Massimino gewandt: «Na ja, dann werden wir uns wohl für heute damit abfinden müssen.» Jetzt sprach er seine beiden Zuhörer an. «Ich möchte nämlich auch verhindern, daß er totgeschossen wird.»

«Genau», sagte Massimino herzlich. «So war das auch gedacht.»

Der Politiker roch an seiner Rose.

Chief Henry räusperte sich noch einmal, trat einen Schritt zurück, deutete auf sein Walkie-Talkie. «Halten Sie Verbindung, Santo!»

Dann sah er zu den vollbesetzten Tribünen hinüber wie ein römischer General, der die Lage im Kolosseum peilt. Er hatte ein ungutes Gefühl in der Magengegend. «Strafzettel wegen Schnellfahrens ausschreiben, das können die Jungs vom Land», meinte er wie nebenbei. «Aber viel mehr würde ich ihnen nicht zutrauen.»

Der alte Politiker hustete; es konnte auch ein Lachen gewesen sein. Er zupfte Massimino am Ärmel. «Denen trau ich nicht mal zu, daß sie den Reißverschluß finden, wenn sie mal austreten wollen.»

Joe Cubbah brabbelte leise vor sich hin, während er die Klappstuhlreihen abschritt. Er war am Zerfließen. Die Schweißflecken auf seinem Hemd reichten ihm fast bis zum Gürtel, und aus den krausen schwarzen Locken tropfte es auf die Schulterstücke von Martin Weesners Uniform. Müßte verboten werden, so ein Wetter, dachte er griesgrämig. Vorhin hatte ihm ein Typ gesagt, unten auf dem Feld wären es 46 Grad. Schon wenn man in den Schatten der Rednertribüne trat, wurde es merklich kühler.

Er gab einem rothaarigen Jungen, der in aller Öffentlichkeit an einer Weinflasche nuckelte, einen Rippenstoß, und der Junge steckte gehorsam die Flasche weg und entschuldigte sich sogar.

«Brauchst dich nicht zu entschuldigen», meinte Cubbah. «Sich nicht erwischen lassen, das ist das ganze Geheimnis, klar?»

Immer auf der Suche nach Thomas Berryman pirschte er sich allmählich näher an die Rednertribüne heran. Er genoß es, daß die Leute vom Land beiseite traten, um seiner Uniform Platz zu machen. Jetzt konnte er verstehen, daß bei den Hillbillies die Söhne auszogen, um Sheriff zu werden.

In der Garderobe saß Jimmie Horn am hinteren Ende einer langen goldenen Bank vor goldenen Garderobenschränken, in denen goldene Hemden und Helme lagerten.

Dem Protokoll der Southeastern Football Conference entsprechend war die Garderobe mit Teppichboden ausgelegt.

Mehr als zwanzig Männer und Frauen befanden sich im Raum, aber niemand sprach. Inmitten des brandenden Lärms im Stadion war die Garderobe eine Insel der Ruhe.

Um 10 Uhr 35 trat Jimmie Horns Pressesekretär an den Bürgermeister heran und beugte sich zu ihm hinunter. Es war ein Ritual, das häufig vor Horns großen Reden ablief.

«Es ist jetzt 25 Minuten vor elf», flüsterte er.

Jimmie Horn nickte nur.

Um 11 Uhr 45 wiederholte sich die Szene mit neuer Zeitangabe.

Jimmie Horn nickte wieder und stand auf.

Jetzt kam Leben in die Umstehenden, Gespräche wurden aufgenommen, jemand lachte. Massimino kam auf Jimmie Horn zu und fragte ihn, woran er dachte.

Horn lächelte. «Mußt du das wirklich wissen?»

«Ja, das muß ich wissen.»

«Also schön . . . Ich war mal zum Fischen auf dem Lake Walden, in einem Ruderboot», sagte Horn. «Es war ein angenehm kühler Tag, ich habe meine Arme immer wieder in das Wasser des Sees getaucht. Ich habe Katzenfische gefangen und ein paar schöne Barsche, Santo. Nicht immer ist die Ausbeute dort so gut.»

Als Jimmie Horn in der dunklen Öffnung des Durchgangs erschien, der zum Stadion führte, lief Joe Cubbah zu den sechs oder sieben Jungs von der Stadtpolizei herüber, die dem Bürgermeister entgegengingen, und schloß sich ihnen an.

Jimmie Horn war ein großer, stattlicher Mann, aber Cubbah fand, daß er einen etwas nervösen Eindruck machte.

Zwei Cowboys in karierten Hemden preschten vorbei und feuerten Platzpatronen ab. Cubbah erschrak derart, daß er herumwirbelte und um ein Haar einen von ihnen vom Pferd geschossen hätte.

Jede Einzelheit erschien Thomas Berryman gleichzeitig äußerst wichtig und überaus bedeutungslos.

Er holte einen dicken schwarzen Gürtel heraus, etwa sechs Zentimeter breit, und wickelte ihn sich so fest um die Rippen, daß ihm fast sein Frühstück hochkam.

Jetzt, dachte er, muß man einfach etwas riskieren. Die Ruhe von heute früh war ihm ein bißchen abhanden gekommen, und etwas von dem Zittern der vergangenen Nacht war wieder da. Er stellte den Schreibtischsessel aufs Bett, direkt vor den Park von Versailles, der die Tapete zierte.

Er nahm die Samtkissen vom Sofa und legte sie übereinander auf den Sitz, schüttelte die drei Kissen aus dem Bett auf und stopfte sie dazwischen. Die Sessellehne war auf gleicher Höhe mit seinem Kinn.

Berryman maß die Entfernung bis zur Tür, machte sie auf, sah nach rechts und nach links den Gang hinunter, wo schwarze Zimmermädchen beim Putzen waren. Hier und da wurden ein paar freundliche Worte gewechselt, man hörte Staubsauger brummen, ansonsten ging es da draußen ziemlich ruhig und manierlich zu. Es roch ein bißchen nach aufgewirbeltem Staub. Parfümiertem Staub.

In der offenen Tür stehend hob Berryman die 44er Magnum mit Schalldämpfer und preßte den Griff fest gegen den breiten Gürtel.

Ab und zu einen prüfenden Blick auf die Putzfrauen werfend, übte er das schnelle Heben und Senken der Waffe auf Gürtelhöhe.

Er gab, den Revolver gegen die Rippen gedrückt, zwei Schüsse ab. Die Entfernung von der Türschwelle zum Sessel betrug etwa fünf Meter.

Die Schüsse zerfetzten die Kissen, Staub und Federn stoben durchs Zimmer.

Das nächste Zimmermädchen war zwei Zimmer entfernt, sie legte sich gerade weiße Handtücher über den Arm, ergriff eine Handvoll Seifenstücke, summte vor sich hin. Das wattig-gedämpfte Geräusch der beiden Einschüsse war offenbar nicht bis auf den Gang gedrungen.

Berryman machte die Tür wieder zu, setzte sich und nahm den Gürtel ab. Eine kleine gelbliche Prellung, die von den Rückstößen kam, zeichnete sich an seinen Rippen ab, sein Magen vibrierte.

Die Jagdwaffe war unhandlich und eigentlich übertrieben brutal, aber sie würde es tun. Wenn seine Nerven nur halb so gut funktionierten, wollte er schon zufrieden sein.

Vierschrötige, O-beinige Farmer schlenderten, die Daumen in den Gürtelschlingen, durch Nashvilles Straßen. Die Frauen hatten bunte Windmühlen, Nashville-Fähnchen oder Luftballons mit Hasenohren in der Hand und zeigten damit auf die Denkmäler für Präsident Andrew Jackson und Henry Clay.

Den Kindern allerdings imponierte das, was die Paradepferde auf der Straße hatten fallen lassen, offenbar bedeutend mehr. Die Farmer amüsierten sich über diesen Beweis unverfälschter Natur fast so gut wie über das Leben in der Stadt.

Thomas Berryman stand an einer Verkehrsampel auf der West End Avenue; als sie umsprang, folgte er einem kessen Volkswagenkäfer, in dem fünf Hippiemädchen saßen.

Er durchfuhr mit dem Dart zwei ruhige Wohnstraßen – eine in westlicher, eine in südlicher Richtung –, und als er auf eine breitere Straße kam, ging er probeweise mit dem Tempo auf achtzig. Man mußte schließlich an alles denken.

In einer der Nebenstraßen sah er die ersten Schwarzen; eine verrückt aussehende Alte kochte Kleider in einem Waschfaß, drei Halbwüchsige in schwarzen Hemden und flachen runden Hüten, die aussahen, als seien sie dem Arm der Justiz gerade noch mal entwischt, tobten auf dem Gehsteig herum. Ein langer Neger räkelte sich in einem weißen Kabrio, während das Autoradio einen bekannten Popsong blökte.

Berryman parkte auf einer Anhöhe mit Blick auf Bert Pooles Haus. Jetzt wurde es ernst.

Als er die Anhöhe herunterrollte, stieg ihm der Geruch von Bratfisch in die Nase. Wieder fiel ihm der schwarze Marlboro-Cowboy auf.

Er knöpfte das grüne Hemd zu und zog den grünroten Schlips fester. Erst vor der rosa Bruchbude zog er sich das grüne Jackett über.

Bert Poole hatte nur Bluejeans und grüne Wollsocken an, als er an die Tür kam. Er hatte weder Brust noch Bauch, sondern war flach wie ein Brett vom Kinn bis zu den Zehen. Sein Nabel stand vor wie eine kleine Warze. Aus der Wohnung kam laute Musik.

«Mein Name ist Marion Walker», sagte Berryman. «Tut mir leid, daß ich Sie an einem Feiertag belästigen muß. Ich komme von den Cain-Sloane Department Stores.»

Er gab Poole eine der Visitenkarten, die er in den Geschäften von Nashville abgestaubt hatte. «Marion A. Walker, Cain-Sloan Co.» stand darauf.

Bert Poole machte zuerst ein ziemlich ratloses Gesicht, dann lächelte er.

«Nicht mal an einem Feiertag hat man seine Ruhe», sagte er mit leiser, höflicher Hippiestimme.

Berryman schüttelte den Kopf. «Tut mir wirklich leid. Aber ich glaube, die Firma hat schon verschiedentlich versucht, Sie zu erreichen. An den Feiertagen sind die Leute eher zu Hause. So soll sich ja auch das FBI die Deserteure greifen.»

Pooles Blick ging an Berryman vorbei auf die Straße. Drei schwarze Kinder fuhren auf *Easy Rider*-Fahrrädern an dem Haus vorbei. «Nun haben Sie mich ja erwischt», sagte Poole. «Sie wollen sicher Ihren

Plattenspieler und Ihren Sessel abholen.»

«Von einem Plattenspieler weiß ich nichts», sagte Berryman. Bei seinem ersten Besuch hatte er nur die Rechnung für den Sessel gesehen. «Aber die Rechnung für einen Kunstledersessel steht noch offen. Braunes Kunstleder. Den haben Sie überhaupt noch nicht bezahlt.»

Bert Poole fing an zu lachen. Er rieb sich die nackten Arme. «Wollen Sie ihn gleich mitnehmen?» fragte er.

Berryman kratzte sich die kurzgeschorenen Haare, dann schüttelte er den Kopf. «Ich selbst bin dafür nicht zuständig», sagte er. «Aber unsere Leute würden ihn gern heute noch holen.»

Bert Poole wurde plötzlich wieder ernst. «Das geht nicht», erklärte er.

Berryman sah ihn mißtrauisch an. «Wieso nicht? Sie sind doch zu Hause.»

«Ich arbeite für Bürgermeister Horn», sagte Poole rasch. «Ich kann Ihnen den Sessel gleich geben. Sonst müssen Sie warten. Ab halb zwei habe ich für Bürgermeister Horn zu tun, das kann länger dauern. Deshalb hatte ich auch keine Zeit, die Rechnung zu bezahlen. Am Geld liegt's nicht, das habe ich.» Poole begann vor Berrymans Augen die Fassung zu verlieren.

Berryman kratzte sich wieder am Kopf. Es war durchaus nicht seine Absicht, den jungen Hippie kopfscheu zu machen. «Ach, sollen die doch sehen, wo sie bleiben», sagte er zu Poole. «Die können mit ihrem Sessel auch noch bis morgen warten.» Er schüttelte mit gespielter Verlegenheit den Kopf. «Entschuldigen Sie die Störung an einem Feiertag.»

«Tut mir leid, daß Sie extra herkommen mußten.» Bert Poole hatte seine sanfte Hippiestimme wiedergefunden. «Für Sie ist es ja schließlich auch ein Feiertag.»

Vor der Haustür schüttelten sie sich die Hand, und Berryman sah auf die Uhr. Es war 11 Uhr 45. Um halb zwei würde Poole das Haus verlassen. Knapp, dachte Berryman, aber es kommt gerade schön hin.

Der Stab um Horn bemühte sich sehr um Vorsicht, Umsicht und Voraussicht.

Direkt nach der Rede drängten seine Mitarbeiter den beliebten Bürgermeister aus dem Dudley-Stadion heraus wie einen Samstagnachmittags-Schiedsrichter, der ausgebuht worden ist. Eine graue Limousine mit auf Hochtouren laufender Klimaanlage wartete draußen. Acht kräftige, verschwitzte Männer quetschten sich wie die Heringe im Wagen zusammen.

Die Rede des Bürgermeisters war ein großer Erfolg gewesen. Jetzt hatten sie ihn nach hinten verfrachtet, zwischen den Ratsherrn Potty Lynch und Ozzie, einen schwarzen Geheimdienstler. Der Bürgermeister rutschte unruhig hin und her.

«Was geht hier eigentlich vor?» fragte er mit seiner leisen Stimme. Der verstärkte Polizeieinsatz, der Cadillac und Ozzie – das alles beunruhigte ihn sichtlich. «Wo ist der offene Wagen von der Parade?» fragte er. «Was ist hier los?»

Der Fahrer steuerte den schweren Schlitten vorsichtig durch das ruhige Gelände hinter dem Stadion, zwischen Reihen organgefarbener Schulbusse hindurch, üiber blitzsaubere Nebenstraßen, unter Backsteinbögen und Weinlaubgerank hinweg.

«Schluß mit offenen Wagen», lächelte Jap Quarry. «Die Parade ist vorbei.»

«Sie bauen keine Kabrios mehr in Detroit», ergänzte der Ratsherr.

Santo Massimino studierte die Windschutzscheibe, als habe er eine wichtige Landkarte vor sich.

In diesem Augenblick geriet der Fahrer mit zwei Rädern auf den Randstein. Es gab ein scharfes Geräusch, es hörte sich an wie ein Knall, und alle dachten: ein Schuß. Eine volle Minute lang waren die acht wie gelähmt. Als die Räder wieder auf der Fahrbahn waren, zündete sich Horn eine Zigarette an, riß zwischen langsamen Zügen ein paar Witze über die eigene Naivität und über die miserablen Nerven der anderen.

Potty Lynch fühlte sich bemüßigt, ihm seine weisen Ratschläge zuteil werden zu lassen. Er habe schon in einem Wagen mit den Kennedys gesessen, sagte er. «Sei vernünftig, Jimmie. Es hilft alles nichts, die Bedrohung ist da. Aber wir haben unsere Erfahrungen in diesem Spiel. Wir werden auf dich aufpassen. Weil du selbst es einfach nicht kannst.»

Aber Horn gab noch keine Ruhe. Vielleicht war es Lynchs besserwisserischer Ton, der ihn auf die Palme brachte.

«Was heißt hier wir?» fragte er mit seiner sanften Stimme. «Für wen sprichst du denn noch außer für dich? Ich höre immer wir . . . Kannst du mir verraten, was das soll, Jap?»

Als die Limousine an der West End Avenue vor einer Ampel hielt, näherten sich von rechts und links Motorradeskorten. Nur eine Armeslänge von Horns Wagen entfernt blieben sie mit laufendem Motor stehen.

Stumme Zeichen wurden ausgetauscht, Sirenen heulten auf, dann brauste die kleine Kolonne ohne Aufenthalt über alle anderen Kreuzungen weg bis in die Innenstadt.

An der Tenth Street schob sich ein grün-weißer Country Squire an den Cadillac heran. Jimmie Horn sah auf, runzelte die Stirn, dann lächelte er freundlich in die Kamera eines Hobbyfilmers.

Zwölf Uhr mittags. Oona Quinn ging wie betäubt eine stille, schattige Straße vor dem Stadion hinunter. Daß sie Horn leibhaftig vor sich gesehen, seine Rede im Stadion miterlebt hatte, verunsicherte sie tief. Sie hätte gern mit Berryman gesprochen, aber der war bis 15 Uhr 15 für sie unerreichbar.

Knapp 1500 Meter von ihr entfernt stand Thomas Berryman im Freien, die Arme ausgebreitet, und versuchte, das Gras wachsen zu hören.

Wahrscheinlich, überlegte er, waren es die Erfahrungen mit Peyote, die ihn echte Entspannung gelehrt, die aber auf der anderen Seite für Ben Toy der erste Schritt in den Wahnsinn gewesen waren. Alle möglichen Erinnerungen an Toy schossen ihm durch den Kopf, während er zusah, wie eine Gruppe katholischer Ordensschwestern und ein paar jugendliche Liebespärchen die Stufen zählten, die zu dem albernen Tempel im Centennial Park hinaufführten.

Berryman sprach halblaut mit sich selbst. Bis zwei läufst du noch hier herum. Dann holst du dir ein Sandwich und schwarzen Kaffee. Und dann geht's los. Im wesentlichen hatte er jetzt auf automatische Steuerung umgeschaltet.

Auf seinem Transistorradio stellte er widerstrebend eine Reportage über die Parade und die Versammlung in Dudley Field ein. Horn und seine Familie seien bereits auf dem Weg in die City, wurde berichtet. Der Reporter stellte Spekulationen über verstärkte Sicherheitsmaßnahmen um Horn an.

Berryman schaltete auf Musik und setzte seinen Spaziergang fort, kickte hier und da ein Stück Holz durch die Gegend und blies Rauchwolken zum Himmel. Ab und zu redete er auch ein paar Worte mit irgendwelchen Leuten im Park. Diese Lockerungsübungen waren ein notwendiges Ritual für ihn. Als er den Park verließ, war er vollkommen cool.

Inzwischen ließ sich Oona Quinn in einem Taxi zur Kreuzung Kingsbridge Highway und Fullerton Avenue fahren. Dort, vor dem Supermarkt, war Jimmie Horns nächster öffentlicher Auftritt geplant. Und dort sollte sie sich mit Berryman treffen.

Um 14 Uhr 10 war sie bei Lums. Sie trug einen Hosenanzug aus dem Kaufhaus, der für diese Umgebung genau richtig war. Um halb drei beschloß Oona Quinn, ihren Vater anzurufen.

Randbemerkung (von Jap Quarry):

«Was ich am Fernsehen schlecht finde», sagte Quarry an einem sich träge dahinschleppenden Nachmittag nach dem Attentat zu mir, «ist die Masche, Filmaufnahmen von diesen sogenannten Gewaltakten zu bringen. Das ist immer wie eine Show, eine neue Art von Unterhaltungssendung. Die Aufnahmen zeigen nämlich die Dinge nicht so, wie sie sich abgespielt haben. Sie verfälschen.

Nehmen Sie zum Beispiel die Aufnahmen von dem Attentat auf Jimmie. Für mich hatten die überhaupt keine Ähnlichkeit mit der Realität. In Wirklichkeit haben wir da ja nicht den objektiven Zuschauer gespielt, der sich gemütlich in seinem Fernsehsessel zurücklehnt. In Wirklichkeit waren wir ja mitten drin in der ganzen Schweinerei.

Ich weiß noch, wie das Fernsehen über den Tod von Lyndon Johnson berichtet hat.

Da war echte Trauer, das hatte echte Würde. Das konnte man nachempfinden, da konnte man sich in etwa denken, wie seinen Leuten zumute gewesen sein mag.

Vielleicht kommt es daher, daß ich durch meine Erfahrungen ein Kriterium für Todesfälle im privaten Bereich habe, nicht aber für öffentliche Gewalttaten. Und vielleicht bürgern sich diese TV-Spektakel allmählich als Kriterium ein. Manchmal habe ich Angst davor.»

Sinn und Zweck der Versammlung vor dem Farmer's Market war es, in den fischreichen Gründen des schwarzen Tennessee auf Stimmenfang zu gehen. Veranstaltungen nach diesem Strickmuster hatte Santo Massimino schon auf städtischen Parkplätzen in Newark und LKW-Rasthöfen in Roxbury, Massachusetts, organisiert.

Um halb drei hatten unternehmungslustige Familien die Dächer der Bäckerei, des Juweliergeschäfts und des Discountladens mit Beschlag belegt, auf einem Dach spielten kleine Mädchen in wehenden Kleidchen Kriegen. Die Menge schien wild entschlossen, Jimmie Horn in natura und nicht nur in Technicolor zu sehen.

Schuljungen halfen sich gegenseitig auf ölverschmierte Zugmaschinen und auf die Reklametafeln von Dr. Pepper und Wrigleys Kaugummi, die sich unter dem Gewicht bogen. Es ging hektisch und aufgeregt, aber auf sehr demokratische Weise auch fröhlich zu.

Während Bert Poole die Anhöhe zum Einkaufszentrum herunterkam, sich zwischen hüfthohem Gras vorankämpfend, über versteckte Steine stolpernd, nach denen er wütend mit dem Stiefelabsatz trat, hatte er das merkwürdige Gefühl, in einem anderen Land zu sein, in Jamaika etwa oder in Brasilien.

Immer wieder schweiften seine Gedanken ab. Er beobachtete die zehn- und zwölfköpfigen Familien, die quer durch ein bebautes Feld trampelten und die Tomaten zertraten. Die Kinder tanzen auf ihnen herum, warfen sie sich zu wie Gummibälle.

Aber dann konzentrierte sich Poole wieder auf die Rednertribüne. Sie war auf gleicher Höhe wie das Dach der Commercial Southern Bank, und über der Menschenmenge stand wie ein weißer Ball die bisher heißeste Sonne dieses Sommers.

Ein kleiner Mann mit dickem rotem Kopf stand am Podiumsmikrofon, die Daumen im Gürtel wie ein Baseballmanager.

«Mrs. Betty Lou Rise ist 82 Jahre jung», verkündete er über den vergnügten Jahrmarktslärm hinweg. «Diese Woche ist sie über hundertfünfzig Kilometer marschiert, um ihren jungen Helden zu sehen. Unseren Jimmie Horn.»

Applaus. Applaus und Beifallrufe.

«Eben hat sie mir erzählt, daß sie, als sie noch jünger war, dasselbe getan hat, um Mr. Huey Long aus Louisiana zu sehen.»

Buhrufe, lauterer Applaus.

Die Filialleiter in ihren weißen Oberhemden hatten sich angestellt, um der alten Dame Geschenke zu überreichen, von einem bekam sie ein Paar Oma-Schuhe mit schwarzen Schnürsenkeln. Sie schien nicht so recht zu wissen, wo sie war, genoß aber die Situation sichtlich und strahlte übers ganze Gesicht. «*Jim – mah Horn*» sagte sie nur immer wieder.

Die vier Cadillacs schienen in ein Meer von Händen hineinzuschwimmen. Die Chromleisten reflektierten die Sonne in Sternen und Kreisen, und das Rollen der Reifen klang, als wenn man ein Klebeband vom Linoleum abzieht.

Massimino und Potty Lynch trabten vor Horns Wagen her, sie winkten und strahlten, als wären sie stadbekannte Figuren.

Joe Cubbah lief als letzter von drei breitschultrigen Polizisten neben den Limousinen her. Während er die Menge nach Berryman absuchte, hielt er sich am Türgriff fest, um seinen Wagen nicht zu verlieren.

Die zehnjährige Keesah und ihr älterer Bruder Mark beugten sich lachend aus dem Fenster des Wagens, der vor ihren Eltern herfuhr. In der vordersten Limousine saßen Horns Eltern.

Lächelnde schwarze Gesichter schoben sich in die Fenster – jede gebotene Hand wurde geschüttelt. Später konnten sie immer behaupten, der Händedruck sei von Jimmie gewesen.

Es war verständlich, daß sich Jimmie Horn unter einer vorwiegend schwarzen Menge am wohlsten fühlte und daß er sich dort auch von seiner besten Seite zeigte. Er gab sich lockerer und ging mehr aus sich heraus – endlich einmal Mensch und nicht nur Phänomen.

Die Schwarzen, besonders die Schwarzen vom Land, faßten Horn zu gern an, als wollten sie sich vergewissern, daß er ein Mensch aus Fleisch und Blut war. Und sie wollten, daß auch er sie berührte, besonders ihre Kinder, und ihnen sagte, daß sie Ärzte werden würden oder Anwälte oder Lehrer. Manchmal, wenn Horn sich zu einem Kind herunterbeugte, das zu diesem Anlaß besonders fein herausgeputzt worden war, fing die Mutter oder die Großmutter des Kindes an zu weinen.

Aber an diesem Nachmittag vor dem Supermarkt war es so laut, daß man nicht hören konnte, was Horn sagte. Lippen bewegten sich in lächelnden schwarzen Gesichtern und schienen komplizierte Sätze zu formen, aber er schüttelte nur die Hände, hielt sie fest, fuhr mit seiner eigenen großen Hand durch krauses Kinderhaar.

Als er einen strahlenden Jungen losließ, stellte er fest, daß der ihm ein Foto dagelassen hatte. Es zeigte eine achtzehn- oder zwanzigköpfige schwarze Familie in Sonntagsanzügen, Organdykleidchen, Filzhüten, die um einen grimmig dreinschauenden Marblehead Horn herum vor dem schäbigen Kramladen des Alten stand.

Auf der Rückseite hatten sich alle Familienmitglieder und Jimmie Horns Vater mit ihren Unterschriften verewigt.

Bert Poole ließ sich von einem Girl des «Schulmädchen für Jimmie»-Komitees einen rosa-weiß-gestreiften Strohhut schenken und setzte ihn auf, während er sich weiter seitwärts durch die Menge schob.

Vor zwei jungen Weißen blieb er stehen. Sie trugen zerknautschte George Wallace-Hüte und schienen über einen allenfalls mininalen Intelligenzquotienten zu verfügen.

«Wollen wir tauschen?» fragte Poole freundlich. «Ich geb euch den neuen Hut da, ihr gebt mir einen von euren. Nur einen, den anderen könnt ihr behalten.»

Die Jungen sahen sich an und fingen an zu lachen. «Nee», antwortete schließlich der Größere. «Wir sind keine Niggerfans nich.»

Bert Poole lächelte. «Schon klar. Ihr kriegt auch Geld für den Hut.»

Wieder sahen die Jungen sich an, als hätten sie zusammen nur einen Denkapparat. «Wieviel?»

Poole nahm den Horn-Hut ab und legte eine billige Brieftasche hinein. «Nehmt euch, was ihr für richtig haltet», sagte er zu dem Größeren. «Aber nicht mehr.»

Sie griffen sich jeder zwei Dollar und nahmen schleunigst Reißaus.

Fast alle Läden des Einkaufszentrums waren geschlossen, die Beleuchtung war abgeschaltet, und die Frauen benutzten die dunklen Fenster als Spiegel.

Selbst in dem riesigen Supermarkt – rund um die Uhr geöffnet, 365 Tage im Jahr – liefen nur einige wenige Kunden herum.

In einer der Scheiben flammte ein Feuerzeug auf. Nicht das goldene von Cartier, sondern ein billiges Wegwerfding. Thomas Berryman rauchte ein Zigarillo, während er durch die roten Leuchtbuchstaben «Farmer Drugs» hindurch nach draußen sah.

Er dachte an all die Jobs, die er erfolgreich erledigt hatte, und verglich sie mit seinem heutigen Auftrag. Schwierigkeitsgrad nannte man das beim Kunstspringen. Daß sein Plan diesmal so radikal anders war als alle bisherigen, war ihm nicht recht geheuer. Der Plan war entweder genial, oder er war idiotisch. Zu 99 Prozent war Berryman zwar von der Genialität seiner Strategie überzeugt – aber wäre das eine Prozent nicht gewesen, hätte er sich wohler gefühlt.

Dann schoß ihm der Gedanke ans Sterben durch den Kopf. Die Vorstellung verbrauchte so viel Energie, daß sein Gehirn einen Augenblick total abschaltete.

Er konzentrierte sich auf die Leuchtbuchstaben. Ob Oona gekommen war? Das würde ihm die Aufgabe erleichtern. Ein Ehepaar würden sie nach dem Attentat nicht anhalten. Vielleicht würde sie weinen . . . Um so besser.

Die rote Neonbeschriftung und die schwache Beleuchtung in der Apothekenabteilung waren die einzigen Lichter, die noch brannten. «Wir schließen», rief der Apotheker von hinten. «Während der Reden ist geschlossen. Um vier machen wir wieder auf.»

Berryman hatte den Magnum-Revolver in einem blauen Anorak über dem Arm und trug das olivfarbene Hemd mit Krawatte zu der giftgrünen Hose. Er war schweigsam und nachdenklich. Und jetzt auch ein bißchen nervös.

Schließlich schnippte er das Zigarillo hinter den Ständer mit den Glückwunschkarten, trat es aus und zog den breiten Gürtel unter seinem Hemd fester.

Der Apotheker hüstelte. Berryman übersah ihn geflissentlich. Dann verließ er den kühlen Laden und drängte sich mit wichtiger Miene durch die Menge, die ihm gutmütig Platz machte.

Joe Cubbah hatte grauenhafte Kopfschmerzen. Außerdem mußte er mal.

Trotz der blendenden Helle hatte er die Sonnenbrille abgenommen, weil er durch die dunklen Gläser weder Gesichter unterscheiden noch Entfernungen beurteilen konnte.

Die Sonne schien ihm direkt in die Augen, der Schmerz wuchs von seinem Nasenrücken ins Gehirn wie ein Baum, der sich immer weiter verästelt und verzweigt.

Er glaubte jetzt, Berryman gefunden zu haben. Aber er sah ihn nur gegen die Sonne und konnte ihn deshalb nicht deutlich erkennen. Jetzt drängte er sich ganz offen und unbekümmert durch die Menge; Cubbah konnte nur staunen. Er sah den blauen Anorak; wahrscheinlich war ein Revolver darunter versteckt. Er selbst hatte die Hand auf seinen oder vielmehr Weesners Dienstrevolver gelegt. Wenn er sich bloß nicht in die Hosen machen mußte.

Berryman sagte etwas, dann lächelte er. Die Leute gaben ihm den Weg frei. Er war nur etwa zehn Reihen entfernt, und wäre es nicht so laut gewesen, hätte Cubbah hören können, was er sagte, um durchgelassen zu werden.

Cubbah zog den Dienstrevolver fast ganz aus dem Halfter. Er schwitzte wie in einer Sauna, während er sich bemühte, gleichzeitig Horn und Berryman im Auge zu behalten und sich ein dringendes Bedürfnis zu verkneifen. Er blinzelte ins Licht. Mit seinem nächsten Schritt trat Berryman direkt ins helle Licht.

Der dicke Versammlungsleiter lachte und schlug die Flossen zusammen wie ein dressierter Seehund. «Wi – omm – ei – uu –» rief er von der Tribüne herunter.

Horn verstand kein Wort. Er lächelte und sah woandershin. Überall Schwarze – sie tranken Limonade, strahlten wie auf ihren eigenen Hochzeitsfotos, standen auf einem Bein herum, blinzelten in die Sonne, wischten sich mit Ärmeln und braunen Papiertüten die Stirn.

Der Lärm erleichterte Horn den Rückzug in sich selbst, schenkte ihm die Minute der Entspannung vor seiner Rede. Er sah ein langes Baumwollfeld vor sich, es war vier Uhr; als der Tag begonnen hatte, war es noch dunkel gewesen. Aus irgendeinem unerfindlichen Grunde war eine Party im Gange, es wurde tüchtig gefeiert. Nur seine Großmutter war draußen, sie lief in der hellen Sonne herum. Sie mied den Schatten, wie die Fliegen es tun.

Ein Collegestudent schüttelte ihm mit einer schon fast peinlichen Begeisterung die Hand. Die jüngeren Männer hier in der Menge, dachte Horn, träumen bestimmt davon, auch einmal auf so einer schönen Tribüne zu stehen. Auch er hatte davon geträumt. Davon und von den Lautsprechern, die deine bedeutsamen – oder zumindest vernünftigen – Worte über einen Kilometer weit tragen. Von den fünftausend Gesichtern, fünftausend Augenpaaren, die sich dir zuwenden. Von den Maßanzügen, die dich von deiner besten Seite zeigen.

Der Versammlungsleiter klopfte mit dem Daumen gegen das Mikrofon, es hustete. «. . . *eesha?*» rief er hinein.

Keesha? War seine kleine Tochter gemeint?

Horn lächelte wieder. Winkte zu Charles Evers hinauf. Evers lächelte zurück. Auch er konnte kein Wort verstehen. Er saß an einem Klapptisch, als warte er auf einen Zug.

Jap Quarry rief ihm von der Tribüne her etwas zu, etwas Ermutigendes. Rah-rah-rah-Rufe wie beim Baseball.

Horn spürte unter seiner Hand das rauhe Absperrseil, das zu den Tribünenstufen führte, und lächelte dem vage bekannten Empfangskomitee zu. Irgend jemand kniff ihn in den Ellbogen, vielleicht war es seine Frau.

Applaus brandete auf, ebbte ab. Gesichter, Kleider kreisten an ihm vorbei wie Wäschestücke im Bullauge der Waschmaschine. Lichter flimmerten, eins davon war die Sonne.

Die beiden Schüsse schienen zu einer anderen Lautdimension zu gehören. Es knallte noch fünfmal, dann viermal. Dann noch zweimal. Dann kamen die Blitzlichter, auch sie klangen wie Schüsse und sahen bedrohlicher aus als das eigentliche Attentat.

Der Versammlungsleiter stand wie versteinert, mit weit aufgerissenem Mund. Er dachte, es hätte ihn auch erwischt. Er wurde fotografiert.

Viele Leute dachten, es hätte sie erwischt, und manche durchaus zu Recht. Endlich trat Jap Quarry ans Mikrofon. Den Blick auf Horn gerichtet, ohne einmal aufzusehen, sagte er, mit langen Pausen zwischen den einzelnen Sätzen:

«Ein Arzt ist schon da.» «Der Attentäter ist ein Weißer.» «Bitte treten Sie zurück. Bitte . . .! Zurücktreten bitte, Mister!»

Oona Quinn war ganz nah dabei. Sie hatte Berryman gesehen.

«Wenn ihr Jimmie keine Luft laßt», sagte Quarry, «stirbt er uns noch hier oben.»

Großes Köpferecken, Hin-und-her-Gerenne, wild wedelnde Arme – wie Wespen, die mit den Flügeln flirren.

Kleine Mädchen schmiegten sich an ihre Mütter, die sie eng umschlungen hielten. Alte Leute stützten sich gegenseitig. Harte Männer saßen auf Zugmaschinen und heulten auf ihre Schuhspitzen.

Eine alte Sozialarbeiterin schwankte in schwarzen Strümpfen auf der Tribüne hin und her. «Du bist mein guter und getreuer Knecht, an dem ich Wohlgefallen habe», intonierte sie.

Minutenlang starrte Oona Quinn auf ein nacktes, haariges Männerbein. Es gehörte einem Polizisten, dem ein anderer Polizist einen Bauchschuß verpaßt hatte.

Sie sah Poole an: Ein schmaler, lockenköpfiger Junge, dem die Nase und das recht Auge fehlten. Ein Zerrbild. Der kaputte Strohhut saß ihm dicht über den Augen, wie den Männern am Spieltisch der Augenschirm.

Die ganze Zeit hatte sie Mrs. Horn beobachtet. Jetzt zog man sie von ihrem Mann weg. Sie hatte Blut auf Nase und Wangen. Als sie sich aufrichtete, wurde Jimmie Horn sichtbar. Der Stirnknochen war zersplittert und ragte weiß und schartig durch die Haut. Sein Gesicht war voller Schweiß, wie mit Blasen bedeckt. Er sagte mit leiser Stimme etwas, was seine Frau nicht zu verstehen schien.

Zwei bleiche Sanitäter kamen mit einer gepolsterten Trage angerannt und trugen ihn tot vom Platz.

Thomas Berryman hatte es geschafft; aber davon war er ja von Anfang an überzeugt gewesen.

7. Teil

Die Thomas Berryman-Nummer

Louisville, 8. Dezember

Ich sitze in dem größten Schlafzimmer der Farm und trinke Johnny Walker. Hauptsächlich denke ich über mein letztes Interview nach. Aber ich denke auch daran, daß man nie genau weiß, wer einen unterwegs anlügt, wer einen auf eine falsche Fährte führt. Man kommt einfach irgendwo an. Und hier bin ich nun.

Nur langsam hoben sich die grauen Anstaltsgebäude aus dem Schatten der rauchblauen Hügel. In einem Hof, der von den benachbarten Straßen aus einsehbar ist, liefen Neger herum, es schien sich um ein Football-Training zu handeln. Zuerst kam mir das total unsinnig vor, aber bei näherer Betrachtung war es gar nicht mehr so abwegig. Ich stand vor der Strafanstalt Louisville.

Ich parkte den Audi vor dem Tor, gegenüber einer roten Tankstelle. Es war kühl, ich trug einen kurzen Mantel. Es war ein Samstag Anfang Dezember.

Während ich auf die düsteren, grauen Gebäude zuging, dachte ich über dieses Buch nach. Es ist seltsam – aber auch wenn sich kein bestimmtes Persönlichkeitsmuster abzeichnet, erwartet der Leser am Ende immer so etwas wie Ursache und Wirkung. Auch ich erwarte als Leser Ursache und Wirkung.

Nun sind ja die Ursachen bei mir dünn gesät. Vielleicht ist mein Buch also einigermaßen realistisch ausgefallen. Vielleicht habe ich aber auch nur nicht tief genug gegraben. Schwer zu sagen . . .

Und dann dachte ich an meine Tochter Cat und an eine Bemerkung, die sie vor ein paar Wochen gemacht hatte. «Ochs», hatte sie gesagt, «wenn ich jetzt zum Supermarkt gehe, muß ich immer an Männer denken, die schießen.» Und an den Samstagen (Samstag ist Nans Einkaufstag) hatte sich Cat zur Langschläferin entwickelt, oder sie schnappte sich den Staubsauger, wenn Nan etwas vom Einkaufenfahren sagte.

Ein langer Wachmann am Tor fragte mich – nicht etwa nach meinem «Anliegen», nein, er fragte mich sehr freundlich, wen ich besuchen wollte. Er war gerade beim Kaffeetrinken.

«Mein Name ist Jones», sagte ich. «Ich möchte zu Joseph Cubbah. Meine Redaktion hat schon mit Ihrem Chef gesprochen.»

(Interview Ochs Jones-Joseph Cubbah. Aufgenommen in der Strafanstalt Louisville.)

Jones: Macht es Ihnen etwas aus, wenn ich Fragen stelle?

Cubbah: Nee. Ist wahrscheinlich am besten so.

J.: Ich – hm – Wie standen Sie zu Bert Poole? Fangen wir vielleicht mal damit an.

C.: Wer ist Bert Poole?

J.: Pardon . . . Der junge Hippie aus Nashville, den Sie . . .

C.: Der war mir völlig schnuppe.

J.: Überlegen Sie mal.

C.: Er war 'n Arschloch. (Lacht) Ehrlich.

(Um bei Cubbah nicht den Gedanken aufkommen zu lassen, ich zöge da unangemessene Parallelen, ließ ich das Thema fallen.)

J.: Na schön. Und wie war das nun mit Berryman? Erzählen Sie mal, wie sich das abgespielt hat.

C.: Also, wenn man's genau nimmt, haben sie ihn in die Pfanne gehauen. Ich weiß nicht, ob Sie wissen, was ich . . .

J.: Nicht so richtig. Wenn Sie das ein bißchen ausführlicher . . .

C.: Beschissen haben sie ihn. Also, er ist da in der Menge . . . Sie, läuft Ihr Band auch?

J.: Bestimmt. Ich sehe, wie die Spulen sich drehen. Ich lasse es mal zurücklaufen. (Klick)

C.: Das bin ich?

J.: Ich staune auch immer, wie meine Stimme klingt. Es funktioniert.

C.: Na gut. Also Berryman läuft auf dem Platz herum, und ich beobachte ihn, wie der andere Bursche . . .

J.: Sie meinen Bert Poole?

C.: Wie dieser Bert Poole direkt vor meiner Nase, vielleicht eine Reihe vor mir, anfängt loszuballern. Mann, denke ich, der macht mit Berryman gemeinsame Sache, ach Quatsch, ich weiß nicht, was ich gedacht habe. Natürlich hat er Jimmie Horn nicht getroffen. Der Typ wußte ja nicht mal, wie man 'ne Kanone hält.

J.: Was passierte mit Horn, wissen Sie das?

C.: Berryman hat ihn getroffen. Durch seinen Anorak hat er durchgeschossen. Er hatte 'nen Anorak über dem Arm. Zwei Schüsse, schätze ich. Schalldämpfer. Pfft. Pfft. 44er-Kaliber. Wie er's gemacht hat, versteh ich bis heute nicht. Sauberer Trick.

J.: Aber Poole haben Sie erschossen?

C.: Das war reiner Zufall. Reflex. Ich hatte die Hand schon am Abzug. Aber wie ich mich nach Berryman umdrehe, ist er weg, in der Menge verschwunden. Ich trau meinen Augen nicht. Zehn Sekunden lang war ein Durcheinander, so was hab ich in meinem ganzen Leben noch nicht erlebt. Alles schreit. Die Filmfritzen stürzen sich auf Horn. Er zittert, und immerzu schlägt er mit den Hacken auf den Boden, so, sehen Sie? Fünfzehn, zwanzig Sekunden lang . . . Ehrlich.

J.: Ich habe den Film gesehen, Joe . . .

C.: Na, dann wissen Sie ja Bescheid.

J.: Was haben Sie danach gemacht? Ich will versuchen, nicht mehr zu unterbrechen.

C.: Scheiß, macht doch nichts. Danach? Da hab ich mich erst mal orientiert. Dann hab ich mich durch die Menge gedrängt und seh, wie Berryman mit seiner Puppe in den Supermarkt geht. 'ne langhaarige Puppe. Groß. Ich hinterher. Da hat er sich doch tatsächlich einen Einkaufswagen genommen und tut seelenruhig Sachen rein. Steaks und Cornflakes tut er in seinen Scheißeinkaufswagen. Das Mädchen ist ganz cool. Jedenfalls tut sie so. Aber ich hab gemerkt, daß sie nervös war. Das merkt man. So an Kleinigkeiten. Immerzu hat sie ihr Haar zurückgestrichen. Berryman hat's auch gemerkt. Irgendwas hat ihn gestört. Er sagt, sie soll den Mund halten. Er ist so sauer, daß er ganz rot im Gesicht wird. Sie packen ihre Lebensmittel ein – mindestens zwei oder drei Tüten sind es –, und dann gehn sie raus, als wenn sie jetzt heimfahren wollen zum Baby.

J.: Und dann sind sie weggefahren?

C.: Keine Spur. Draußen war alles dicht. Riesenstau. Sie mußten im Wagen sitzenbleiben. Ich bin inzwischen mal austreten gegangen, stundenlang hatte ich mir das verkneifen müssen, und hab mir überlegt, was ich jetzt machen soll. Ach bitte . . . (Feuerzeug klickt) Gegen halb fünf bezieht es sich plötzlich, und dann fängt es an zu gießen. Schöne, saubere Luft, ich kühle ein bißchen ab, richtig angenehm war das. Ich bin schnell rüber in den Drugstore und hab mir einen großen schwarzen Regenschirm gekauft.

J.: Und Berryman steckte noch immer im Stau?

C.: Und ob. Inzwischen war er aber schon ein Stück weiter, es sah aus, als ob er gleich würde rausfahren können. Also – ich an den Wagen ran und an die Scheibe geklopft.

J.: Kannte er Sie?

C.: Nein. Er guckt raus, um zu sehen, wer es ist, und kurbelt sein Fenster zwei, drei Zentimeter runter. «Machen Sie auf!» brüll ich ihm über den Regen zu. Es trommelt wie verrückt auf den Regenschirm, man kann nicht die Hand vor Augen sehen, weil es so gießt. «Sie haben wohl nicht gemerkt, daß es regnet?» ruft er zurück. Oder so was Ähnliches. Seine Freundin ist eiskalt; die Puppe fängt an, mir Sorgen zu machen. «Ihre Bremslichter funktionieren nicht», sage ich. Er lächelt ganz höflich – wirklich ein aalglatter Bursche. Und deshalb steche ich ihm, wie er die Tür aufmacht, sofort das Messer ins Herz.

«He, Mann», sagt er, aber er ist schon tot, ehe ich das Messer herausziehe. Die Puppe hat angefangen zu schreien, aber das hat man kaum gehört über dem Regen auf dem Dach, vielleicht hat's auch ein bißchen gedonnert. Ich hab ihr eine runtergehauen. «Wenn du nicht im Knast landen willst –» Gefängnis hab ich gesagt, glaub ich – «sieh zu, daß du mit ihm abhaust. Mach schon.» Das Mädchen hört auf zu heulen, ich hör nur noch so komische Schluckser.

J.: Und dann?

C.: Dann? Sie werden lachen, aber das war auch schon alles. Ich hab gewartet, bis der Parkplatz ein bißchen leerer war, und hab mir überlegt, wie die Puppe von Berryman das nun machen würde. Und was ich mit den zehn Riesen anfangen würde. Das überlegt man sich immer. Jedesmal. Eigentlich hätte ich ja 'nen Orden verdient, finden Sie nicht?

Januar des folgenden Jahres

Als Johnboy Terrell Anfang Januar in einem Liegestuhl des Hotels *Royal Biscayne* in Key Biscayne saß, ein Exemplar der *National Geographics* im Schoß, spürte er einen raschen, scharfen Schmerz in der Brustmitte. Sein Kopf kippte vornüber, und seine Frau sagte etwas. Ich bringe mein ganzes Frühstück wieder raus, dachte er. Aber dann sah er das Blut auf seinen Knien. Er starb dort in seinem Liegestuhl; die Hauptverhandlung gegen ihn war noch nicht eröffnet worden.

Am Ende eines anderen Januartages – es war ein kalter dunkler Tag gewesen – fanden vier Schulkinder, drei Jungen und ein Mädchen, Thomas Berrymans Leiche. Sie waren auf einer Viehweide hinter dem *Quality Court Motel* in Asheville, North Carolina, Schlitten gefahren, und die Leiche hatte unter einem Heuhaufen gelegen.

Der Tote trug keine eigenen Sachen, war aber mit zwei Damenkleidern umwickelt. Leib und Füße waren nackt und mit schwarzverkrustetem Blut bedeckt.

Die Jungen liefen zum nächstgelegenen Haus und erzählten der Hausfrau, daß ein dürrer alter Mann tot in Skinner's Field lag. Von den Damenkleidern sagten sie nichts.

Zwei Lieferfahrer aus der Nachbarschaft gingen mit ihnen, um sich die Leiche anzusehen. Auch sie hielten den Toten für einen alten Mann. Die Hausfrau kam mit einer Pocketkamera und machte eine Aufnahme.

In der Nähe fand ein Hilfssheriff Männersachen und mehrere gefälschte Ausweise.

Ochs Jones
Zebulon, Kentucky

ECON UNTERHALTUNG

James Patterson
Morgen, Kinder, wird's was geben
Thriller
TB 27173-3

»Ein Thriller für alle, die gerne eine Gänsehaut nach der anderen kriegen.« (HörZu) Washington, D. C.: Zwei Kinder in der Gewalt eines genialen Psychopathen. Die Polizei verstrickt sich immer tiefer in seinem teuflischen Spiel. Selbst als der schwarze FBI-Detektiv Axel Cross ihn stellen kann, ist es noch lange nicht vorbei …

James Patterson
Der Mitternachtsclub
Thriller
TB 27090-7

Polizeidetektiv John Stefanovitch kämpft gegen die brutalen Machenschaften der Unterwelt. An den Rollstuhl gefesselt, hat er auch noch eine persönliche Rechnung mit dem Mitternachtsclub zu begleichen.

James Patterson
Black Market
Thriller
TB 27073-7

An einem Dezembermorgen fliegen vierzehn Bankgebäude in der Wall Street in die Luft. Ein mit unheimlicher Präzision ausgeführtes Verbrechen. Archer Caroll, New Yorker Polizist und Antiterrorspezialist, und Caitlin Dillon, Wall-Street-Expertin, reisen auf der Suche nach den Hintermännern nach Paris, London und Dublin. Sie suchen in Washington und Manhattan.
Ein harter Thriller. Und zugleich eine zarte Liebesgeschichte.

U 010

ECON TASCHENBÜCHER

ECON

ECON UNTERHALTUNG

Peter Watson
Die Sixtinische Auktion
TB 27027-3

Ein Erdbeben hat das italienische Städtchen Foligno furchtbar verwüstet, und Papst Thomas, der erste Amerikaner auf dem Stuhl Petri, entschließt sich zu einer sensationellen Tat: Er läßt Raffaels »Madonna von Foligno« versteigern und spendet den Erlös für den Wiederaufbau der Stadt. Doch damit schafft er sich unversöhnliche Feinde: in den eigenen Reihen, in der Mafia, in der internationalen Politik.

Peter Watson
Steine des Verrats
TB 27097-4

Im Mittelpunkt dieses spannenden und exzellenten Romans steht eine Erpressung großen Stils, in die selbst das englische Königshaus verwickelt wird und die den angesehenen Direktor der Königlichen Gemäldesammlung in eine Geschichte um Mord und Gewalt hineintreibt.

Peter Watson
Lügenlandschaft
TB 27008-7

Das geheimnisvolle Gemälde »Lügenlandschaft« enthält verschlüsselte Hinweise auf das Versteck eines Millionenschatzes: Die Schatzsuche gerät für die junge, attraktive Isobel Sadler und den Londoner Kunsthändler Michael Whiting zu einem lebensbedrohlichen Abenteuer.
»Eine intelligent konstruierte Story aus dem Kunsthändler-Milieu« Buchmarkt.

U 007

ECON TASCHENBÜCHER

ECON

ECON UNTERHALTUNG

Dinah Dean
Seide und Stein
Ein Roman aus dem Mittelalter
TB 27066-4

Lady Ellys, aufgewachsen in einer normannischen Aristokratenfamilie, soll nach den Plänen ihrer frommen Mutter ins Kloster gehen. Die einzige Alternative zu diesem Leben hinter grauen Mauern ist eine Heirat; Ellys aber hat ihre eigenen Vorstellungen vom Leben, und es ist ausgerechnet der englische Bürgerkrieg, der ihr zur Freiheit verhilft...

Dinah Dean
Tochter des Abendlandes
TB 27085-0

Gytha, die Tochter des englischen Königs Harold Godwinson, wird nach ihrer Flucht nach Dänemark zur Schachfigur der Diplomatie. Als man sie mit einem russischen Großfürsten verheiratet, muß sie sich in einer völlig neuen Lebenssituation zurechtfinden...

Barbara von Bellingen
Luzifers Braut
TB 27108-3

In der Silvesternacht des Jahres 1626 begegnet der siebzehnjährigen Susanna ein geheimnisvoller Fremder, der als „Sohn des Satans" bezeichnet wird. Die Liebe zu ihm bringt sie in höchste Lebensgefahr: Sie wird der Verbindung zu den Mächten der Finsternis bezichtigt. Susanna kämpft um ihr Überleben in einer Zeit, da der Dreißigjährige Krieg ganze Landstriche entvölkert und man ahnungslose Frauen zum Scheiterhaufen verurteilt.

U 004

ECON TASCHENBÜCHER

ECON